200年目のジョルジュ・サンド

解釈の最先端と受容史

日本ジョルジュ・サンド学会❖編

新評論

はじめに

ジョルジュ・サンド（一八〇四－七六）について、現代の日本人は何を知っているだろうか。十九世紀フランスを代表する女性作家、音楽家ショパンの恋人、男装の麗人、初期のフェミニスト……。サンドは、このような人口に膾炙したいくつかのイメージが一人歩きしがちな作家である。波乱に満ちたその長い生涯の間に生み出された作品は膨大な数にのぼるが、いまだ邦訳されていないものも多い。だが大正から昭和にかけては、日本でも限られた点数ではあるがサンド作品は広く読まれていた。とりわけ有名な田園小説『愛の妖精』や『魔の沼』は何度も訳され、版を重ねており、現代も多くの愛読者を持っている。

日本で初めて完訳出版されたサンドの作品は、今からちょうど一〇〇年前、一九一二年（大正元年）の『魔ヶ沼』（渡邊千冬訳）である。一方、作家の生誕二〇〇周年にあたる二〇〇四年は、わが国におけるサンド再評価の機運が高まる大きな画期となった。生誕二〇〇周年を記念する各種の行事などを機に、最大の傑作とも言われる『歌姫コンシュエロ』をはじめ初訳・新訳が続々と出版され、研究書や論文が活発に発表されていったのである。

私たち日本ジョルジュ・サンド学会は、こうした「初邦訳一〇〇周年・生誕二〇〇周年」という節目に、過去の豊かな研究成果をふまえつつ独自の花を咲かせている日本のサンド研究の最先端を紹介するとともに、一〇〇年に及ぶ受容の歴史を俯瞰し、「サンドを読むことの現代性」――それを「二〇〇年目のジョルジュ・サンド」という表題に込めた――を提示したいと考えた。本書を通じて、サンド作品の面白さ・奥深さを一人でも多くの方に知っていただき、この希有な作家と現代との対話がさらに深まることを願う。

本書は大きく分けて、「解釈の新しい視座」と「受容の歴史　ジョルジュ・サンドと日本」と題する二つのセクションから構成されている。第一のセクションはさらにジェンダー、芸術、自然という三つのテーマに分かれ、各章ではサンドの個々の作品世界を多角的に掘り下げることで、その思索と思想、想像力の特徴、表現の魅力を明らかにする。翻訳史・研究史・伝記刊行史などを整理した第二のセクションでは、作品と作家の日本における受容の流れが俯瞰できるようにした。また、仏文研究者やサンド研究を志す方々だけでなく、文学を愛する一般読者の方々にも有益な一冊となることを願い、巻頭には作家の生涯を簡単にまとめた略史、巻末には邦訳作品解説や年譜を付し、資料性の充実にも努めた。

サンドの作品には常に、作家自身の「わたし（モワ moi）」が明確に刻印されている。この特徴はとくにバルザックやフロベールら同時代の作家との比較で指摘されることでもある。サンド作品を読む者は、この彼女特有の、ありのままの飾らない「わたし」の目を通して、人間という存在の孤独の深淵を作家とともに覗き込む。作品の主人公たちが「わたし」＝作家とともに、厳しい現実に立ち向かい、理想に向かって歩を進めていくさまを見て、読む者はこの主人公と「わたし」の二重の実存に自らの生を重ね合わせ、人間と人生の普遍に触れ、心を震わせる。サンド作品の現代性の核心はまさしくここにあるように思われる。本書各章を通じて、こうした「現代性」のさまざまな様相を浮き彫りにすることができればと思う。

本書の刊行に際しては、フランスおよびアメリカのサンド学会の新旧会長をはじめ世界各地のサンド研究者から、「東日本大震災という巨大な災厄にも挫けることなく、本書の出版を敢行する日本ジョルジュ・サンド学会の努力を称賛する」という激励の言葉を頂いた。記して深謝する次第である。

西尾治子

200年目のジョルジュ・サンド／目次

❀受容の歴史　ジョルジュ・サンドと日本

＊本文中の作品引用は、原則として引用者による訳であるが、必要に応じて邦訳を参照した。また、原文のイタリック部分は傍点で示した（引用者が付した傍点の場合を除く）。

ジョルジュ・サンド略史

ここではジョルジュ・サンドの生涯について、本書の内容を理解していただく上で助けとなるような伝記的事項と時代背景を、おおよそ時系列に沿った形で簡単にまとめておく（出来事の時系列や作品発表年を確認するには巻末の「年譜」を参照）。サンドの生涯についてより詳しくは、坂本千代著『ジョルジュ・サンド』、持田明子著『ジョルジュ・サンド一八〇四－七六』をはじめ、本書の第二セクション「受容の歴史」の「伝記の出版動向と文学史上の位置」に挙げた伝記や評伝を参照されたい。

生い立ち・少女時代

ジョルジュ・サンド（George Sand　本名オロール・デュパン Amantine-Aurore-Lucile Dupin）は、一八〇四年、ポーランド王室の血を引く軍人貴族の父と、セーヌ河岸の小鳥商の娘であった母との間に、パリで生まれた。誕生のとき、父は古いクレモーナ（楽器製造で名高いイタリアの町）製のヴァイオリンを奏で、母はバラ色のドレスを着ていたので、赤ん坊を取り上げた叔母のリュシーは「音楽とバラ色の中で生まれたこの赤ちゃんはきっと幸せになるでしょう」と言った。叔母の「予言」は当たり、サンドの人生と作品は芸術と愛――恋愛、家族愛、師弟愛、自然への愛、人類愛などあらゆる形の愛――で彩られることになる。

四歳のとき、独立戦争中のスペインで生まれた目の見えない弟が、わずか生後三か月で亡くなった。その二週間後には父が落馬事故で命を落とした。ショパンをはじめ年下の病弱な恋人たちにサンドがことのほか愛情を注いだのには、幼少時の彼女を襲ったこの辛い経験が影響していると言われている。

父の死後、オロールの養育権をめぐり、母と父方の祖母との間に激しい諍いが起こる。最終的に母は娘を残しパリに去った。オロールは母への慕る思いに苦しみつつ、フランス中部の田園地帯ベリーにある祖母の邸「ノアンの館」で少女時代を過ごすことになった。ベリー地方の豊かな自然のなかで、近隣に住む農民の子どもたちとの野遊びに時を忘れ、もと父の家庭教師であったデシャルトルからは乗馬、博物学、ラテン語、代数などの教育（いずれも当時は男子に限定された教育だった）を受けた。十二歳の頃、初めて文章を書いて見せると、母は形だけだと批判したが、祖母は傑作だと大喜びし、友人たちに自慢した。サンドの文学と音楽の素養は教養豊かな祖母から、自然を慈しみ美しいものを愛でる感性は母から受け継いだものであった。思春期には上流貴族の堅苦しいしつけに反抗もした。手を焼いた祖母は、十三歳の孫娘を貴族の子女として育てるため、かつて自分も寄宿生として属したパリのイギリス系カトリック修道院に入れた。この修道院で受けた教育と経験は、知的好奇心や宗教心の面で、サンドの人格形成のみならず作品世界にも大きな影響を与えることとなった。

オロールが二年三か月の寄宿生活を終えてノアンに戻ってまもなく、祖母は病の床に就いた。十五歳のオロールは、夜なべで祖母を看病するうち、睡魔を避けるためにタバコを覚え、祖母の蔵書を片端から読み漁った。パスカル、モンテスキュー、ライプニッツ、ダンテ、ヴェルギリウス、シェイクスピアなどの古典を次々に読破していったが、とりわけルソーから受けた影響は多大であった。文明社会を自然状態からの堕落とみなし自然を称揚する考え方、平等と博愛の精神に強い感銘を受けたサンドは、その後の生涯を通じて「ルソーの弟子」を自認するほど彼の思想に信を置いていた。

結婚、文学の同志との恋、創作活動の開始

一八二二年に祖母が亡くなると、その翌年、十八歳のオロールは母の反対を押し切って、九歳年上のカジミール・デュドゥヴァン男爵と結婚式を挙げる。知り合って半年も経たない電撃結婚であり、財産でデュパン家に劣る男爵側にとって有利な縁組みであった。母の気まぐれな束縛から逃れたかったオロールは、快活で人柄のよさそうなカジミールを新たな庇護者に選んだのだった。

新婚夫婦は祖母が最愛の孫娘に遺した「ノアンの館」で暮らすことになった。家父長的なナポレオン民法典により、妻は実質的に奴隷の状態に置かれるということに対していまだ理解が浅かった若妻は、夫に気に入られ、夫の望む家政婦になることにかいがいしく努めた。生まれつき遠視で細かい作業は得意でなかったが、初めての針仕事にも懸命に勤しんだ。結婚後まもなく長男モーリスが誕生した頃は、新婚生活は幸せそのものであるかに思われた。だが、知的で博識、芸術家気質の妻と、狩猟と保守政治と女中との情事が趣味の地方貴族の夫との間には、徐々にすきま風が忍び込んでいった。夫婦は溝を埋めるかのようによく旅に出た。オロールの満たされぬ思いは、旅先のボルドーで知り合った端正な顔立ちの青年オーレリアン・ド・セーズへとまっしぐらに向かい、二人は情熱の迸る多くの手紙を交わしたが、交際はプラトニックなまま三年間で終わった。

一八二八年、長女ソランジュを身ごもった頃から、オロールは次第にノアンでの夫との生活を避けるようになり、口実を作ってはパリ滞在を引き延ばした。この頃、ラ・シャート

ル市長の息子で教養豊かな年上の青年ステファーヌ・アジャソン・ド・グランサーニュと親密に交際した。また数編のエッセイを書いて友人たちの称賛を受けたり、モーリスをモデルにデッサンを描いたりもしている。

　オロールの人生に決定的な転機をもたらしたのは、同郷の金髪の文学青年で、パリで法学を学んでいた学生ジュール・サンドーとの出会いであった。恋に落ちたオロールは夫との激しいけんかの後、今後は一年のうち半年をパリで、半年をノアンで暮らすこと、ぎりぎりの生活費として年額三〇〇〇フラン（現在の日本円で約三〇〇万円）をもらうことを夫に承諾させ、真冬の厳寒のなか、初めて書いた小説『愛された女』の草稿を胸に抱え、シャイで優しい年下の恋人ジュールの待つパリへと旅立った。それは前年の七月革命の余韻さめやらぬ一八三一年初頭のことであった。ロマン主義文学がようやく力を蓄え、「ジャーナリズムと小説の時代」の幕が上がろうとする時節であった。オロールは幼いソランジュを隣人に預け、図書館に通い、作家修業を始めた。アルバイトで似顔絵描きをしたり（これは失敗に終わった）、『フィガロ』紙に記事を書かせてもらって生計の足しにした。その間ジュールとの共作でいくつか小説を書き、うち評判のよかった『ローズとブランシュ』をJ・サンド（J. Sand）の筆名で一八三二年に発表した。

　同年、二八歳で「ジョルジュ・サンド」の筆名での単独デビュー作『アンディヤナ』を発表、一躍文名を上げる。このとき用いた恋人の名にちなむ筆名が終生のものとなった。この頃から男装してタバコをふかし、馬を駆っては世間の耳目を集め、フェミニスト・サンドのイメージが世の中に定着していった。しばしばベリーから訪れる陽気な仲間たちを引き連れ、男の格好で観劇に出かけた。ユゴーやアルフレッド・ド・ヴィニーの戯曲を演じて人気を博していた女優で、最愛の親友でもあったマリー・ドルヴァルの芝居を見るためなら、貴族が決して足を踏み入れない劇場の平土間にも平気で座った。サン・ミッシェル河岸六階のサンドのアパルトマン「青い屋根裏部屋」には、文学や芸術の仲間が足繁く集まった。バルザックや『フィガロ』紙の主幹ラトゥーシュ、批評家プランシュら当時の文壇で勢いのあった人々も、この新人作家の作品に注目し、創作活動を奨励するために屋根裏部屋へのきつい階段をよじ登った。のちに『カルメン』で名を馳せることになるプロスペル・メリメと知り合ったのもこの頃である。

ヴェネツィアの恋、別居訴訟、共和派弁護士への心酔

　当代きっての批評家・評論家サント=ブーヴは、「世紀の恋」と言われたロマン派詩人アルフレッド・ド・ミュッセとの恋に悩むサンドのよき相談相手でもあった。いまやパリで知らぬ者はないほど有名になってしまっていたサンドは、人

目を避けてミュッセと会うためにヴェネツィアへと旅立った。ローヌ河を下る船上ではスタンダールと旅を共にした。心弾む旅になるはずが、辿りついたヴェネツィアでは、ひとり街に繰り出しては放蕩を繰り返すミュッセを夜通し待ち続ける苦悩の日々を過ごした。ミュッセの面影は『レリヤ』のステニオの人物像に反映されている。文学上の強い影響を与え合い、互いを心から必要としあった仲だったが、次第に恋は別離と再会を繰り返す苦しいものとなった。サンドは苦悩のあまり自殺を試みさえした。傷心のサンドは長い髪をばっさり切り落とし、一八三五年に二人の関係は終わった。ミュッセの憂愁にみちた作品『世紀児の告白』や『戯れに恋はすまじ』は、彼もこの恋の破綻に心を痛めたことを物語っている。しかし別離後も文学上の交友は続いた。サンドは十六世紀フィレンツェを舞台とする小説の草稿『一五三七年の陰謀』をミュッセに読んで聞かせ、彼はそれをもとに戯曲『ロレンザッチオ』を書いた（上演は二人の没後の一八九六年）。

恋に悩む間もサンドは創作の手をとめることなく、次々と作品を書き続けた。『ジャック』『腹心の秘書』は、愛のない結婚を糾弾し、男女間の平等を希求する作品である。サンドのフェミニズム思想はそのほか『マルシーへの手紙』「マダム・メルラン回想記」『ガブリエル』『イジドラ』などにも明瞭に表現されているが、ジュール・サンドーとの共作『ローズとブランシュ』や、『ポーリーヌ』『オルコ』『ウスコック』『マテア』『オラース』なども女性の生き方を追求した作品である。歴史長編小説『モープラ』は、愛に基づく結婚が死後も続くという究極の愛を描いている。

ミュッセとの恋が終わる頃には、夫婦間の亀裂は修復不可能なほど深くなっていた。当時は離婚が禁止されていたため、サンドは別居訴訟に踏み切る。この訴訟を担当したのが、フランス革命で父がギロチンの犠牲となった弁護士ミシェル・ド・ブールジュであった。「宗教上の真理と社会上の真理が一つであること」を希求していたサンドは、この雄弁な共和派弁護士に心酔し、彼の説にしたがい「二つの真理は補完的なものである」ことを理解する。彼の思想にも人となりにも激しく恋したサンドは情熱的な手紙を書き送ったが、敏腕弁護士は恐妻家であるとともに芸術に価値を認めない人物だった。一八三七年には彼の方から離れていき、恋愛の要素は消えた。

文学者・芸術家たちとの交友

サンドは生涯にわたり、その豊かな想像力とたゆまざる筆の力で、一〇〇編を超える小説、戯曲、評論、エッセイを生み出した。しかしさらに特筆すべきは、総数二万通を超える書簡の存在だろう。これらの書簡からは、作家、詩人、歴史家、哲学者、思想家、音楽家、画家、政治家などフランス内外の当代一流の人々との交流をうかがい知ることができる。

サンドはまた、故郷ベリーの「ノアンの館」にこれら多くの友人たちを招いて滞在させ、彼ら彼女らにインスピレーションと創作の機会を提供した。一八三八年二月末に滞在したバルザックとは、文学の使命について夜を徹して語り明かした。このとき、遠方から訪れるバルザックに対して、イスーダンとラ・シャートル間に新設されたばかりの道（現在の国道七一八号）を使うようにと進言した書簡が残されている。そのほか恋人でもあったフレデリック・ショパンはもちろん、芸術、政治、宗教などに関してあらゆる点で考えが一致する貴重な友人フランツ・リスト、画家ウジェーヌ・ドラクロワ、オペラ歌手ポーリーヌ・ヴィアルド、リストとの熱愛で知られるマリー・ダグー伯爵夫人、デュマ・フィス、ロマン派詩人テオフィル・ゴーチエ、サンドを師と仰ぎ敬愛していたフロベール、ロシアの文豪ツルゲーネフなど、錚々たる顔ぶれがこの館に集った。「ノアンの館」は、パリの「青い屋根裏部屋」やラフィット街のサロン（リストと共同で借りていた）と同様、まさにリストが夢見た「芸術家のコロニー」であった。

ショパンとの出会い、マヨルカへの旅、別離

二人の出会いは一八三六年秋、ショパンが自宅で開いた内輪の夜会でのことだった。サンドは三二歳、ショパンは二六歳であった。ショパンは、彼の祖国ポーランドの国旗の色である赤と白があしらわれたトルコ風の衣装を身にまとい、腰に短剣を佩いた女性作家の「燃えるような瞳」に魅了されたのだった。激しい恋に落ちた二人は一八三八年冬、口さがないパリの社交界を逃れ、マヨルカ島に旅立つ。旅にはサンドの二人の子ども同行した。島ではショパンの持病の結核を恐れた住民に疎んじられ、雨がちな天候に悩まされ、帰途は豚の運送船でという不運な旅だったが、創作の実りは多かった。三か月の滞在中にショパンは『雨だれ』『バラード第二番』『スケルツォ第三番』『ポロネーズ第四番』を作曲し、サンドは登場人物が男ばかりの神秘的な哲学小説『スピリディオン』（後述するピエール・ルルーの感化を受けて書かれた）を脱稿した。

交際が始まって以来、ショパンは毎夏を故郷ポーランドの風景を思い出させるノアンで過ごした。館の裏手には広い庭、花畑や池があり、サンドの子どもたちが生まれた時に植えた糸杉が館の正面を飾っていた。ショパンと過ごした九年の間に、サンドは音楽小説の大作『歌姫コンシュエロ』『ルードルシュタット伯爵夫人』や、田園小説『ジャンヌ』『棄て子フランソワ』『魔の沼』『アンジボーの粉ひき』『アントワーヌ氏の罪』など数々の傑作を上梓した。田園小説の作品群にはどれも、農村に生きる人々への深い共感に裏打ちされた率直なレアリスムの手法が貫かれている。一方ショパンもこの時期に数多くの珠玉の名曲を生み出した。しかし、すでに二

十歳前後に成長したサンドの息子モーリスや娘ソランジュと彼との関係は日増しに複雑化していった。一八四七年のある日、ショパンは再び戻ってくるつもりでノアンを去り、そのまま交際は絶たれた。病弱な巨匠はその後深刻な鬱状態に陥り、結核も悪化し、サンドとの別離のわずか一年数か月後、弱冠三九歳の若さでこの世を去った。

芸術をテーマとしたサンドの作品は、先に挙げた『歌姫コンシュエロ』『ルードルシュタット伯爵夫人』のほか、長編『笛師のむれ』や『七弦の琴』『テヴェリノ』『ルクレチア・フロリアニ』『デゼルトの城』『アルディーニ家最後の令嬢』『アドリアニ』『アントニア』など数多い。これらには多かれ少なかれ、ショパンとの芸術的交感が影響しているであろう。

思想の系譜と二月革命

サンドの思想変遷について語るとき、先に述べた少女期以来のルソーの受容を見逃すことはできないが、一八三〇年代半ば以降は哲学者ピエール・ルルーの影響が決定的に大きくなる。サンドはルルーのほかにもキリスト教社会主義者フェリシテ・ド・ラムネーをはじめ数々の思想家・知識人と交流していたが、なかでもルルーは特別であった。彼との三十年間に及ぶ親交から、サンドは宗教観や社会・哲学思想に関して多大なものを学んだ。サンドは常に理想と現実の融合を夢みていたが、当時流行していたヴィクトル・クーザンの折衷主義には同意できず、階級や男女の融和を唱えるルルーの思想に強く惹かれた。ルルーの唱えるフェミニズムが、家庭を壊すことなく結婚や社会関係における男女平等を目指すものであることにも共感していた。

一八四八年、フランスに二月革命の嵐が吹き荒れる。ブルジョワ主体のフランス大革命や一八三〇年の七月革命とは異なり、労働者・農民主体の革命が遂行されようとしていた。サンドが社会の底辺に生きる人々の誇り高い姿と、特権的ブルジョワ階級の堕落した姿とをはっきりと対照的に描き始めるのは、この二月革命前後のことである。二月二二日、革命が勃発するとサンドは直ちにパリに駆けつけ、臨時政府に積極的に参画し、階級融和を唱え共和制を称える文章を『共和国公報』紙に寄稿し、大きな注目を集めた。また同紙の第十二号に「女性の社会的権利」と題した寄稿文を、『レフォルム』紙や『真の共和国』紙の編集者と臨時政府中央委員会委員宛に「女性たちに平等の権利を」と題した手紙を送るなど、女性の権利を擁護する活動も積極的に展開した。当時のフェミニスト活動家たちがこれを見逃すわけがなく、『女性の声』紙は四月六日の集会でサンドを議会選挙に候補者として擁立することを決定、これを紙上で発表した。しかし、ショパンとの別離の傷も癒えておらず、臨時政府への参画で多忙でもあったサンドは、自分に断りなく勝手に擁立を決定した『女性の声』を黙殺した。その結果、同紙編集長ウジェニー・ニボワイエを筆頭に猛然とサンド批判の声が巻き起こり、以後サンドはフェミニスト活動家たちから「反フェミニスト」の烙印を押されることになった。

やがて保守派の巻き返しにあって革命の理想は挫折し、失望した四四歳のサンドは故郷ノアンに戻り、再び創作に没頭する生活に入った。

演劇活動、生涯の「秘書」との出会い

一八五二年、ルイ・ナポレオンがナポレオン三世として皇帝に即位し第二帝政が始まる。この前後から、サンドは劇作にも高い関心を寄せるようになっていた。「民衆 peuple」という言葉が注目されたこの時代、サンドは社会の周縁に生きる人々を主人公とした戯曲を積極的に発表する。そのなかには歴史家ジュール・ミシュレが絶賛した『棄て子フランソワ』（オデオン座）や、上演回数が一〇〇回を超えた『ヴィクトリーヌの結婚』（コメディ・フランセーズ座）のようにロングランを誇ったものもある。また『ヴィルメール侯爵』（オデオン座）に込められた社会批判は学生たちの絶大な支持を得た。

サンドはまたノアンの館の敷地内に小劇場を設置し、自作の人形劇や芝居を仲間や子どもたちと上演した。この「ノアンの劇場」はやがてパリの商業劇場の実験室としての役割も果たすようになった。息子モーリスや生前のショパン、モーリスが師事していたドラクロワのデッサン教室で出会いノアンに連れてきた版画家アレクサンドル・マンソー（のちにサンドの恋人・秘書となる）も、この「ノアンの劇場」に積極的に関わった。女中や使用人も役者として出演することがあり、館はいつも芝居に興じる仲間たちの笑いに包まれていた。

同じ頃、サンドは貧しい人にも買えるようにと、親しい出版者ジュール・エッツェルとともに安価な文庫本シリーズ「四スー文庫」を企画している。

十三歳年下のマンソーは出会いから十五年間、サンドの死まで、恋人として、秘書として彼女の創作活動を献身的に支えた。彼はノアン近隣のガルジレス村に小さな家を買い求め、愛する人に贈った。作家はこのかわいらしい家を愛し、快適な仕事場とした。サンドはマンソーの穏やかな愛に包まれ、民間伝承を独自の表現で昇華させた『笛師のむれ』『田園伝説集』などの傑作を執筆した。そこには、中央集権化と合理化の波が地方の農村部をも飲み込もうとしている現状を憂え、土地に古くから伝わる文化を守りたいと願う気持ちが込められていた。長大な自伝『我が生涯の記』も、この頃に着手されている。マンソーはショパンと同じく結核にかかり、一八六五年、パリ郊外にある二人の愛の城パレゾーの館で静かに息を引きとった。サンドは六一歳になっていた。庭に小さな噴水のある瀟洒なパレゾーの館は、いまもかつての佇まいを残している。

晩年と没後

晩年のサンドは、親しい友人宅訪問、地方への旅、パリ滞在と精力的に動きながらも、童話集『祖母の物語』、自らの革命観を込めた長編小説『ナノン』など、死の直前まで創作の手を休めることはなかった。一八七五年、最後のパリ滞在をし、遺作『ペルスモンの塔』を脱稿後、翌七六年六月八日、ノアンの館で息を引きとった。あとひと月で七二歳になるところだった。同時代の作家や批評家のなかには批判者もいたが、彼女の死はフランス文学界を悲嘆に暮れさせた。執筆に行き詰まったときいつも助けてくれる師としてサンドを敬愛してやまなかったフロベールは葬儀で号泣した。文豪ユゴーは彼女を「気高い心と高貴な魂をもったわが国の誇り」と称えた。このときまだ五歳だったプルーストも、幼年期に親しんだサンドの作品世界を長じてからも深く愛し続けることになるだろう。また、サンドの影響は国内にとどまらなかった。ロシアの文豪ドストエフスキーがサンドを高く評価していたことはよく知られている。時代をくだり二十世紀に入っても、批評家アラン（エミール・オーギュスト・シャルチエ）はサンドを「偉大な魂」と呼び、最近では批評家ルネ・ジラールが『アンディヤナ』に関心を寄せるなど、その存在感はいまなお健在である。

（西尾治子）

用語解説（五十音順・原綴はフランス語）

◎**クレオール（créole）**　スペイン語のクリオーリョ（criollo原義は「育てられた人」）に由来し、フランス語やスペイン語では「植民地生まれの」を意味する形容詞として用いられる（人と物の両方に付く）。現在は非常に多義的だが、フランス語圏においてはもともとカリブ海やインド洋などの仏領植民地で生まれた人々（人種を問わない）を指していた。それが次第に、アフリカから奴隷として植民地に連れて来られた黒人の子孫（植民地生まれの者）をアフリカ生まれの黒人と区別してクレオールと呼ぶようになり、やがてかれらによって培われた言葉や文化全体をも意味するようになった。日本ではスペイン語圏のクリオーリョ（中南米やカリブ海の植民地で生まれたヨーロッパ人植民者の子孫、とりわけスペイン人）や、クレオール語（異なる言語の話者の間で自然に作り上げられた言語が、時代を経てその子孫によって母語として話されるようになったもの）と同義で用いられることもある。

◎**サン＝シモン主義（saint-simonisme）**　フランスの社会主義思想家クロード＝アンリ・ド・サン＝シモン（一七六〇－一八二五）は、生前はほとんど評価されなかった。しかし彼の死後、弟子たちが師の教えを受け継ぎ、人道主義に基づいた産業至上主義や民衆・女性の解放を唱える社会主義思想を広め、それがサン＝シモン主義と呼ばれるようになった。弟子の一人バルテルミ・プロスペル・アンファンタン（一七九六－一八六四）は、スエズ運河の建設、パリ－マルセイユ間の鉄道の開通、といった事業にも関わり、サン＝シモン主義の普及に貢献したが、グループの活動は次第に宗教的な性格を帯びるようになった。しかしアンファンタンの死後は、経済学者ミシェル・シュヴァリエがその宗教色を排し、ナポレオン三世のブレーンとなって第二回パリ万博の開催（一八六七年）を実現するなど、産業革命の推進に寄与した。ただし、資本家と労働者の連帯を唱えるサン＝シモン主義の思想はマルクス、エンゲルスからは空想的社会主義として批判された。

◎**持参金（dot）**　フランスでは古くから、結婚に際して新婦の家族が娘に持参金を持たせて嫁がせる習慣があった（現在ではdotは婚姻時に当事者の父母などから与えられる「婚資」を意味する）。持参金の額によって嫁ぎ先が決まると言われ、とりわけ金銭的価値を何よりも重視する産業ブルジョワジーが勃興した十九世紀には、持参金をめぐって婚家同士が駆け引きをしたり諍いを起こすこともしばしばあった。家名はあるが経済的に逼迫しており、娘に持参金をつけてやることができないため、自家より階級の低いブルジョワに甘んじて娘を嫁がせる貴族がいる一方で、多額の持参金を持たせて貴族に嫁がせ、貴族階級との姻戚関係を結ぼうとするブルジョワ家庭もあった。

◎**七月革命（Révolution de Juillet）**　一八三〇年七月二七日から二九日にかけてフランスで起こった市民革命。「栄光の三日間（Trois Glorieuses）」とも呼ばれる。時は王政復古期、ルイ十八世の後を継いだ弟王シャルル十世は、かつての絶対王政の栄華をとりもどすべく、貴族や聖職者を優遇する兄以上に反動的な政策を推進した。農民に配分された国有化されていた土地や財産の多くを奪い返して亡命貴族たちに分け与えたり、富裕層のみに選挙権を与える制限選挙制度を推進し言論弾圧を強化するなど、一七八九年の大革命の成果をことごとく覆したのである。七月二七日、この反動的な専制政治に対し、学生・労働者を中心にパリの民衆が蜂起して軍隊と衝突、ブルジョワジー（都市の裕福な商工業者たちなど）も合流し、二九日にスイス傭兵が守るルーヴル宮殿を陥落させた。ついでブルジョワたちは共和派の反対を退け、オルレアン公ルイ・フィリップを国王に即位させた。こうしてフランスは再び立憲君主制と自由主義の政体となったが、ブルジョワ寄りの政策によって、革命の発端となった蜂起の主体たるプロレタリア（労働者や農民）は再び疎外されていく。その不満はやがて十八年後の二月革命で爆発することになる。

◎**社会主義小説（roman socialiste）**　初期作品では多く女性の解放を主題としていたサンドは、次第に（とりわけ一八四〇年代に入ってから二月革命まで）社会の周縁で苦しむ民衆の問題に目を向けるようになる。一八三〇年代末～四〇年代初期の、聖職者・キリスト教社会主義思想家フェリシテ・ド・ラムネー（一七八二－一八五四）やピエール・ルルー（後述）らの影響のもとに書いた神秘主義的・人道主義的作品『スピリディオン』や『歌姫コンシュエロ』を経て、一八四〇年代、円熟期のサンドはいわゆる「社会主義小説」を次々に発表していく。『フランス遍歴職人たち』『オラース』『ジャンヌ』『アンジボーの粉ひき』『アントワーヌ氏の罪』などである。これらの作品では、民衆の貧困と階級の解消のためには富の分配が必要であること、その方法として「結婚による階級の融和」が望ましいことが提唱されている。たとえば『フランス遍歴職人たち』における貴族の女性と労働者の男性との結婚、『アンジボーの粉ひき』における貧しい青年とブルジョワの娘との結婚に、平等社会の実現に向けた「融和」の思想を込めたのである。また、これら二作品および『アントワーヌ氏の罪』の結末では、結婚したカップルが社会主義的な共同体というユートピアを実現する夢が描かれている点も特徴である。六〇年代に書かれた、職人の理想的共同体を描いた『黒い町』も社会主義小説に分類される。なお、右の作品中、舞台を故郷ベリー地方とし、農民を主人公としている作品は「田園小説」のカテゴリーにも入る。

◎世紀病（mal du siècle）　十九世紀初頭の青年たちを襲った虚無感、孤独感など不安定な心理状態を指す。当時の若者たちは、祖国の自由と解放を目的とした市民革命やナポレオン戦争を支持しながら、ブルジョワ社会の中で現実的に生きることを余儀なくされ、理想と現実の間で悩み、不安や憂鬱に陥る者が多かった。世紀病はロマン主義文学の主要な特徴の一つであり、その原型は、フランス・ロマン派の始祖の一人とされるシャトーブリアンの『ルネ』（一八〇二）に見出すことができる。その後の世紀病を主題とした作品としては、バンジャマン・コンスタンの『アドルフ』（一八一六）、アルフレッド・ド・ミュッセの『世紀児の告白』（一八三六）などが挙げられる。世紀病に悩む自身の心理を分析したミュッセの作品は、サンドとの恋の破局の後に書かれたものである。

◎二月革命（Révolution de 1848）　一八三〇年に始まるルイ・フィリップの七月王政下、フランスは産業革命と資本主義の発達をみたが、政治家と大資本家の癒着など政治の腐敗に対して自由主義者や社会主義者たちは批判を強めていた。また上層ブルジョワジーに選挙権を限定する制限選挙制度は、産業革命によって形成された小ブルジョワやプロレタリアの不満を買っていた。そこに一八四六年以来の経済恐慌が拍車をかけ、ついに一八四八年二月、共和主義者の集会をきっかけに民衆が蜂起して二月革命が起こった。デモとストライキの連鎖から武装蜂起を経て国王ルイ・フィリップが退位に追い込まれ、ルイ・ブランなど社会主義勢力が臨時政府を樹立する。サンドは革命勃発と同時にパリに駆けつけ、長年の念願であった共和制の理想が実現しつつあることを確信し、臨時政府に積極的に協力、『共和国公報』などに記事を寄稿した。臨時政府による第二共和政は、それまで王制とブルジョワ主体の社会から疎外されていた労働者・農民の期待を一身に集めたが、やがて期待は失望に変わる。まず保守派の巻き返しが始まり、四月の総選挙では臨時政府の社会主義勢力が大敗、危機感を抱いた急進派グループが五月にクーデターを起こそうとして鎮圧される。失業者の雇用という社会的な目的で創設された国立作業場が閉鎖され、六月、労働者の不満が爆発し（六月蜂起）、カヴェニャック将軍による徹底的な弾圧で何千人もの死者が出るという惨事に至る。サンドは失意のうちにノアンに戻り、再び創作に没頭する生活に入った。

◎ピエール・ルルー（Pierre Leroux）　フランスの思想家・

哲学者（一七九七－一八七一）。植字工として働いていた時期に友人と創刊した『グローブ』誌が一八三一年にサン＝シモン主義者グループの公式機関誌となり、重要なメンバーとして迎えられるも、アンファンタンの教義に反対してグループを離脱。一八三八年に社会主義者ジャン・レイノーと『新百科全書』誌（～四一年）を、一八四一年にはポーリーヌ・ヴィアルドの夫ルイやサンドとともに『独立評論』誌を創刊した。ルルーの哲学の根幹は、人類は転生を繰り返しつつ完全なものに向かって永遠に進んでいくという進歩の概念、一般大衆を無知から救うことが平等の実現につながるとする普遍主義的平等観、そして階級や男女の融和、人々の宗教的・精神的要求と物質的要求の調和、人類の相互依存関係を強調する思想であった。サンドは彼の思想から深い影響を受け、その痕跡は『スピリディオン』『歌姫コンシュエロ』『ルードルシュタット伯爵夫人』などの作品に表れている。

◎ボヘミア／ボヘミアン（Bohême/bohème）　ボヘミアは現在のモラヴィアを含むチェコ共和国の西部・中部地方を指す歴史的地名。古代にはケルト人が独自の文化を形成していた。十世紀に神聖ローマ帝国に属して以来、長らくドイツの支配を受け続け、十九世紀にはオーストリア帝国の一部となったが、同世紀前半にはチェコ人の民族運動が勃興し、一九一八年、ほぼ一〇〇〇年ぶりにドイツの支配から逃れ、独立したチェコスロバキアの中心地となった。ボヘミアンは、ボヘミア地方の住民や、決まった居住地をもたずヨーロッパを放浪して生きる人々（北インド起源のロマなど）を指す呼称だったが、次第に社会の外で貧しくとも自由に生きる若い芸術家や学生を示唆する意味合いをもつようになった。十九世紀フランスではボヘミアン的な生き方は一つの社会現象となり、多くの文学作品に登場した。

ノアンの館（撮影：平井知香子）

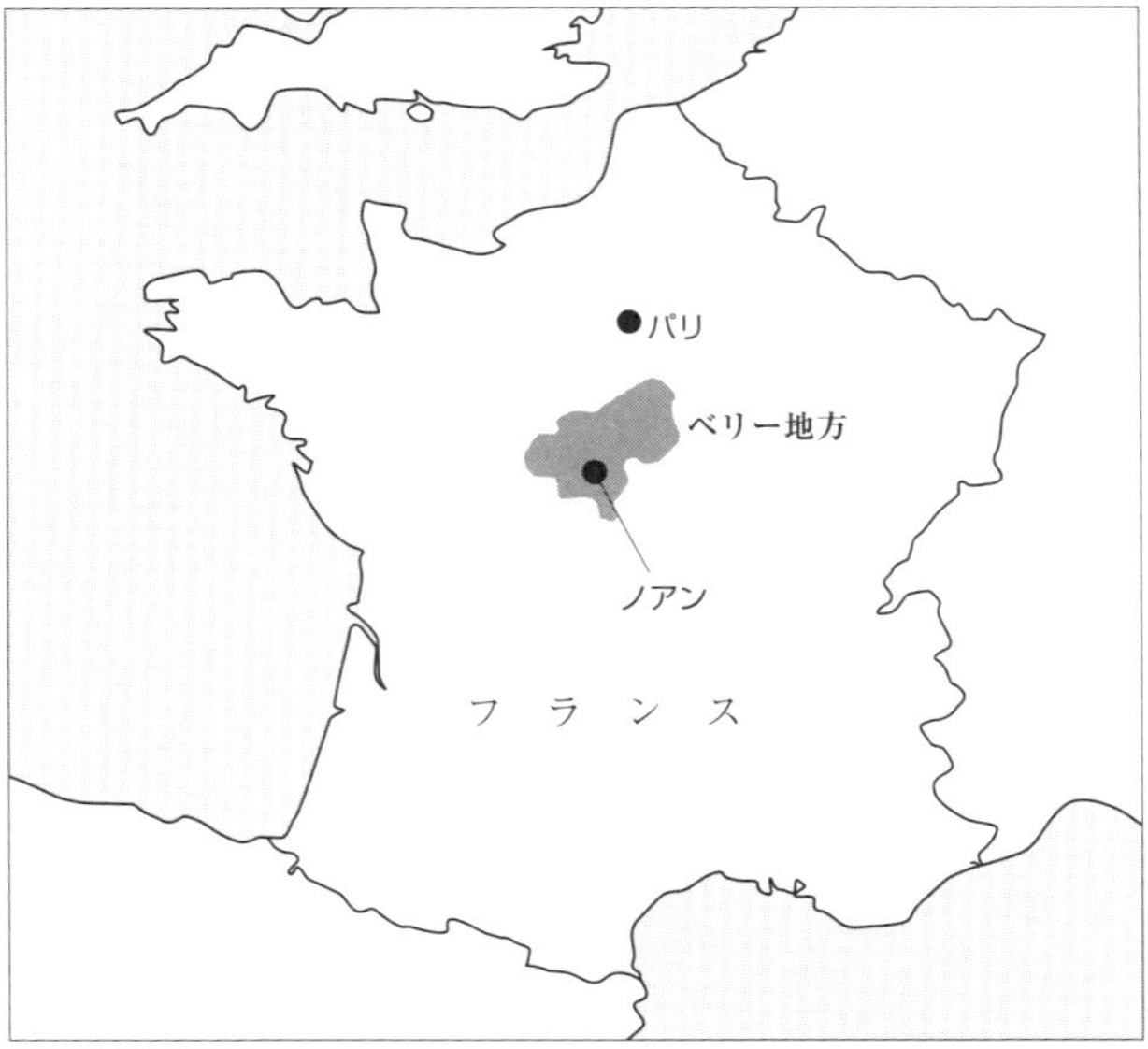

ガヴァルニによる版画
右側がサンド。男物のシルクハットをかぶり，ネクタイをし，フロックコートとズボンを着用している。左手にはステッキ。サンドはこのようないでたちで，悠々とパリの劇場に出入りしていたのだろう。

解釈の新しい視座1

男と女

この「男と女」の部では、サンド作品に登場する人物像を、「男と女」という切り口で読み解いてみたい。

サンドは「男装の作家」として知られ、十九世紀当時、彼女の男装姿はしばしば揶揄の対象となった。また、ペンネーム「ジョルジュ・サンド」の「ジョルジュ」は、フランスでは一般に男性名と認識されている。つまり、一人の女が男性名を筆名として使い、時には男の衣装をまといながら、文壇という男の世界へ乗り込んでいったのが、ジョルジュ・サンドという現象なのである。作家サンドの生い立ちには、もともとこのように、「女」と「男」というふたつの性が刻印されていた。

もちろんそこにはらまれているのは、「どの性で書くのか」という問題だけではない。

十九世紀は、男女の社会的役割の固定化が進んだ時代だと言われている。その結果、女の理想の一生は、清純な娘から貞淑な妻となり、慈愛と自己犠牲の精神に満ちた母になることとなった。これを当時の模範とするなら、職業作家になるという道を選んだサンドは、社会が求める性別役割に対して反旗を翻したことになるのだろうか。その答えは彼女の作品の中にある。教育の機会や人生における自己決定の権利など、およそ男性に許されることが女性には許されないという状況を、作家がどのように感じ、それに対して何を訴えようとしたのかが、彼女の作品には明瞭に描かれている。

第1章から5章で扱う作品は、おおよそ、執筆された年代順に並んでいる。第1章では、サンド自身の「男装」にどのような意図があったかを検討し、その意図が作品に反映されていく過程を分析する。そこでは男性中心社会に生きる女性が、自己の生き方を模索する際の苦悩が明らかにされるだろう。サンドはまた、ある立場に固定されていると見える人物たちを変身させ、別の姿へと脱却する道を描いてもみせた。第2章では、ヒロインに導かれて変身を遂げる男性と、彼女と彼が実現する理想の結婚のあり方が検討される。法的かつ社会的な意味での男女関係といえば結婚がその代表的なもので、そこにはさまざまな利害関係が浮き彫りになって現れる。第3章では、結婚の現実と理想がテーマになるだろう。第4章では少し視点を変え、十九世紀中頃のフランスで、「男らしさ」がどのように規定されていたかをサンドの目を通して検討する。最後に、第5章では、変装するヒロインに注目する。変装は同性に変装する「同性装」と異性に変装する「異性装」に大別されるが、本章ではその両方の様態を分析することで、男性性と女性性の混交について掘り下げ、サンドが提示した、性を超えたスケールの大きい人物像に迫る。

サンドの描く「男と女」のあり方は、変化への期待に満ちている。固定化されたジェンダー規範からの脱却を企てるとき、人間と社会に何が起こるのか。二つの性という枠組みをさえ、やすやすと越えていくかに見えるその作品世界を、各章の分析を通じて俯瞰してみよう。（高岡尚子）

第1章

性を装う主人公

『我が生涯の記』『ガブリエル』

新實五穂

ジョルジュ・サンドは、実生活で男性の服装を身に着けたことによって、つとに知られる作家である。四歳の時、軍服を身に着けたのを始まりとして、思春期の頃には健康面での理由（リウマチの治療）および狩猟や乗馬をするために、男物の衣類を着用したとされている。また、パリに住んだ二十代後半から三十代にかけて（一八三〇年代）は、経済的および機能的な理由に加え、カフェ・劇場・美術館・新聞社などに男性の友人たちと徒歩で出向き、自己の知的好奇心を満たすため、男性の服装を用いたと言われている。(1)

一方、サンドの創作活動に目を向けてみると、彼女が著した作品には、女性の登場人物がその服装や着こなし、振る舞いによって、まるで男性であるかのような印象を与える場面が出てくる。たとえば『レリヤ』では、女主人公の男装が両性の側面をあわせもった理想的・完璧な人間像を示すと同時に、女性としての不完全さを顕在化させる役割を果たし、『アンディヤナ』や『モープラ』では、女性用乗馬服が女主人公に女性的な美しさとともに男性的な大胆さや果敢さを付与する役目を担っていた。(2)

アルシッド・ロレンツがサンドの男装を揶揄した風刺画《滑稽な鏡》（1842）

本章では、サンドが実生活で試みたとされる男装と、彼女が執筆した作品における女主人公の異性装を事例に、女性の異性装が表象するものを探ってみたい。まず、十九世紀前半のパリを舞台とするサンドの実生活での男装について、自伝的作品『我が生涯の記』と書簡を用いて分析する。次に、戯曲『ガブリエル』における女主人公の服飾の描写から、サンドにとっての異性装の意味を多面的に読み解いていきたい。

1　一八三〇年代のパリにおけるサンドの男装

二六歳のサンドが一八三一年一月四日にパリへ赴き、男装することを思い立った根本的な原因は、彼女の結婚生活がわずか十年足らずで破綻したことであった。夫婦喧嘩の末に彼女は、一年のうちの半分をパリで過ごし、パリ滞在時には月二五〇フラン（現在の日本円で約二五万円相当[3]）を支給してもらう約束を夫との間で取り決めるのである。けれども、パリで生活を始めると、サンドは自分の持ち金で実現できる生活レベルの低さを実感した。ゆとりのない、貧しい生活を送る一方で、演劇に大きな関心を寄せる彼女は、職業作家として自力で生きていくことを夢見ていた。

経済的・機能的な理由での男装

経済的な問題を打開するため、サンドはまず同郷のベリー地方出身の男の友人たちの生活を参考にした。彼らが自分と同じ程度のわずかな生活費によってパリで暮らしながらも、政治や芸術に関する出来事、クラブや街での喧騒など、知的な若者であれば関心を持つ事柄をすべて見聞きしていたからである。サンドは彼らにならい、女の服と靴でパリ中を歩き回ったが、冬のパリの悪天候の中で風邪を引き、でこぼこの舗道で靴を痛め、雨で服を台無しにするという悲惨な結果に終わった。それゆえ、彼女は服装の問題を解決せざるを得なくなったのである。

その解決策を、サンドは母親に求めた。彼女の母親はわずかな年金しか受け取っていなかったにもかかわらず、非常に優雅で、ゆとりある生活をパリで送っていた。ある日サンドは母親に、「八日に七日は部屋にこもって暮らすのでなければ、このひどい天候で、どのようにしたらもっとも安い服装であってもやっていけるのだろうか」と尋ねた。母親はこう答えた。「私が若く、あなたのお父さんにお金がなかった頃、お父さんは私に男装させることを思いついたの。妹も一緒に男装して、劇場をはじめ至るところへ、お父さんとともに歩いて出かけたわ。生活費は以前の半分に節約されたのよ」。サンドは、男装を勧める母親の忠告に従い、即座に男物の衣類を着用しはじめた。彼女はその様子を、『我が生涯の記』で次のように述べている。

厚手の灰色のラシャ地で、哨舎風《しょうしゃふう》フロックコート〔当時流行した男性用上着。兵隊向けに仕立屋が哨舎の中で寸法を測ったことに由来する〕を誂《あつら》え、ズボンとチョッキも揃いで作らせた。灰色の帽子とウールの大きなネクタイを着ければ、私は完全に小さな初級生であった。長靴が私をどれだけ喜ばせたかはとても言い表せない。〔…〕踵に小さな鋲を打った靴のおかげで、舗道の上をしっかりと歩けた。パリの端から端まで飛び回り、世界一周でもしたかのように思われた。

知的好奇心を満たすための男装

一方でサンドは、息子の家庭教師で自身の友人でもあったジュール・ブコワランへ宛てた一八三一年三月四日付の書簡で次のように語っている。

『フィガロ』紙の主幹であるラトゥーシュは、記事一本につき七フランを支払ってくれます。そのお金で、あなたが私にしてくれたある忠告に従って、飲み、食い、芝居を見に行きさえします。それは私にとって、もっとも役立ち、興味深い観察の機会なのです。ものを書こうとするなら、すべてを見て、すべてを知り、すべてのことを笑わなければなりません。〔傍点引用者〕

この書簡の中では「ある忠告」という表現でほのめかされているが、ブコワランは以前、サンドに男物の衣服を着用するように助言したのだった。またこの書簡からも明らかなように、彼女の男装は、経済的・機能的な理由によるばかりではなく、知的好奇心を満たし、作家として生きていく上での手段にもなっていた。

男装のサンドは、あらゆる出来事を観察する機会に恵まれた。彼女はその状況について、「男装によって、十分に男性として活動することができた。それまで愚鈍な田舎者であった私は、この恰好によって、永久に閉ざされていた社会を目にすることができた」と語っている。とりわけ劇場での男装は彼女にとってことに印象深かったのか、『我が生涯の記』の中で次のように述べている。

誰も私に注意を向けず、私の変装を不審がらなかった。造作なく男性服を着ている上に、服装や容貌に洒落っ気がないため、あらゆる疑いを逸らすことができていた。視線を集め、ひきつけておくには、私はとてもひどい身なりで、あまりに気取らない（いつものぼんやりして、ぼうっとした）様子だった。[…]ともかく、男として注目されないためには、女としても注目されない習慣をかねてより持っていなければならない。

周囲の注目を集めず、関心を引かないという点で、劇場でのサンドの男装は大成功を収めた。その成功は、彼女の気取らない普段の雰囲気と、女性らしさの表出を抑制する習慣によって支えられていたようである。女性性の表出を抑えるこの行為こそが、一八三〇年代の半ばに、彼女が再び男装をする動機へとつながっていく。

社会的な制約による男装

サンドは『我が生涯の記』の中で、一八三五年のある出来事を次のように述べている。「男性たちと一緒にいるたった一人の女性として注目されないため、私は再び、少年の服装をときおり身に着けるようになった。それは、私にリュクサンブールでの五月二十日の例の法廷に気付かれずに入り込むことを可能にしてくれた」。彼女にとってこの年は、急進的な共和主義者であるミシェル・ド・ブールジュと(夫との別居訴訟をきっかけに)知り合うことを通じて、共和主義者としての政治的立場を確固たるものにした年であった(4)。

「リュクサンブールでの五月二十日の例の法廷」とは、前月から行われていた「巨大裁判」あるいは「四月裁判」(5)を指す。ミシェル・ド・ブールジュは、この「巨大裁判」で見せた雄弁さや舌鋒の鋭さからフランス中に名を馳せた弁護士である。サンドは一八三五年五月二十日、男装してリュクサンブールの貴族院を訪れ、そこで開廷された「巨大裁判」を傍聴した。彼女が後日、貴族院議員のドカーズ公爵へ宛てた書簡では、この貴族院での男装について以下のように記されている。

今日、私は入場券を持っていましたが、私のフロックコートは認められませんでした。それで、あなたのお名前を厚かましくも引き合いに出し、入場することができました。もしご親切にも二枚の入場券を送って下さるならば、明日も同じように貴族院へ行きたいのです。

サンドはなぜドカーズ公爵にこのような依頼をしたのか。それは公爵の以前の発言に関係している。一八三五年五月十一日付の『ルーアン新聞』には、「巨大裁判」に関するドカーズ公爵の態度を報じた次のような記事がある。

被告人の妻ボーヌ夫人は、裁判に出席させてほしいと貴族院尚璽《しょうじ》[法官]に懇願していた。ドカーズ氏は夫人へ次のように言った。「マダム、この件に関しては、私たちの決議は揺らぎません。だがあなたは、口頭弁論を聞く手だてをお持ちです。ここに[公判の]入場券がありますから、ズボンをお穿《は》きなさい。あなたはかわいらしい女性ですが、きっと素敵な青年になるでしょう。そして私たちは、常に喜んであなたを招き入れることでしょう。」

当時は、たとえ被告人が夫であろうと、女性は政治裁判や重罪裁判の法廷には出席できないという社会的な制約があった。十九世紀の政治裁判や重罪裁判では、「女性の激しやすいヒステリックな性質」などを理由に、女性は厳重に排除されていた。[6] しかしながら「巨大裁判」では、一〇〇人近くの女性が貴族院内に入り込んだ。貴族院の番人たちは、時に口頭弁論を聞きに来た男装の女性たちを見て見ぬふりをしたとも言われている。サンドの場合は、見咎められ、ドカーズ公爵の名前を引き合いに出すことでようやく入場を許可された。さらに、引き続き裁判を傍聴するため、女性が男装して法廷に潜り込むことに理解を示していた公爵の力を借りようとしたのだった。

サンドの男装は、一八三〇年代初め（二十代半ば）には、経済的理由や機能的な利便性によるものであった。一八三五年（三十代）になると、それは彼女の共和主義者としての政治活動と不可分のスタイルとなっていった。しかしいずれにせよ、十九世紀の女性たちは必要に迫られて男装を強いられたのであり、それが社会的な制約へのある種受動的な反応であることを見過ごすことはできない。

2　『ガブリエル』における女主人公の異性装

前節では、サンド自身の男装について検討したが、社会的な制約によって強いられながらも、男装は彼女にとって便利で、個人的な嗜好にも合っていたように思われる。けれども、彼女が日常生活で頻繁に男装をしていた時期に執筆された戯曲『ガブリエル』では、女主人公の異性装には彼女の結婚制度や家族制度への批判が含まれており、そこでの「男装」はより社会的な事象を表象したものと考えられる。

戯曲『ガブリエル』

サンドは一八三九年四月初め、スペイン旅行からの帰途マルセイユに立ち寄った折に『ガブリエル』を執筆している。この作品は、一八三九年七月一日と十五日、そして八月一日の三回にわたって、『両世界評論』誌に掲載された。物語はプロローグから第二部までの前半三部と、第三部から第五部までの後半三部の計六部から成っており、舞台は一六三〇年代のイタリアと推測されている。(7)

作品では、祖父の計略により男性として育てられた女主人公ガブリエルが、従兄弟との恋愛や不幸な結婚生活を経て、最後には殺害されるまでの悲劇的な人生が描き出されている。また作中では、ガブリエルの名前が場面によって「Gabriel（男性名）」もしくは「Gabrielle（女性名）」と記し分けられ、主人公を指す人称代名詞も「彼」と「彼女」の両方が使われている。つまり明らかに主人公は各場面で性を変化させているのである。その性の変化こそが『ガブリエル』の主題であり、そこでは服装が重要な位置を占めている。女主人公は、幼少期から思春期にかけて男物の衣類を身に着け、男性としての教育を受ける。不幸な結婚生活を経験した後には、再び男装を試みる。女主人公ガブリエルの境遇はいくつもの点でサンドのそれと似通っている。

このように、作者自身の境遇が投影されていると思われる興味深い物語であるにもかかわらず、『ガブリエル』は、サンドの戯曲の中でも、当時劇場で上演されなかったためか、深い考察がなされてこなかった。しかし、一九八八年に女性学の分野で有名なデ・ファム出版社がこの作品を編纂・刊行したのに加え、一九九二年に初めて英語に翻訳されることで世界中のジェンダー研究者の関心を集め、作中で異性装が果たす役割についても考察されるようになってきている。(8)

物語の前半における異性装の意味

そもそも、女性であるガブリエルが男性として育てられたのは、莫大な財産を持つ彼女の祖父とその共謀者である男性家庭教師との企みによるものだった。男性から男性へしか遺産は相続することができないという当時の法律の下で、祖父はほかの子孫よりも見所のある孫娘のガブリエルに遺産を継がせ、名門ブラマント家を存続させたいと願ったのである。プロローグの第三場で、十七歳のガブリエルは、「当世風の狩猟服を身に着け、長髪の巻き毛を乱し、乗馬用の鞭を手にした」青年の姿で登場する。祖父のもくろみ通りに成長したガブリエルは、文学や歴史、哲学に精通し、激しい運動や狩り、剣術などを好む、たくましく誠実な「青年」である。

しかしながら、ほどなくしてガブリエルは、自分がブラマント家の遺産相続人に仕立て上げるべく男として育てられた事実を知ってしまう。ガブリエルは遺産相続法を痛烈に批判すると同時に、女性として生まれたからにはしかるべき結婚をし、実家の財産も親族の愛情も放棄すべきなのに、それらをいまだ手にしている自分が呪われた人間であるかのように感じる。その結果、祖父の企みを阻止し、自身の罪を償おうと考える。そして自分よりも貧しい生活を送る従兄弟のアストルフを捜し出し、彼と平等に遺産を分け合うことを思い立つのである。

続く第一部は、ガブリエルが、放蕩者として評判になっていたアストルフを居酒屋で見つけ出す場面から始まる。二人はそこで喧嘩に巻き込まれ、一晩投獄されてしまうものの、互いに身の上を打ち明け、心を通わせていく。アストルフはガブリエルの美しさに心ひかれつつも、話のわかる従兄弟として受け容れる。第一部の終わりで牢獄から解放される頃には、ガブリエルはアストルフの親友として、男の姿のままで生きていく決意を固める。

しかし、第二部のカーニバルの場面で、ガブリエルの決心は、ほかならぬアストルフによって打ち砕かれてしまう。彼は、自分を裏切った元恋人の高級娼婦フォスティナと恋敵アントニオに一泡吹かせるため、ガブリエルに女性の扮装をさせ、自分の婚約者として彼らに紹介することを思いついたのだった。アストルフのたっての頼みを断り切れず、バラの花と葉で頭髪を飾り、ブレスレットやレースの首飾り、手袋、透ける肩掛け、簡素ではあるが凝った白い絹のドレスを身に着けたガブリエルは、鏡の前で、次のような自問を繰り返す。

この恰好は何という苦痛を与えるのか！　すべてが窮屈で、息苦しい。コルセットは拷問のようで、動きづらい！〔…〕［衣類の仲買人］ペリーヌは私が美しい娘のように見えるだろうと言っていたが、本当なのか？〔…〕それにしてもアストルフは、何と厄介な気まぐれを起こしたのだろう！　彼にとっては単なる気まぐれなのだろうけれど、まったくどうかしている。女の服装を嫌っているのに、これを着てみたい気持ちを我慢できないとは！

美しく着飾ったガブリエルの姿はフォスティィナやアントニオを見事に欺き、アストルフの企みは大成功を収めた。ただし、ガブリエルのドレス姿にもっとも魅了されていたのは、ほかならぬアストルフ自身であり、思わず愛を告げてしまう。これをガブリエルは拒絶し、二度と女性の恰好はせず、いっそう「男らしく」暮らすことを誓う。しかし、男物の服に着替える姿をアストルフに目撃されてしまい、彼女が本当は女性であったという事実が発覚して、ついに二人は結ばれる。

この第二部まで、つまり男性として育てられた経緯から、従兄弟アストルフとの出会い、彼がガブリエルを女性として認識する顚末までが物語の前半部分である。ここまでのところ、ガブリエルの異性装は、明らかに周囲の男性によって強制・指示され、それを彼女自身が受け容れるという図式に還元される。結局のところ、ガブリエルが身に着ける服装は、それが男の恰好であれ、女の恰好であれ、自らの意思や欲求に基づくものではなく、男性の課す制約に縛られた主人公の劣等的な立場を表象しているように思われる。

物語の後半における異性装の意味

第三部では、アストルフとガブリエルが荒れ果てたアストルフの実家で新婚生活を送る情景が綴られる。アストルフは、ガブリエルの出自や家族構成、資産などについて、母親のセッティミアにはすべて隠して結婚したため、セッティミアは息子の嫁に不信感を抱いていた。さらに彼女は、立ち居振る舞いからして嫁が良家の子女であることは明らかなのに、持参金がなかったことに日々不満を募らせていた。またガブリエルが狩りを好み、誰よりも上手く馬を乗りこなし、あらゆる種類の文学作品を読破している反面、家事や裁縫仕事を満足にこなせず、福音書を読まないことを快く思っていなかった。やがてアストルフと母の間では、ガブリエルをめぐってしばしば口論が起きるようになる。嫁を罵倒する母親への怒りをあらわにするアストルフを、ガブリエルは次のようになだめる。

『ガブリエル』の挿絵（ジュール・エッツェル版，1854，33頁）

あなたが私を再び女にさせても、私は男であることを全くやめてはいませんでした。女の恰好や女がなすべき仕事を再開したとしても、男として育てられたことで発達し培われたもの、精神的に偉大な天分と冷静な外観とが、私には残っていたのです。私は女性よりも多くのものを持っており、［セッティミアを含め］どんな女性も、私に嫌悪や恨み、憤りの感情を抱かせることはできないといつも思っています。

それでも、アストルフは自分の母親を責め続け、ついに彼らは二人だけで暮らすことを決断する。

第四部では、夫婦のその後の様子が描かれる。ガブリエルを愛するあまり嫉妬に狂ったアストルフは錯乱状態に陥り、二人の結婚生活は破綻をきたす。ガブリエルの方も、この結婚生活を「捕虜生活」と呼び、妻となったことを後悔するようになる。ついには、「男として暮らしたい時に男でいられないことが辛い。女としての生活は、ずっと幸せではなかったから」と苦悩を打ち明けるまでになる。ある日、アストルフが言い争いの末に、ガブリエルを部屋に軟禁しようとするに及び、彼女は馬に飛び乗り、忠実な男の使用人とともに彼のもとを去る。この場面では、ガブリエルは自らの意思で「男物のコートと帽子」を身にまとっていた。
物語の結末にあたる第五部では、ガブリエルは「趣味の良い、飾り気のない黒い衣服を身に着け、剣を脇に携えた男の姿」で登場する。結婚生活を捨て、ローマへと向かったガブリエルは、教皇に面会して修道院へ入る許可を得るとともに、祖父の死後、アストルフがブラマント家の全財産を相続できるように教皇の署名入りの文書を作成してもらった。一方、アストルフは彼女の家庭教師の助けを得て、三か月もの間、ガブリエルを捜索し続けていた。アストルフは、遺産相続のため男と偽装してきた事実を世間に暴露すると脅してでも、ガブリエルと一生を添い遂げることを望んでいた。他方、家庭教師の方は、祖父の手からガブリエルを救い出すことだけを願っていた。祖父は、自分と家を捨て、女として暮らしていた孫に憤り、彼女の殺害を企てていたのである。このような状況下で、ガブリエルは酒に酔ったアストルフが娼婦のフォスティナと口づけをする光景を目撃してしまう。彼との愛が終わったことを悟ったガブリエルは、自由を手に入れるためには自殺以外に方法がないという考えにとらわれる。彼女は次のように自問する。

アストルフは、裁判所や人が集まる場所に私を呼び、裁判官や皆の前で、警官に私の男物の上着を引き裂かせたいのだ。彼の財産や権力の証として、乳房をあらわにさせたいのだ。アストルフだけが見た、この女の胸を！〔…〕絶対に、この最後の侮辱だけは受け容れない。この侮辱を受け容れるくらいなら、むしろ見ている人たちが怯えるほど、胸をかぎ裂き、乳房を切断してやる。さすれば私の裸を見て、誰も笑わないだろう。
……ああ、ご加護を！　お守りを！　やっとどうにか、死ぬのをためらっている！

結局、ガブリエルは、祖父が送り込んだ暗殺者に殺害され、使用人、アストルフ、家庭教師が、彼女の死体を橋の上で発見する。悲しみに沈む使用人はアストルフを糾弾し、彼を狂乱状態に追い込む。家庭教師は、ガブリエルの生い立ちと性別に関する秘密を、自分たちの手で、彼女の遺体とともに永遠に葬り去ることを提案する。ガブリエルの死に際し、彼らは三者三様の態度を見せ、物語の幕は閉じる。

第四部の後半から第五部にかけてのガブリエルの男装は、間違いなく、アストルフとの悲惨な結婚生活を抜け出すための能動的な行動である。それは、夫によって縛られ、虐げられ、家事に専心する妻の立場を離れて、自由な生活を手に入れるための装備であった。またガブリエルは逃亡の際、使用人にブラマント家へ戻るつもりもないことを伝えている。男装はするが、実家には戻らず、一人で暮らしていく道を選んだガブリエルの言動には、あらゆる家長から解き放たれたい欲望が垣間見える。言い換えるならば、この女主人公の異性装は、結婚制度や家族制度に由来する女性の隷属状態を告発する装置の役目を担っている。

ただし、第五部の冒頭における自身の男装を、ガブリエルは「最後の男装」と呼んでいる。つまり、ガブリエルが自発的に行った最後の異性装は、女性であることや女性として生きていくことを捨て、完全な男性になることを望んだ末の行為ではない。第三部において、「私は女性よりも多くのものを持っている」と自負しているように、彼女の目的は、自身を「女性以上の存在」（いうまでもなくそれは「男性」を意味しない）とみなし、性の役割分担を否認することであったと思われる。

異性装が表象するもの

サンドと性別二元論の問題に関する最近の研究動向としては、男性名の筆名や書記法を主な根拠として、二つの異なる解釈が生まれていることが挙げられる(9)。一つは、サンドにおいては二つの性が混同・融合して性差が消滅し、両性具有となったとする説である。もう一つは、欠点も含め女性の性質を明白に有した上で、作家としては男の立場に立つサンドを、一つの性の中に男性性と女性性を備える「双性性」の持ち主とする説である。

サンドはまた、私生活では生物学的性差（セックス）と社会的・文化的性差（ジェンダー）を容認しながら、作家活動においては社会的・文化的性差を否定したとも言われている。(10) つまり、母親や祖母、恋人の立場にある時には、サンドは女であることを誇りにし、性別役割分担を引き受け、満足していた。その一方で、執筆の際には、サンドは当時のジェンダー観に抵抗し、家父長的な結婚制度による女性の隷従を告発し、拒絶した。

正解はこの二つの解釈の狭間にあるように思われる。実生活における男装と、戯曲『ガブリエル』における異性装とを分析することによって、サンドにとっての異性装は、服飾観や性向など、個人的なレベルに留まる問題ではないことが明らかになった。彼女の異性装が、当時の女性たちが置かれていた社会状況を反映しているとともに、ジェンダーの恣意性を暴いていることは確かである。実生活での姿勢は受動的で便宜的な印象を与えるものの、サンドは『ガブリエル』を通して、所与のジェンダー化された身体と身体規範にも、男性と同等の教育によって変容が生じることを明示した。また物語の女主人公に大天使ガブリエルと同じ名前が付けられたのにも、主人公の性や身体規範は地上ではいまだ受け容れられないけれども、天上ではその可能性があることが示唆されていると考えられる。そこには、サンドの女性性の表出に対する両義的な態度（ある時はそれを欲し、ある時はためらった）に表れているように、女性性の欠点や矛盾、不完全さをも包含した上で、作家として、性別二元論では括れない、新しく自由な生／性を生きたいという願いも少なからず投影されていると言えるのではないだろうか。

＊本章は、拙著『社会表象としての服飾――近代フランスにおける異性装の研究』第一部「ジョルジュ・サンドの異性装」を改稿したものである。

第2章

変身譚に読み取る平等への希求

『モープラ』をめぐって

小倉和子

サンドが一八三七年に三三歳で発表した恋愛小説『モープラ』では、主人公のベルナール・ド・モープラをはじめとして多くの登場人物が「変身」を遂げる。それらは外見の変化に留まらず、アイデンティティの変容にまでいたることも多い。本章では、サンド版『美女と野獣』ともいうべきこの小説における登場人物たちの変身の意味を探りながら、作品の魅力に迫ってみよう。さらに、変身の主題の延長線上に見いだせるサンドの結婚観、男女のあり方や社会への期待についても明らかにしたい。

1 『モープラ』の背景

革命前夜のフランス中部

樫や栗の老木がうっそうと生い茂る広大な荒れ地、そこにひっそりとたたずむ小さな城の廃墟。フランス中部、マルシュ地方とベリー地方の境界に位置するヴァレンヌの昼なおほの暗い峡谷と、そこにうずくまる陰気な「ロッシュ＝モープラの館」が、『モープラ』の舞台である。この館がある峡谷の上を通る者は、昼間なら口笛を吹いて何気ない風をよそおうこともできるだろう。しかし日没後ともなれば、廃墟に住みつく悪霊を追い払うためにときおり十字を切りながら、足早に通り過ぎるほかない。

『モープラ』は、「青年作家」を自称する若者が友人と二人で地元の名士ベルナールのもとを訪ね、八十歳を過ぎたこの老人に、彼が歩んだ人生を二日間にわたって語ってもらうという体裁をとった長編小説である。

ときは十八世紀後半、フランス革命を準備する啓蒙思想が地方の小都市にも確実に浸透していった頃のことである。封建領主の嫡男として生まれながら、七歳で孤児になった語り手（＝ベルナール）は、没落して山賊になり果てた祖父トリスタンとその七人の息子たちの根城ロッシュ＝モープラに連れてこられ、教育を受ける機会もなく野獣のように育つ。しかし、十七歳の年、ある激しい嵐の日、館に迷い込んできて囚われの身となった従妹（正確にはベルナールの父の従妹だが、彼と同い年）のエドメに一目惚れし、彼女とともに館を脱出する。そして、モープラ一族の分家であり、ヴァレンヌ峡谷から何里も離れたサント＝セヴェール城に住むエドメの父親ユベールに引き取られ、エドメの愛に導かれながら、「野獣」から有徳の士へと「変身」を遂げる。

「祖父の馬はやせて，頑強でした」
（1851年版『モープラ』挿絵）

田園を舞台にした中編小説から長編恋愛小説へ

この作品は、一八三五年春に執筆が開始されたときには、サンドが幼年時代を過ごしたフランス中部のベリー地方を舞台とした「中編の田園小説（nouvelle rustique）[1]」として構想されていた。しかしその後、第3節で詳述するように、サンドの私生活上の理由もあって一年以上執筆が中断されることになる。一八三七年初めにようやく再開されたときは、もはや「田園小説」の枠組をはるかに超え、パリの社交界や独立戦争当時のアメリカ、ロマン主義的な美しい山岳風景[2]に彩られたスイスへと、次々と舞台を移しながらベルナールの激動の半生が語られるという、教養小説[3]、社会小説、歴史小説、暗黒小説[4]など多様な要素を含んだスケールの大きい恋愛小説として生まれ変わっていた。単行本の刊行に先だって、一八三七年四月から六月にかけて『両世界評論』誌に四回にわけて連載されている。

いったん執筆が中断されて、その後あらたな構想のもとに書き直されたこの小説において、「生まれ変わり」や「変身」のテーマは、作品の骨組みのみならず、主要な登場人物の生き方そのものにもかかわる重要なテーマとなっている。次節では、このテーマを中心に作品を読解してみたい。

2　登場人物たちの変身

モグラ捕りのマルカス

モグラ捕りのマルカスは、この小説の魅力的な脇役の一人である。モグラ捕りとは、ネズミ、ムナジロテン、コエゾイタチなど、住居や畑に害を及ぼす動物を駆除する農村部特有の生業《なりわい》である。マルカスはもともと、ベリー地方一帯を回って黙々と害獣を捕まえる、口下手で目立たない人物だった。ところがあるとき、その彼が変身を遂げる。彼は職業柄、平民の家から貴族の館までどこでも自由に出入りして、人びとの会話や新聞から社会の動向を察知することができ、かなりの情報通であった。後述する独居老人パシアンスとの交友を通じて共和主義思想に近づいた彼は、エドメの婚約者だったド・ラ・マルシュ氏の渡米の機会をすばやくとらえて、自分も新大陸に渡り、先に渡っていたベルナールと合流して、ともにアメリカの独立のために戦うことになる。

さらに帰国後は、ロッシュ＝モープラに出没する亡霊の正体を暴くためにほとんど探偵まがいの能力を発揮し、また、エドメが銃で撃たれ重傷を負い、その容疑が無実のベルナールにかかったときは、真犯人を捕まえるために大活躍する。つまり彼は、地元のあらゆる家々を回りながら身につけた情報処理と洞察の能力を、小動物を相手にするのをやめてからのち、新大陸や故郷ベリー地方で自由や正義のために発揮するようになるのである。

森の隠者パシアンス

森の真ん中にぽつんと取り残されたガゾー塔の一室に独居し、「苔と木の幹ですばらしい家具調度をつくり、木の根や野生の果実や山羊の乳製品」を食べて未開人のような生活を送るパシアンス老人もまた、大いなる「変身」を遂げる一人である。彼は教育を受ける機会を逃し、読み書きもろくにできない野性人だった。しかし、異端的な思想などのために教会から迫害されていたオベール神父とだけは馬が合い、神父との対話から古代ギリシア・ローマの哲学者たちの思想やジャン＝ジャック・ルソーの啓蒙思想をむさぼるように吸収する。

住処としていたガゾー塔が惨事の現場となったため（憲兵隊に襲撃されたロッシュ＝モープラから逃げてきたトリスタンの二人の息子がここで非業の死を遂げる）、パシアンスはそこでの気ままな生活を諦め、エドメ親子が住むサント＝セヴェール城の庭園の片隅に居を移し、これを契機にエドメの慈善事業を手伝うようになる。こうして、かつて「魔法使い」や「狼使い」などと呼ばれて恐れられていた森の隠者が、村人たちのいざこざを仲裁する「偉大な判事」に変身するのである。

現在のガゾー塔（画面左手）

また、エドメ狙撃事件に際しては、何日も森に隠れて真犯人たちの密会現場を取り押さえ、その一部始終を公判で雄弁に証言して、ベルナールを冤罪の窮地から救い出す。さらには、己のうちに育んできた自由思想と革命思想をフランス革命で十二分に開花させることになる。

山賊ジャン・ド・モープラ

マルカスやパシアンスとは別の意味で「生まれ変わる」のが、トリスタンの七人の息子の一人、ジャン・ド・モープラである。彼にはもともと「変装」癖があった。落馬事故で身体が不自由になり、ほかの兄弟たちと同じように悪行ができなくなっ

「ジャン・ド・モープラが寝台のそばに立っていたのです」（1886年版『モープラ』挿絵）

た分、悪知恵が発達する。モープラ一族の生活資金が底をつくと、変装して定期市に潜り込み、盗みをはたらくことを思いつく。また、没落した自分たち本家とは対照的に繁栄している分家（エドメの実家）の財産を横領しようと企み、変装してサント＝セヴェール城に忍び込み、エドメの母を毒殺したばかりか、本家の嫡男であるベルナールや彼の母の殺害まで企てる。

　ここで「変装」について少し考えてみたい。変装にはさまざまな目的や意義があるが、そのうちのひとつに、ふだんの自分とは違う他人をしばし演じて味わう自己解放の側面があるだろう。カーニバルの仮装行列、社交界での仮装舞踏会、ハローウィンなど、そのヴァリエーションは枚挙にいとまがない。そもそも演劇というものが、自分以外の人生を演じきるという意味において、「変装」の究極的なかたちかもしれない。変装・変身願望は、時代や場所を超えて、人間の心の奥底に常に存在している。現代日本社会に目を移せば、コスプレがその最たるものではないだろうか。今や日本のコスプレ文化は海外にまで輸出され、世界の多くの若者たちの人気を集めている。前章で詳しく論じられたように、サンド自身、「男装の麗人」と呼ばれ、男性まがいの服装をすることもしばしばだったのはよく知られている。

　しかしながら、「変装」がもつ意味は、十八・十九世紀以前とそれ以降とでは大きく異なるということにも留意する必要があるだろう。現代ほど照明装置が発達していなかった当時は、夜になればあたりは闇で、照明といってもせいぜい蠟燭《ろうそく》、ランプ、松明《たいまつ》くらいだった。「変装」によって自分を隠すことは現代よりはるかに容易だったし、そこで犯された犯罪を見破る方法も、今ほど発達していたわけではない。生まれつき身分が固定されていた時代には、変装によってつかのま他人になりすますことの隠微な魅力は、現代のわたしたちが考える以上に大きかったはずである。

このような当時の状況を踏まえたうえでジャン・ド・モープラに話を戻そう。彼はロッシュ＝モープラが憲兵隊の襲撃を受けたときに死んだとされていたのだが、じつは生き長らえていた。そして後日、エドメの父ユベールがベルナールのためにロッシュ＝モープラの荒れ果てた屋敷を改修すると、そこに幽霊のように出没し、ベルナールや周囲の者たちを怖がらせるのである。いかにもゴシック・ロマンス的な雰囲気の中で展開されるこの幽霊騒動は、大団円へと向かう恋愛物語の常套において、目先の変わった楽しみを読者に与えてくれる。

しかし、それだけでは話は終わらない。ジャンは七年後、トラピスト修道会の托鉢僧ジャン・ネポミュセーヌとして文字通り「生まれ変わる」のである。そしてベルナールやオベール神父の前に現れ、彼らにつきまとうようになるが、その姿はもはや法衣に身を包んだたんなる変装ではなく、話しぶりから物腰にいたるまで、かつての山賊を思わせるところなどみじんもない、徹底した変貌ぶりである。

無知な野獣ベルナール

しかしながら、『モープラ』において、語り手ベルナールの変身にまさる「転生」はあるまい。同じ屋根の下で兄妹のように暮らしはじめても、エドメはいっこうにベルナールに気を許さない。ロッシュ＝モープラから彼女を救い出すときにとりつけた約束（「あなたのものにならないうちは誰のものにもならない」）はいつ果たされるとも知れず、つのる欲望を酒で紛らせる日々が続く。そんなベルナールに、ある日エドメは二人の結婚の可能性をほのめかし、そのためには教養をつんで自分の夫にふさわしい人間になってほしいと告げる。こうして、それまで欲望しか感じたことがなく、結婚など財産目当てにするものとばかり思っていたベルナールにあらたな道が示されたとき、彼の心のなかに生じた変化はまさしく「改心」もしくは「生まれ変わり」に匹敵するものだった。彼はこの改心の瞬間を次のように語っている。

「彼女は思いきって私の肩に手を置きました」（1851年版『モープラ』挿絵）

わたしは生まれて初めて、夜の官能的な美しさと崇高な発散物を感じ取りました。何やら知れぬ幸福感に満たされ、自分がこれまた初めて、月や丘や草原を眺めているような気がしました。わたしはエドメから、自然の光景ほど美しいものはないということを聞いたのを思い出し、それまでそのことを知らずにいたのにわれながら驚きました。ときおり、ひざまずいて神に祈ろうと考えましたが、神にどう話しかけたらよいのか分からず、へたな祈り方をして神を怒らせるのではないかと不安でした。

こうしてベルナールの猛勉強が始まる。愛する女性にふさわしい人間になろうと努める姿には、意中の奥方の命令とあればどんな苦難も乗り越えようとする、中世の宮廷風恋愛における騎士道精神にも通じるものがある。失われた十七年間を取り戻すべく、神経の病をわずらうほどの集中力で続けた勉強のおかげで、ベルナールは短期間で人並み以上の教養を身につけることに成功する。サント＝セヴェールに来たばかりの頃、エドメの付き添い女ルブラン嬢から「あの子は熊か、穴熊か、狼か、鳶《とび》みたいですわ」と言われた粗野な青年が、無知な野獣から人間、それも、後に地元の名士と呼ばれる存在にまで「変身」を遂げるのであった。

『美女と野獣』

ここで思い出すのは、ボーモン夫人の『美女と野獣』だろう[5]。ジャン・コクトーによって一九四六年に映画化され、一九九一年にはディズニーのアニメ映画にもなっているこのおとぎ話は、バレエや演劇で取り上げられる機会も多く、さまざまなヴァリエーションを有している。それらに共通するのは、仙女の呪いによって野獣に変えられていた王子が、心優しい娘の愛の力で人間の姿に戻り、幸せな結婚をするという話である。この異類婚姻譚の意図は、外見に惑わされず、内面の美しさを見抜くことの重要性を子どもたちに説くことである。

美女と野獣の組み合わせ、賢明で心優しい娘、その娘の愛の力で有徳の人間に変貌する野獣などのモチーフは、『モープラ』と『美女と野獣』に共通している。しかし、『モープラ』に仙女の魔法は介在していない。ベルナールの野獣性はあくまで彼自身の問題である。そして決定的に異なるのは、ボーモン夫人の野獣が心優しい娘の帰還をひたすら受け身に待つ（いいかえれば物語は外見に惑わされない娘の高潔さに依存している）のにたいして、『モープラ』では、エドメの愛にふさわしい人間になろうとするベルナール自身の強い意志が強調されている点である。そこには、男女の愛の双方向性、対等性を理想とするサンドの思想が反映されていると思われる。

変身を可能にする愛と教育

これまで見てきたように、『モープラ』では多くの登場人物が変身を遂げる。フランス革命を目前にひかえ、誰しも出生や身分を超えた「変身」が可能となる時代を迎えつつあった、ということだろうか。いや、むしろそれは、サンドの時代に至ってもなお、強い「願い」に留まるものだった、というべきだろう。この作品には、サンドの変身への強い願望が反映されているように思われる。

オベール神父が傾倒し、パシアンス老人やエドメも強い影響を受けるジャン゠ジャック・ルソーの自由と平等の思想は、サンド自身が信奉していたものでもあった。作中でベルナールは、この啓蒙思想家について語りながら次のようにいう。

人間は生まれつき悪人なわけでも、善人なわけでもありません。人間は誰もが生まれつき、多少なりとも情熱をもち、その情熱を満足させるために多少なりとも活力をもち、社会においてそれを利用、または悪用するた

めの素質を多少なりとももっているものです。(6)

この考えに基づけば、人間が生まれつき備えている可能性を十二分に伸ばすためには教育の力が重要になる。愛に根ざした教育の力。みずからの生涯を振り返りながら、ベルナール老人は「万人に共通でありながら、各人にふさわしい」(つまり平等であると同時に個々人の個性に合わせた)教育こそは、宿命さえ克服する力をもつものなのだ、と断言する。エドメや養父ユベールの愛に包まれて見事に変身を遂げた人間の晩年の言葉として説得力がある。『モープラ』は、多くの評者が言うように、ルソーの教育論『エミール』(一七六二)の小説的実践として読むことも可能な作品なのである。(7)

3 サンドの時代の「結婚」

経験と作品のあいだ

しかし、現実の社会で、とくにフランス革命を経験したベルナール老人(作中で一七五七年頃の生まれとされている)より半世紀近くも遅く生まれたサンドの時代に、このような「宿命の克服」や「変身」はいったいどこまで可能だったのだろうか。

文学作品の読み方として、作品を作者の実人生に還元せず、独立したテクストとして読む方法も、もちろんある。しかし、サンドは書くことを通してみずからのアイデンティティを探求し、思うところを社会に発信した作家である。サンドの場合、その作品をすべて彼女自身の伝記的要素で説明することは無理だとしても、作家と作品を完全に切り離すことは難しい。サンド研究において、ときとして作家自身が作品より前面に出されてしまうことがあるのは、そのような理由によるものと思われる。

本章の冒頭で、『モープラ』は著者の私的な事情もあって執筆が一時中断され、そのあいだに構想が大きく変わった、と述べた。サンドは十八歳の若さでカジミール・デュドゥヴァン男爵と結婚するが、その後、夫婦の信頼関係がくずれ、作家ジュール・サンドーやアルフレッド・ド・ミュッセ、そして作曲家のフレデリック・ショパンらと親しく交際したことはよく知られている。『モープラ』の執筆時期は、ちょうどサンドが夫との「別居および財産分離」の訴えを起こした時期と重なっている。

周知のように、フランスでは、大革命のさなかの一七九二年にいったん離婚法が成立するが、王政復古期の一八一六年に廃止され、復活するのは第三共和政下の一八八四年になってからである。つまり、カトリックの影響力が強いフランスでは、サンドの存命中は、いちど結婚した夫婦が離婚することは許されず、妻は持参金さえ自由に処分できなかったのである。かろうじて可能だったのは別居で、夫との生活が耐えがたくなったサンドは一八三五年十月、ラ・シャートルの裁判所に別居の訴訟を起こし、翌年二月にはサンドに有利な判決が言い渡される。しかし夫がそれに異議を申し立てたため、ブールジュで再審がおこなわれ、七月にようやく別居協定が成立している。

サンドはこの時期、訴訟で世話になった急進的共和主義者で腕利きの弁護士ミシェル・ド・ブールジュの影響で、キリスト教的社会主義者フェリシテ・ド・ラムネーや、哲学者・社会思想家ピエール・ルルーに近づき、自己の世界観や宗教観を大きく変えることになる。彼女は交際した異性からあらゆるものを吸収し、それを作品に投入する。その意味では、彼女自身が愛の力によって多くの「変身」を遂げた作家だといっても過言ではない。しかし同時に、夫との訴訟を通じて、このような「変身」が、こと結婚制度と関わるかぎり、きわめて困難なものであることも痛感した。だからこそ、一八五一年に加筆した『モープラ』の「序」では、結婚という神聖な制度が、現実社会ではしきたりや先入観によって弊害をこうむっていることを批判し、この小説では、「自分が愛したただ一人の女性への忠誠を八十歳にして宣言する男」を主人公にして、「結婚前も、結婚後も、さらに伴侶亡き後までもつづく、一途で永遠の愛」を描きたかったのだ、といっているのである。

男女の対等な愛

モープラ一族の血を引くエドメは、誇り高く気性の激しい女性である。そもそも、ベルナールが一目惚れしたのも、狩りの途中で道に迷い、ロッシュ＝モープラに舞い込んで山賊の男どもに囲まれても、恐怖をみじんも見せず気丈にふるまう乗馬服姿の彼女だった。また父ユベールが、森を馬で駆けめぐる娘の姿を見るのが好きだと語るくだりも出てくる。

しかしベルナールは、そばで暮らすようになっても、また彼が必死に学んで教養を身につけても、いっこうに自分のものになろうとしないエドメのもとに留まるのが苦痛になり、パリの社交界で知己を得たラファイエット侯爵に頼み込んで、独立戦争に参加するためアメリカに渡る。六年におよぶアメリカ滞在で手柄を立て、ようやく帰国するが、エドメは年老いた父を見放して自分だけ幸せにはなれないと、まだベルナールをじらす。彼女の気性の激しさに翻弄されるベルナールの苦悶は、嵐の晩、彼が彼女に宛てて綴った次の手紙によくあらわされている。

エドメ、あなたに手紙をしたためている今、空は青銅より暗くて重い雲に覆われ、雷が轟いています。そして、稲妻の閃光のなかに、煉獄の痛ましい亡霊が漂っているように見えます。わたしの魂には雷雨の重みがのしかかり、わたしの混乱した精神は地平線から立ち上がるおぼろげな光のように漂っています。わたしの存在は嵐のように爆発しそうです。ああ、あなたに向かって嵐のような激しい声をあげることができたなら！　自分をむしばむ苦悩と狂気を外に押し出す力がわたしにあれば！　よく、嵐が大きなコナラの木立の上を通りすぎるとき、あなたは嵐の怒りとコナラの木立の抵抗がおりなす光景が好きだといいます。それは大きな力どうしの戦いで、大気の物音のなかに北風の呪いと古い小枝の苦しい叫びが聞こえるようだと。エドメ、どちらがより苦しんでいるのでしょう？　負けて、しずまるのはいつだって風のほうではありませんか？　そのとき、空は自分の気高い息子の敗北を悲しんで、大地に涙の川をほとばしらせるのです。

少し長い引用になったが、エドメの心を勝ち取りたいと願うベルナールと、それに抵抗するエドメのエネルギーが拮抗するさまが、嵐に抵抗する木立の比喩によって余すところなく描かれた一節である。

エドメはベルナールと出会う前にすでに地方総督補佐官ド・ラ・マルシュと婚約していた。ヴォルテールを信奉する、時流に乗った青年貴族である。しかし彼女は、ベルナールとひとつ屋根の下で生活するようになってみて、自分が婚約者よりも、この多くの欠点をもつ青年に惹かれていることに気づき、婚約を解消する。

先述したように、サンドは実生活においては解消不可能な結婚のために苦い経験をしている。だからこそ、小説のなかでは、自分の意志で婚約を解消し、生涯の伴侶を選ぶ女性を描こうとしたのだろう。ただし、そのためには、暴力を捨てて自分にふさわしい人間になることを相手に望み、いっさい妥協はしない。「わたしはモープラ一族の人間で、不屈の自尊心をもっているので、男性の横暴にはけっして我慢しないでしょう。恋人の暴力だって、夫の平手打ちだって同様です」と彼女はいう。結婚するならほんとうに愛する相手としたい、しかも対等な関係を築きたい――これこそがエドメの願いであり、また、それを描くサンドの願いでもあるのだ。それゆえ、ベルナールにたいしては、強い意志に根ざした絶対的な愛で、彼の人格的成長をうながす。「わたしは愛しているものを、過去、現在、未来において、永遠に愛するのです」という最終章でのベルナールの言葉は、エドメ自身の言葉でもあるのだ。

夫婦の平等から社会の平等へ

エドメはさらに、ド・ラ・マルシュとの婚約破棄と前後して、パシアンスの革命思想に近づいていく。彼女はベルナールとの結婚後、フランス革命を経て、「共和国の定めにしたがって、自分たちの多くの財産を正当な犠牲と考えて喜んで放棄」する。彼女は女性の立場から結婚における夫婦の平等を強く願うとともに、同じ理由から社会

現在のサント＝セヴェール城

の平等の思想にも共鳴するのである。

ところで、ベルナールはアメリカ滞在中、博物学者のアーサーと知り合い、行動を共にする。軍隊の移動中、ベルナールが肌身はなさずもっている金の小箱をアーサーが見つける場面がある。中にはエドメからもらった形見の品がはいっていた。アーサーは、そこにぜひ自分が発見した可憐な植物も入れさせてくれないかと頼む。ベルナールは、その植物を「エドメア・シルヴェストリス（ラテン語の学名で、「森のエドメ」の意）」と命名するなら入れてやってもいい、と答える。たんなる微笑ましい逸話として読み飛ばしてしまうことも可能な一節である。しかし、J＝P・ラカサーニュによれば、エドメはこのことによって「自由の大地」（＝アメリカ大陸）に移植され、以後ベルナールはアメリカの風景とサント＝セヴェールの庭園とを彼女を介して結びつけることになる[8]。それはまた、エドメがアメリカ独立戦争とフランス革命の両方の勝利を寓意的に体現する存在になることでもある。エドメの「変身」といってもよい、きわめて示唆に富む指摘である。エドメは、その強い愛の力でベルナールを変身させただけでなく、隠喩的にではあれ、切望した平等の思想をアメリカの独立とフランスの革命という大きな社会変革に結実させたことになるのだ。

『モープラ』はサンドの著作のなかでもきわめて重要な時期に書かれた作品で、永遠の愛で結ばれた幸福な結婚生活という、当時のサンドにとっての最重要課題を小説空間で掘り下げたものである。ただし、この作品は思想書であろうとしたわけではなく、作品世界は主題の重さに押しつぶされてはいない。登場人物たちの変装や変身、変貌に加えて、「美女と野獣」的な筋立て、幽霊騒ぎや暗殺事件などサスペンスに満ちたゴシック・ロマンス仕立ての展開、そして大革命前夜のフランスの一地方の雰囲気といったものが純粋に読者を楽しませてくれる。

半世紀のあいだに十五版を重ねる成功作となった『モープラ』は、一八五三年には作者みずからの手で戯曲化され、パリのオデオン座で上演されている。さらに、一九二六年にはジャン・エプスタン監督がサイレント映画を、そして一九七二年にはジャック・トレブータ監督がテレビドラマを制作するなど、現代にいたるまでサンドの代表作として親しまれている。フランスでは、結婚祝いに贈られることがもっとも多い本の一冊でもある。

「彼女はわたしが愛したたった一人の女性でした」という、小説の最後にベルナールが告げる言葉は、結婚相手は自由に選ぶことができるようになったとはいえ、結婚生活のなかで、また社会のなかで意志を貫き通すことがますます難しくなってきている現代においても、サンドの理想を代弁する言葉として重みをもっている。

＊本稿は拙訳『モープラ　男を変えた至上の愛』（藤原書店、二〇〇五年）に付した「訳者解説」を改稿したものである。

第3章

異身分結婚への挑戦

『フランス遍歴職人たち』『アンジボーの粉ひき』『アントワーヌ氏の罪』

稲田啓子

ジョルジュ・サンドは、およそ半世紀にもわたる長い著作活動の中で、結婚、とりわけ「異身分結婚」(身分や財産が不釣合いな結婚)をめぐる家族と社会の葛藤を一貫して描き続けた。貴族の父親と庶民の母親との間に生まれたサンドにとって、異身分結婚から派生する階級間の感情的な衝突は、身近なものであるがゆえに、常に最大の関心事であったといえる。

ここでは、サンドの社会主義小説群(主に一八四〇年代前半に書かれた社会批判の色濃い作品群)の中でも、特に異身分結婚によって顕在化する家族間の価値観の溝とそれに伴う社会的対立を、最も鋭く剔出《てきしゅつ》していると思われる三作品(『フランス遍歴職人たち』、『アンジボーの粉ひき』、『アントワーヌ氏の罪』)を中心に取り上げることにする。まず、これらの小説において主人公の結婚を常に阻む存在としての「父親」に注目し、各階級に属する父親の「偏見」と十九世紀前半の社会の様相とを照らし合わせてみたい。続いて、社会の変革(庶民の生活の改善と階級対立の緩和など)を切望していたサンドが、異身分結婚の特徴的な展開を描くことで、作品を通じて結婚と父権についてどのような展望を抱いていたのかを探っていきたい。

1　父親――結婚の「障害」

一八〇四年に制定されたナポレオン民法以降、十九世紀フランス社会では、異身分結婚は優位な階級に属する方の家族にとっていわば「汚点」であり、それを阻止する役目を担うのは、常に家長である父親だった。ジョルジュ・デュビィとミシェル・ペローの共著『十九世紀西洋の女性史』によれば、当時は「夫であり、父親たるものは夫婦の関係を管理し、伝統にかなった役割分担の中で妻と子どもを監督する」[1]権利を持つことが当然とされていたのである。このような父親像は、サンドの社会主義小説にも明らかに認められる。

貴族の父親の欺瞞

一八二〇年代前半のフランスの地方都市を舞台にした『フランス遍歴職人たち』（一八四〇）では、木工職人ピエール・ユグナンと伯爵令嬢イズー・ド・ヴィルプルー、そしてピエールの職人仲間であるアモリー・コランシアンと侯爵夫人ジョゼフィーヌという、異なる階級（庶民と貴族）に属する二組のカップルの恋愛が描かれている。ここで大きな発言力を持って彼らの運命を左右するのが、イズーの祖父でジョゼフィーヌの夫の叔父であるヴィルプルー伯爵だ。伯爵は同居する孫と甥の妻に対して、一家の主として絶大な父権を行使する。ただし物語前半では、伯爵には強権的なイメージはなく、むしろ娘たちを優しく保護する徳の高い老人として描かれている。すでに貴族の経済的・社会的基盤が崩壊し始めて久しいこの時代、領民の人気取りに躍起になる貴族も多かった。貴族たちにとって、もはや領民＝庶民の動向は己の存亡を左右するものとして無視し得なくなっていたのである。ヴィルプルー伯爵もそうした時代背景を反映し、ピエールやアモリーのような有能な労働者に手を差し伸べ、代父のようにふるまっていた。

しかし、寛容な領主の仮面は、ヴィルプルー家の娘たちの恋愛が発覚するや、突如剝がれることになる。伯爵はそれまで高らかに謳っていた平等思想をかなぐり捨て、貴族階級に属する娘と庶民との恋愛・結婚を阻止するために全力を注ぎ始める。まずジョゼフィーヌとアモリーの不倫関係を破綻させるため、ブルジョワ上がりで意志の弱いジョゼフィーヌの虚栄心を傷つけ、さらに夫の侯爵が重病であることを盾に、意図的に彼女の良心の呵責を煽る。そして、彫刻家になる野心に燃えるアモリーには、イタリア留学への支援をちらつかせ、ジョゼフィーヌへの愛を放棄させる。こうして甥の妻に関しては万事伯爵の思い通りに運んだ。ところが、孫娘イズーとピエール・ユグナンの仲を裂くのは思いのほか困難であった。イズーは老伯爵の有徳の士を装った言動が偽善に過ぎないことを見抜けず、彼の前で堂々とピエールを夫にすると宣言する。

おじいさまはわたしにおっしゃっていましたよね、わたしが生意気で程度の低い貴族の男と結婚するくらいなら、誠実な心根の労働者と結婚するほうがずっとよいと。わたしはこれまで幾度もそうお聞きしましたわ。［…］この方、ピエールこそ、わたしが夫に選ぶ人です。

この言葉を聞いた途端、老伯爵の胸の内に激しい怒りと悲しみが込み上げ、彼はその場で脳溢血を起こして倒れてしまう。

異身分結婚の現実

なぜ異身分結婚は、貴族にとってこれほど忌むべきものだったのか。大革命以降、貴族とブルジョワ（都市部の裕福な商工業者など）の異身分結婚は、そう珍しいことではなくなっていた。花嫁の親が娘に持参金をつける慣行が普及していたフランス社会において、結婚は家族の富の追求と切り離せないものであった。一方、中世以降に進んだ農奴制の衰退などにより、貴族階級は権力と富の基盤を失って久しく、大革命を経て十九世紀に入る頃にはもはや、裕福なブルジョワとの結婚によってその財力にすがることを余儀なくされていたのである。しかし、当時のフランス社会でいかにブルジョワが勢力を伸ばしたとはいえ、「品位」の低下を恐れる貴族の側には、異なる階級との「不名誉な混合」を避けようとする思いが根強く残っていた。富裕なブルジョワ相手の結婚ですらそのように捉えられていたのであるから、伯爵にとってみれば、貧しい木工職人であるピエールと孫娘との結婚など、完全に社会常識の埒外にあったといえる。一命をとりとめ、意識が回復した後も、伯爵は貴族の血統を守る意志を貫き、断固として二人の結婚に反対し続ける。

物語では、伯爵の反対によりイズーとピエールの異身分結婚は成立せず、二人は引き裂かれる。病癒えた伯爵は、領地に留まることは得策ではないと考え、イズーをパリに連れ去ってしまうのだ。別れの場面で、イズーはピエールにこう告げる。

一年後、または十年後、わたしが自由の身となる日まで、あなたにわたしを待つ忍耐がおありなら、わたしたちは今抱いているのと変わらぬ気持ちで再会することができるでしょう。

イズーのこの言葉には、物語では描かれない将来に、伯爵の死によってその絶対的な父権から解放され、異身分結婚を果たす意志と可能性が暗示されているといえる。

2　ブルジョワの求めるもの――家名か、財産か

「成り上がり」の父親の拝金主義

『フランス遍歴職人たち』においてヴィルプルー伯爵のような特権意識の強い貴族の父親像が描かれた背景には、王政復古期の反動政治によって、瀕死の貴族階級が懸命に最後の光を放っていた一八二〇年代前半（ルイ十八世時代にあたる）という、この物語の時代設定が多分に影響している。しかし一八三〇年の七月革命以降、社会の実権は完全に大ブルジョワたちの手に渡る。こうした時代を反映し、一八四〇年頃の地方を舞台にした『アンジボーの粉ひき』（一八四五）と『アントワーヌ氏の罪』（一八四五）には、もはやヴィルプルー伯爵のような絶対的な父権を行使する貴族の父親は登場しない。これに取って代わるのが、「ブルジョワ階級の父親」である。

一口にブルジョワといっても、実際には、銀行家や実業家、学者や文人、さらには小作農民や町の店主まで各種の職業が含まれるため、「ブルジョワの父親像」を一概に述べるのは難しい。けれどもサンドの作品において、子どもの結婚の是非についてブルジョワ階級の父親たちが下す判断基準は首尾一貫している。「相手の家に大きな財産があるかどうか」、ただそれだけだ。

『アンジボーの粉ひき』では、ブランシュモン男爵家の小作人ブリコランの、金銭に対する露骨な貪欲さが克明に描かれる。金への異常なまでの執心によって財をなしたブリコランは、自分の娘ローズを金持ちと結婚させることで、さらなる富の増殖を狙う。「血の中に金が流れている」と描写されるブリコランは典型的な成り上がり小ブルジョワの父親であり、娘としがない粉挽きルイとの結婚を厳として認めない。恋人たちは終始、ブリコランの妨害に苦しめられることになる。金銭に心奪われた父親からローズを救い出すのは、ブランシュモン男爵の未亡人マルセルである。彼女もまた、貧しい青年アンリ・レモーとの身分違いの恋愛に心を悩ませている。やがてブラン

シュモン男爵家は破産し、マルセルには、由緒正しき家名と維持費のかかる領地のみが残される。マルセルが領地を売却することを決意するや、ブリコランが真っ先に購入の名乗りをあげる。小作農が、かつての領主の土地に手を伸ばすのである。ここに、大革命から始まった階級秩序の逆転と崩壊を見て取ることができる。

だが実際には、このような土地の売買は、大革命の少し前からすでにフランスの至る所で行われていた。農民による土地所有の増加とそれに伴う土地の細分化が、大革命勃発の一つの要因であったことも指摘されている。[2] こうした土地所有をめぐる農村の問題は、サンドに先駆けてバルザックも、一八四四年に発表した『農民』の中で触れている。一八四〇年代は農民小説が流行した時代ともいわれるが、実際に故郷ベリー地方で農民たちと触れ合い、彼らの性質や慣習を知り抜いていたサンドとは異なり、バルザックは農民について机上の知識しか持っておらず、作中で農民たちに巧みに語らせることはできなかったようだ。[3] 異身分結婚に土地問題を絡めて、理想的な解決へと運んでいく『アンジボーの粉ひき』の筋立ては、まさにサンドの手法の真骨頂といえる。

マルセルは、ブランシュモン家の領地購入に際してブリコランが提示した極めて安い価格を飲む代わりに、ローズとルイの結婚を承諾することを求める。父親は、娘に持参金をつけられないことを何度も念押しした後、ようやく娘の結婚をしぶしぶ認めるのである。

金銭に執着するブルジョワ、金銭に屈する貴族

『アンジボーの粉ひき』では、成り上がり小ブルジョワのブリコランは、いかにも卑小で滑稽な父親として描かれている。他方、『アントワーヌ氏の罪』における実業家カルドネは、尊大で冷酷な大ブルジョワの父親像を体現している。事業の成功によって巨額の富を得たカルドネは、一人息子のエミールに工場を継がせ、息子がさらに事業を拡大し、財産を増やしていくことを願っている。それゆえ彼は、エミールとその恋人ジルベルト・ド・シャトーブランとの結婚に猛反対する。ジルベルトは没落した伯爵家の出であり、一家の富の増殖を狙う家長カルドネ

にとって一銭の得にもならない娘だったからだ。

ここでは、没落したとはいえ貴族の娘を、ブルジョワが拒絶するのである。もはや社会的な勢力が、事実上、富めるブルジョワに完全に移っていることが確認できる。ジルベルトの父親アントワーヌ伯爵は、こうした社会の現実を見据え、娘にきっぱりと言い放つ。

カルドネ氏がお前を息子の嫁に望むことはないだろう。何といっても、われわれにはカルドネ氏が妄想呼ばわりするに違いない家名というものしか、彼に捧げられるものはないのだからね。[…]結婚だの愛だのと語るのはもうよそうじゃないか。わかるだろう、今のご時世、愛など単なる夢想であって、結婚は取引にすぎないのだよ!

没落貴族の家名も、目には見えない愛の心も、ブルジョワにとっては同じく、金に還元できない無用なものである。作者は、時代の波に乗り、ひたすら金儲けに走るブルジョワたちを、彼らに追い落とされた没落貴族の言葉を通して非難する。だが作者は同時に、貴族の時代がすでに終わりを告げていることをも示唆している。今やものをいうのは階級の優位や家名よりも財力である。困窮状態にあるシャトーブラン伯爵には娘の願いを叶えてやる財力も権力もない。一方財産の倍加に執念を燃やすカルドネは、貧しい伯爵令嬢と息子を引き離すために陰謀を積み重ねていく。要するにこの異身分結婚の行方は、ブルジョワの父親に一方的に支配されているのである。

カルドネにせよ、シャトーブラン伯爵にせよ、父親たちが子どもの結婚について抱くイメージは常に世間＝社会の風潮と密接に絡んでいる。彼らにとって家長である父親の役割とは、世間の声を代弁し、世間から非難されないように子どもを監視することだといえる。これだけ世間の反応に敏感な彼らだが、わが子の感情には見事なまでに無関心である。彼らは体面を気にするあまり、家庭の中の「小さなこと」(親子の軋轢《あつれき》・夫婦間の意識のずれなど)、もしくは家庭内で立場の弱い者の真実の気持ちに目を向けることができない。サンドの社会主義小説において描かれる父親は、たいてい虚栄心の強い横暴な人間だ。ここに、家族の頂点に立つ父親の絶対的な権力と社会のいびつな価値観への、作者の鋭い批判を見ることができる。

3　偏見と社会的圧力

若い男女が異身分結婚を望む際、それぞれが属する階級ないし集団内における感情的衝突は不可避であった。とりわけ家庭内においてそれは甚だしく、特に父親は、社会的かつ経済的に不利だと思われる結婚に猛反対する。そのとき主に父親の口を通して執拗に語られるのが、自分たちとは異なる集団に対して抱く負のイメージ、もしくはある事物に関する公平さを欠いた強い思い込み、すなわち偏見である。サンドの小説では、ことにこの「家族の偏見」が誤解やいさかいの原因となることが多く、恋人たちがそれをいかに乗り越えていくかが、物語の要となっている。しかし若い二人が父親を筆頭とする家族の反対を押し切るのは容易なことではない。「家族の偏見」には、その社会に伝統的な価値観に拠るものもあれば、一時期の社会通念を反映するものもある。

偏見を語る者

異階級・異集団への偏見を声高に語る者たちは、たいてい保守的な人間で、世間に後ろ指を指されるであろう異身分結婚の猛烈な反対者として描かれる。その典型としては、まず『アントワーヌ氏の罪』のカルドネと、シャトーブラン伯爵家の女中ジャニーユが挙げられよう。ジャニーユは幼くして母を亡くしたジルベルトを乳母として育て、伯爵家の家計を握る人物である。彼女もまた、カルドネ同様、ジルベルトとブルジョワ青年エミールの恋愛に反対し、やがて彼に伯爵家への出入りを禁ずるようになる。エミールは父とジャニーユの間に一つの共通点を見出し、次のように語る。

ジルベルト、僕の父はね、ある意味ジャニーユと同じような偏見を抱いているんだ。ジャニーユが生まれの良さこそが支配力を持つと思い込んでいるのに対して、父は世渡りの巧みさと技量、そして精神力こそが金持ちとなる権利を生み出すと信じているのさ。手に入れた富はどんな代価を払っても限りなく増やすこと、弱者たちが幸せに、自由になることができなくても、自分の将来の道［父親の事業を拡大すること］を追求することが人の義務だってね。

生まれを重んじ、カルドネの成り上がりぶりを見下しながら貴族に仕え続けるジャニーユと、家名にしがみついてただ生き長らえている貴族たちを心底軽蔑するカルドネは、相容れない対照的な存在であるかのように見えて、実は「偏見を語る者」という同種の人間である。彼らの相反する主張は二つの家庭の間で大きな衝突を引き起こすが、やがてジャニーユの舌は封じられる。ブルジョワ興隆の時代の趨勢の中で、没落貴族の女中の訴えは単なる時代錯誤とみなされ、カルドネの偏見を打ち砕くどころか、全く相手にされずに終わる。

カルドネに限らず、先に挙げた強権的な父親たちはいずれも、根強い偏見の持ち主である。『アンジボーの粉ひき』のブリコランは、財産を失ったブランシュモン男爵夫人マルセルに向かって、「あなたのそのごたいそうな身分など、もう何の価値もないんですよ」と言い放ち、ローズの自由な結婚を認めるよう訴える夫人を黙らせようとする。カルドネもブリコランも、財産が人間的価値に勝ると信じ、財産の釣り合わない結婚は家族の恥だと公言して憚らない。『フランス遍歴職人たち』のヴィルプルー伯爵も、寛容な領主のうわべをとりつくろい、木工職人ピエールに対する階級的偏見を直接語ることはないにせよ、孫娘と職人の異身分結婚を最後まで拒否するその行動は、彼の内なる偏見を雄弁に物語っているといえる。

偏見からの解放

「家族の偏見」はたいてい、親から子へと一貫して受け継がれてしまう。(4) 家族という狭く、密な血縁集団の中でなら、公共の場ではなかなか言えないような個人的見解を語りやすいし、偏見にまつわる経験が家族間で共有される割合も高い。したがって、同じ偏見のもとで家族が結束している場合には、家庭内は比較的平穏な状態を保てるといえる。だが、サンドの社会主義小説における若い男女はいずれも、父親を筆頭に家族が保持する階級や財産をめぐる偏見に異議を唱え、やがて自分たちで新たな価値基準を打ち立てていく。たとえば『フランス遍歴職人たち』のイズーは、伯爵の死によって自分が解放され、ピエールと共に新たな生活を始めることを夢見る。『アンジボーの粉ひき』のローズとルイは未亡人マルセルの尽力で結婚を果たし、ブリコラン家を離れて、マルセルと貧しい青年アンリのカップルと共に新しい生活を始める。『アントワーヌ氏の罪』のエミールは、そもそもジルベルトと恋愛する以前から、両親を避けるかのように暮らしている。

つまりサンドの小説においては、「家族の偏見」は、それがいかに子どもを苦しめたとしても、異身分結婚を完全に阻止する力を与えられてはいないのである。主人公たちは、最終的には自分の価値観と意志を貫き、家族や世間＝社会の歓迎しない異身分結婚を成し遂げることによって、父親が支配する封建的な「家」(実際の家庭でもあり、社会的な「家」の概念でもある) を離れる。この意味で、サンドの社会主義小説にとって結婚とは、個人のレベルでの異なる階級の融和と同時に、家父長制からの若い世代の解放をも意味しているといえる。

4　新しい家族の創造へ向けて

財産の持つ意味

それでは、家族や世間＝社会の束縛から逃れた主人公たちは、いったいどこへ向かうのだろうか。『フランス遍歴職人たち』のイズーは別として、他の二作品の恋人たちはいずれも生活の糧をもっていなかった。実は主人公たちの自立の背景には、彼らが物語の最後で手にする予想外の財産がある。これは演劇用語でいうところの「デウス・エクス・マキーナ（deus ex machina 機械仕掛けの神）[5]」ともいえるが、サンドはこの解決法を『アンジボーの粉ひき』と『アントワーヌ氏の罪』のほか、『棄て子フランソワ』や『愛の妖精』、『黒い町』においても採り入れている。

『アンジボーの粉ひき』では、物乞いのカドーシュがルイに望外の富をもたらす。『アントワーヌ氏の罪』では、アントワーヌ伯爵のかつての親友ボワギルボー侯爵が同じ役割を担う。ここでは後者の筋立てを紹介しておこう。ボワギルボー侯爵はカルドネを凌《しの》ぐ莫大な財産の持ち主であったが、二十年前に親友アントワーヌ伯爵と仲違いして以来、孤独な日々を送っていた。しかし青年エミールと語り合うことで徐々に心を開き、かつての親友の娘とその恋人の窮状を知り、二人の結婚を条件にこの若いカップルに二〇〇万リーブル[6]ずつを贈与すると告げるのである。この財産によって、カルドネには息子の結婚に反対する理由がなくなり、彼は作品世界から姿を消す。侯爵の善意による財産分与が、父親・家族の財産や階級に関する偏見を一掃するわけである。サンドの社会主義小説における異身分結婚は、主人公たちが偏見に立ち向かう強い意志と絆を保持することに加えて、父親と家からの自立を可能にする経済力を獲得することによって初めて実現するといえる。

家族からコミューンへ

このように、二つの小説のエピローグは同じような展開を辿る。しかし、それぞれの主人公たちが自立後に創造する新しい家族の形態は、多少とも性質が異なっている。『アンジボーの粉ひき』の結末では、ルイとローズ、マルセルとアンリという二組の夫婦が、一つの家族のように労働と余暇を共にしながら生きていく光景が強調されている。それに対し、『アントワーヌ氏の罪』におけるエミールとジルベルトは、もはや家族の枠組みを超え、より規模の大きいコミューン（共同体）を創造する。二人が侯爵から贈られた財産は、このコミューンを通じて貧しい人々の生活に役立つことになる。老侯爵とエミールはつねづね、現実の産業資本主義社会ではもはや見出すことのできない、平等と友愛で結ばれたコミューンの夢を語り合っていたのだった。貧しい人々や虐げられた女性たちの生活を改善し、古来受け継がれてきた農業の奨励と発展に向けて力を合わせ努力する。これが、老侯爵とブルジョワ青年エミールが標榜する理想的なコミューンの姿であった。サンドは、サン＝シモンやシャルル・フーリエ、さらにピエール・ルルーなど空想的社会主義者と呼ばれる人々が着想した様々な共同体の理想像をこの地方のコミューンに重ね合わせ、実験を試みたのであった。

こうした点から見ると、『アントワーヌ氏の罪』における新たな家族の創造は、『アンジボーの粉ひき』のそれよりも明らかに思想的要素が濃いといえる。とはいえ、いずれにせよ本章で取り上げた三作品の主人公たちは、旧来の家父長制に抗う家族のあり方をめざしたという点で共通している。『アンジボーの粉ひき』の中で、マルセルは新しい出発に際し、母系的な家族構造を提案する。男性の権利（父権および夫権）ばかりが尊重され、社会的・文化的性差が限りなく開いていた社会において、サンドは、時代が生み出したいびつな家族のあり方に抗い、より平等で自由な、新しい時代の家族のひな形を提示しようとしたのである。

冒頭で述べた通り、サンドが生涯を通じて異身分結婚の葛藤を描き続けたのには、彼女自身の出自が大きくかかわっていた。貴族の父親と庶民の母親の間に生まれたサンドは、自伝『我が生涯の記』の中で語っている通り、幼い頃から階級の不平等を肌で感じ取っていた。サンドが初めて異身分結婚を小説の主題としたのは、一八三二年発表の『ヴァランティーヌ』であった。しかしこの作品においては異身分結婚は果たされず、恋人たちは社会的因習に屈し、悲劇的な結末を迎える。この『ヴァランティーヌ』と、本章で取り上げた一八四〇年代の作品（とりわけ「新しい家族」の像を提示した『アンジボーの粉ひき』と『アントワーヌ氏の罪』）の間には、かなりの懸隔があるといえるだろう。

これには一八三〇年代半ば以降、サンドが政治的な問題への関心を強めていったことが少なからずかかわっている。異身分結婚が上流階級の側からすればいまだ常識を欠いた恥ずべき行いとみなされていた時代、サンドにとって異身分結婚とは、異なる階級の融合、すなわち階級差による不平等の根絶を意味していた。サンドは、異身分結婚が家族集団、ひいては世間＝社会の間に価値観の衝突をもたらし、やがてはその変容を引き起こすものと期待したのである。

当時のフランス社会は、産業革命によって富む者（ブルジョワ）と貧しい者（労働者・農民）とが二極化し、一方で旧弊な家族観・性別観によって女性や子どもの権利が阻害され続けるなど、様々な課題を抱えていた。サンドが切望したような、階級的偏見の解消、家父長制的家族観の打破、平等な社会への希求は、まもなくフランス社会を新たな革命（一八四八年二月革命）へと導く大きなうねりとなるだろう。その前後から政治に積極的に関与し、やがて革命の夢破れてなお、サンドは「異なる階級の男女の結婚」を通して、より良き平等社会の未来像を描き続けるのである。

第4章 「男らしさ」のモデル

『愛の妖精』をめぐって

高岡尚子

第2章では、野獣のような男性が愛する女性にふさわしい人間になるために、克己《こっき》し、教養を積み、変身を遂げる過程が検証された。そこで乗り越えられるものは、無知や社会性の欠如と同時に、女性を踏みつけにせずにはおられない、暴力的な男性性と言ってよいかもしれない。

では、そもそも、この時代に求められていた「男性性＝男らしさ」とはどのようなものだったのか。「男と女」について語る時、最もよく引き合いに出されることのひとつに「女らしさ／男らしさ」の問題があるが、この場合の「女らしい」とか「男らしい」とは、「女ならこうあるべき」や「男ならこうあるべき」という意味である。特に、女性に関しては「女らしく」あることへの要求が強く、そのことは、現代においてもなお「古き良き女らしさ」を称揚する『女性の品格』といった書籍が関心を呼ぶことがよく示しているだろう。

では「男らしさ」についてはどうか。これまで、女性性をテーマに語られたり書かれたりしたものが非常に多くあるのに対し、それを観察する側に立っていた男性の男性性は議論の対象になることが少なかった。最近になってようやく、「女性学」にならって「男性学」が登場し、性を持った存在としての男性の「男らしさ」が議論されるようになった。

こうした流れをふまえ、本章では、近代国家の形が完成しつつあった十九世紀フランスで求められた「男らしさ」がどのようなものだったのかを、サンドの『愛の妖精』（一八四九）を題材に考えてみたい。

1 「男らしさ」の移り変わり

そもそも、「女らしさ／男らしさ」の規準はどのように作られるのか。男女の性にまつわる事柄は生まれつき与えられたものではなく、歴史的・文化的・社会的に構築されるものだという「ジェンダー」の概念に照らして考えれば、その規準は時代によって変化するということになる。日本の場合を例にとれば、戦国時代の武将が重んじた「男らしさ」は、町人文化が花開く江戸時代も半ばに至る頃には、むしろ無粋なものとして顧みられなくなっていたであろう。洋の東西を問わず、ジェンダー規範とは、時間の経過や社会の変化に応じて、それぞれの時代・文化の特徴を反映しつつ、作られては改変されていくのである。

では、十九世紀のフランスにおけるジェンダー規範とはどのようなものであっただろうか。そこでは男女の役割はどのように捉えられていたのだろうか。大革命を機に、それまでの為政者であった王家と貴族階級が打ち倒され、時代は一気に近代国家への道筋を進むことになった。国家が新たな社会システムを構築しようとする際、帰属する人々にその国家の「民」としてどのような自覚を持たせるかは重要な問題であり、この「国民としての役割意識」の中には性にまつわる事柄も含まれる。つまり、目指すべき国家の事情に合致するような「女らしさ／男らしさ」の規範が、新たに作り出されることになるのである。

大革命からナポレオン帝政時代の男性像の変遷

このような状況の中で、フランス社会において男性がどのような存在と考えられるようになったかを概観しておこう。当時の「男らしさ」について、歴史学者のジュディス・シュルキスは「男らしさは社会的・政治的アイデンティティに関する構成要素のひとつであるため、それをどのように定義し、維持するかは、フランス史における重大事件において、そのつどきわめて重視された[1]」と述べ、「重大事件」の最たるものとして一七八九年の大革命をあげている。

この観点から大革命の意味を読み解くなら、「新しい市民としての行動力に満ち、創造的で生殖力のある男が、不能の王から位を剝奪した[2]」ということになる。つまり、大革命を境として、従来の為政者とは全く異なるタイプの新しい男性像——力によって困難を乗り越えていく人間＝男性——が作り上げられ、理想として掲げられたのである。このような傾向は、ナポレオン帝政時代（第一帝政期　一八〇四～一五）を迎え、さらに強化されていく。ナポレオンはその民法典の中で、「妻は夫に従うもの」と規定することで女性の自由と権利を根こそぎ奪いとってしまったが、一方で、男性のあり方にも大きな影響を及ぼしたと考えられる。帝政時代の英雄とは、軍と皇帝に忠誠をささげ、名誉と栄光のために死を賭して戦う男性を指し、その行為は気高いものとされた。彼らはまた、家を遠く離れることで、女性たちのいる空間から遠ざけられ、男たちの絆によって結ばれた軍隊と戦争という空間が重要視されるようになったのである。

ブルジョワ社会への移行に伴う男性像の変遷

しかし、帝政時代に育まれた「強い男性像」はナポレオンの失脚によって瓦解し、フランスでは再び新たな「男らしさ」が求められていくことになる。言い換えれば、「帝政の消滅は、若者たちから戦う兵士の『美しい死』という展望を奪い、新しい名誉の概念を作り上げた」のであり、代わって「私的な空間での性的能力の強さを証明することが、重大な関心事となった[3]」のである。ここで重要なのは、「軍隊と戦争の空間」からプライベートな空間へと「男らしさ」の重点がシフトしたことである。ブルジョワ倫理を根底から支える「家族の中の父親という地位[4]」が、男性たちにとっての存在意義となったのだ。

サンドの作品の中でも、一八三〇年代から四〇年代にかけての小説には、このような「男らしさ」のモデルの揺らぎと、それによって引き起こされる問題とが詳細に書き込まれている（四〇年代の社会主義小説における「父親」像に関しては前章を参照）。この時期の作品については従来、女性の登場人物に関する研究は多いが、男性像を詳細に検証したものはあまりなかった[5]。しかし、「女らしさ」を考えるには「男らしさ」との対照が必要である。また両者を総合的に検討することで、サンドが抱いていた独自の人間観が明らかになるだろう。

2　『愛の妖精』の作品世界における「男らしさ」

前述したように、サンド作品の男性登場人物を、当時のフランス社会における「男らしさ」の規範を軸に検証した研究はまだほとんど存在しない。『愛の妖精』は、日本で最も多くの翻訳が出版され、読み継がれている作品であるが、多くの研究が注目するのは主人公の少女ファデットの生き方であり、男性登場人物の「男らしさ」について十分な議論がなされたことはなかった。ここではとりわけ、一見「男らしさ」とは無縁のように思われる少年シルヴィネに注目し、作品全体を読み直してみよう。

『愛の妖精』の物語

初めに『愛の妖精』の筋立てをたどっておこう。舞台はフランス田園地帯のとある村。物語は、村人の尊敬を集めているバルボー家に美しい一卵性双生児の兄弟が誕生するところから始まる。兄弟はそれぞれシルヴィネ、ランドリーと名付けられ、健やかに成長する。

家計が苦しくなったのを機に、父は双子のうち一人を他家に奉公に出すことに決める。兄弟は生まれて初めて別々に暮らすことになり、物語が動き始める。奉公に出ることを志願したのは弟のランドリーであった。二人は幼い頃は母親でなければ見分けがつかないほど似ていたのだが、十代も半ばになると、その違いが際立ってきていた。

シルヴィネが柔弱な肉体と繊細な精神を持ち、執着心と独占欲が強いのに対し、ランドリーは愛情は深いが感情表現が素直で、身体も頑健であった。

やがて、離ればなれに暮らす双子の間にすれちがいが生じる。ランドリーはシルヴィネに対して変わらぬ愛情を持ってはいるが、生活の変化からそれまで通り何でも一緒にというわけにはいかなくなっている。シルヴィネはそのことに不満を持ち、ランドリーの新しい交友関係に嫉妬をつのらせる。自暴自棄ともとれる態度を重ねた末に、シルヴィネはある日、川辺で危うく命を落としそうになる。それをランドリーが救うのだが、彼に兄の危機を教えてくれたのは、ファデ婆さんの孫娘、ファデットであった。

まじないで病者を癒すと言われるファデ婆さんは、魔女として恐れられてもおり、孫娘ファデットともども、村のはみ出し者だった。ランドリーもそれまではこの荒っぽい少女が苦手だったが、この出来事をきっかけに彼女が賢く心根の優しい娘であることを知る。二人は急速に親しくなり、ついには結婚を考えるようになる。初めはファデットの「家庭環境の悪さ」を理由に二人の関係を認めなかったバルボー家の人々も、ファデットの機知と忍耐によって偏見を正される。ひとりシルヴィネだけは頑強に二人の結婚を認めようとしなかったが、ファデットが彼の病を癒し、心のこもった助言を与えたことによって生きる意欲を取り戻し、ようやく弟を祝福する気持ちになる。二人の結婚後、ファデットへの恋慕の情に気づいたシルヴィネは村を離れ、ナポレオン軍に兵士として入隊し、武勲を上げたのち、大尉にまで昇進するのだった。

農村の男に求められたもの

この作品を、「男らしさ／女らしさ」という側面から検討してみよう。舞台は地方の農村であり、主たる登場人物は農民である。彼らは当然、都会に生きる人々とは違う価値観を持っている。だが一方で、パリの実情と世の中の動きを熟知していた作家が、地方の農民たちの生活を全く素のまま描いたとも考えにくい。そこには、時代が求めた一般的な規範意識がさまざまな形で表れているはずである。

そうした事情をふまえたうえで、『愛の妖精』の登場人物が、どのようなジェンダーモデルに合致していた／いなかったかを考えてみよう。まず、この作品の舞台となっている農村社会は、基本的に父親を頂点とするヒエラルキーによって成り立っている。家族をまとめ、物事を判断するのは家長としての父であり、このヒエラルキーの原理は長男以下、息子たちへと受け継がれていく。そのような社会で女性に求められる役割は、男性のサポート役ということになる。この関係性の原則は、バルボー夫妻の間にも厳然と認められる。常に夫が決定し、妻はそれに従う。もちろん妻の意見が考慮されることもあるが、夫の決定の大枠は決して揺らぐことはない。

では、男性間の関係性はどのような原則に基づいていたのか、また、どのような男性が「男らしい」とみなされたのか。これを考える時、作品冒頭の、バルボー家の家長に関する描写が手掛かりになる。

バルボーは心根の正しい人で、悪意がなく、とても家族思いだったし、近所や村の人たちに対しても、不当な接し方をすることはなかった。

この一文によって、登場人物としてのバルボーの人となりが明確になると同時に、この共同体において尊敬される男性像もはっきりする。「心根が正しい」「悪意がない」「家族思いである」「他人に対するふるまいが公平である」といった資質が、男・父・コミュニティーのリーダーに求められるものだったことがわかる。

「男らしさ」の継承者としてのランドリー

このバルボーの性質を最もよく受け継いだのがランドリーである。先にも述べたとおり、幼い頃は見分けのつかないほどそっくりだった双子は、思春期を迎えて大きな違いを示し始める。十五歳になった二人は、ともに美男子ではあるが、シルヴィネは弟より「やせていて、血色も良くない」。一方のランドリーは、奉公先での肉体労働も手伝って、身体は大きくなり、兄よりも「一つか二つ年上に見える」。このような肉体的な差を受けて、父親の愛情にも差が生じていく。

ランドリーに対するバルボーの愛情はさらに強まった。これがまさに農村の人々のやり方で、力と身体の大きさを何よりも尊重するのだ。

「力と身体の大きさ」を「男らしさ」の根本に据える価値観が、バルボーばかりでなく農村社会一般に広く受け入れられていたことがわかる。

そして、腕っぷしの強さや肉体の頑健さは、何かを守るためにある。守るものがあってこそ男、というわけである。このような「男らしさ」のモデルは、農村ばかりでなく当時のフランス社会全般で支持されていたものであった。アンヌ＝マリー・ソーンは、十九世紀フランスにおける「男らしさ」の根幹に、「名誉を守ることと勇気を見せつけること」があったとしている(6)。彼が力によって守らねばならないのは自分の名誉だけではない。両親や妻、子ども、兄弟姉妹たち、さらには祭りでたまたまダンスの相手となった女性の名誉も守る必要があった。ランドリーが村広場でのダンスの後、ファデットをいじめる悪童たちに敢然と立ち向かうシーンには、まさしくこうした「男らしさ」のモデルが読み取れる。ここではまた、村人から尊敬される家長バルボーの「男らしさ」を、頑健で誇り高く、勇気あふれる息子ランドリーが継承するであろうことが暗示されていると言える。

「男らしさ」の対抗的タイプとしてのシルヴィネ

しかし一方で、ソーンは次のようにも述べている。

男としての立場を守るために一人ひとりが命を賭けなければならないような社会では、早くも思春期の頃から少年たちの間に不平等が生じ、その亀裂は深まっていく。［フランスでは］一八六〇年代までは、男性には二つのタイプがあって、特に庶民階級においては、互いが文字通り対立していた。二つのタイプとは、支配する行動者としての男性と、支配される受動者としての男性という分類である。(7)

「支配する行動者＝男らしい男性」が存在するためには、「支配される受動者＝男らしくない男性」が存在しなくてはならない。この二つのタイプは互いに補完的であり、「男らしい男」が承認を得るためには、「男らしくない男」を必要としたのである。近代西欧における男性性の形成について論じたジョージ・モッセは、こうした男性の類型を「対抗的タイプ(8)」と名付けている。

これを『愛の妖精』の世界にあてはめると、どのような構図が浮かび上がるだろうか。すでに述べたようにランドリーが「男らしさ」の理想像を具現しているとすれば、シルヴィネはその「対抗的タイプ」と言えるだろう。彼は別に周囲の人々から嫌われたり、虐げられたりしている（＝支配されている）わけではない。だが幼い頃から肉体的にかよわく、気分のむらが激しく、ランドリーをめぐる病的な嫉妬心を克服できずにいる。ランドリーの単純さと率直さを「健全」とするとき、シルヴィネの心理状態はそれと鮮明な対照をなす「不健全」である。したがってシルヴィネの弱さが目立てばそれだけ、ランドリーの強さが際立つことになる。

作中ではまた、ランドリーが「本当の男の子」であるのに対し、シルヴィネは「女の子の心を持つ」と表現されている。性的な関心についても、ランドリーが近隣の娘に興味を持ったり、ファデットと恋をしたりと、異性への欲望を経験するのに対し、シルヴィネの関心は常に弟に向けられている。病を得たシルヴィネを治療する村の老婆は次のように語る。

あの子［シルヴィネ］は心の中に、ありあまるほどの愛情を持っているんだが、それを今までずっと双子の弟だけに注いできたわけさ。あの子は自分が男だってことを、ほとんど忘れてたんだね。

さらに、シルヴィネの将来や社会で果たすべき役割について、父は「あれが立派な働き手になることは決してないだろう」と予言する。こうして、心身ともに柔弱で、見かけも性質も女の子に近く、異性への関心も示さず、共同体の将来の働き手としても多くを期待されない存在として描かれるシルヴィネは、「男らしくない男」のモデルと言えるだろう。

3　シルヴィネの「男らしさ」が意味するもの

シルヴィネの柔弱な性質は、物語の最初から終盤までほとんど変化しない。ところが、結末に至って突如それまでの姿は見事に覆され、シルヴィネはあろうことかナポレオン軍に入隊し、果ては大尉にまで昇進してしまうのである。明らかな矛盾とさえ思えるこの「変身」と、軍人という職業選択に、どのような意味を見出すべきなのだろうか。また、結末で現れた「新生シルヴィネ」の性質を「男らしさ」とするならば、その性質は弟ランドリーのそれと同じだと言えるのだろうか。

ファデットとシルヴィネ：対抗的タイプのペア

ところで、ここでファデットの「女らしさ」についてふれておきたい。初めはランドリーをめぐって完全な対立関係にあるかに見えたファデットとシルヴィネが、物語の最後にはランドリーすら立ち入れないほどの親密な関係を築くことから考えると、ファデットの「女らしさ」を検討することで、シルヴィネの「男らしさ」への理解がさらに深まると考えられるからである。
作品中、ランドリーから好意を持たれるようになるまでのファデットについては、繰り返しその「女らしくない」側面が強調される。活発で行動力があり、思った通りのことを口に出しては人を怒らせ、身なりにもかまわない。女性の人生の成否が、男性に好ましく思われるかどうかにかかっていた時代であることを考えると、ファデットの生き方は自暴自棄にも映る。自分のどこがいけないのかと問うファデットに、ランドリーはこう答える。

丈夫ですばしっこいのはいいことだよ。何も怖がらないっていうのもいいことだ。男にとっては、生まれ持っての強みになる。でも、女にとっては、余計なものは余計なんだよ。

ここに当時のジェンダー意識が明確に示されているとすれば、ファデットの生き方は、そのような規範への反発と考えることもできるだろう。「普通の女性」に求められる姿を引き受けない（あるいは、引き受けられない）ことによって、ファデットは「女らしい女」の「対抗的タイプ」となるのである。この観点からすれば、この作品の中で対となる存在は、「女らしくないファデット－男らしいランドリー」ではなく、「女らしくないファデット－男らしくないシルヴィネ」ということになる。ファデットとシルヴィネは共に「対抗的タイプ」であり、しかもいずれも最後にはそのモデルや役割を覆す者として描かれているのである。

ファデットとシルヴィネの変化

では、シルヴィネとファデットの変化の本質とは何か。これに答えるためには、物語の最後であらわになる二人の姿に注目する必要があるだろう。

まず、シルヴィネはなぜ軍人になる道を選んだのか。これを、「対抗的タイプ」からの脱却と捉えればどうだろうか。心身ともに柔弱で、見かけも性質も女の子に近く、異性への関心も示さず、共同体の将来の働き手としても多くを期待されない彼が「対抗的タイプ」を脱するには、これらの性質を覆し、自らの「居場所＝役割」を手に入れねばならない。しかし、弟の妻であるファデットに愛情を抱き、しかも一度恋に落ちると一途な性格から他の女性を愛せないと自覚する彼は、この村で結婚し父親となる道を自ら閉ざしてしまう。

そこでシルヴィネが選択するのは村を離れることであり、軍人になることだった。第1節で述べたように、当時のフランスでは大革命以降、国家に忠誠を捧げ、名誉と栄光のために死を賭して戦う男性が「男らしさ」のモデルとなった。軍と皇帝に忠誠を尽くす軍人的「男らしさ」は第一帝政の終焉を境にその影響力を失っていくが、「村」という小さな集団ではなく「国家」のために命を捧げることの重要性は、フランスの近代国家の確立期を通じ十九世紀末まで度々強調されることになる。また、『愛の妖精』の時代背景はまさにナポレオン時代の只中であり、軍人という職業は、心身ともに柔弱なシルヴィネの性質を一転させるのに最も有効だと言えるだろう。

一方のファデットはどうか。ランドリーの愛を勝ち得てからも彼女は有頂天になることなく、恋人を支え、その家族の信頼を得るべくひたむきに努力する。その姿は、彼女が「不遇だが善良な少女が、男性の愛の力で幸せになる」といったおとぎ話の類型に現れる受動的なヒロインではないことを物語っている。これは病者の治癒を神に祈るファデットの言葉からも明らかだ。

私の身体から元気を、この苦しんでいる身体へと移してください。優しいイエス様が、すべての人間の魂を救うために、あなた様に命を差し出されたように、もしそれがあなた様の御心であるなら、私の命をとって、この病める者にお与えくださいさい。

ここで重要なのは、彼女の治療行為が、魔女と呼ばれた祖母が行っていたようなまじないでも、食いぶちを稼ぐための手段でもなく、全身全霊をかけての無償の犠牲的行為として描かれていることだろう。ファデットは結婚後、村の貧しい家の子どもたちを預かり、「本当の信仰とはなにかを教えてやったり」する。かつては村のはみ出し者として、共同体の周縁へと追いやられていた彼女が、物語の結末では、慈愛に満ち、人を救うためにわが身を呈する存在に変身するのである。

このようにファデットとシルヴィネはいずれも、結末において大いなる「変身」を遂げる。ファデットの存在が最終的に体現するものが、人を救い、守るための「祈り」だとしたら、シルヴィネの場合のそれは、生まれ育った村を出て、社会に資する人格を確立することだったと言えるだろうか。ファデットとランドリーのカップルが農村の「普通の家庭の幸せ」を体現しているとしたら、この「対抗的タイプ」のペアは、「変身」を通じてそのような枠組みを乗り越え、「一人の人間として他人のために生きる」ことを追求するモデルのように思われる。

双子によって表現される「男らしさ」の二つのタイプ

作中、シルヴィネの軍隊での様子は次のように描かれている。

> 戦場ではまるで死に場所を求める人のように勇敢だったが、性格はおだやかで、規律には小さな子どものように従順だった。[…] 十年にわたる苦労と勇気と良い行いの末に、彼は大尉になり、おまけに勲章までもらった。

ここに描かれるシルヴィネは模範的な軍人だが、そこには一定の留保が見られる。シルヴィネの勇敢さは、戦闘に対する情熱や出世への野心によるものではなく、行き場所を失ったがゆえの自己放棄と取れないこともない。だが、この時代に急激に発展した資本主義の仕組みが、農村にも大きな影響を及ぼしつつあったことを考えれば、それはいち登場人物の挫折から再起への個人的な経験を超えて、より広い意味を持つだろう。地方から都会への人口移動が顕著になり、農村部の多くの人がそれまでの、生まれた村からほとんど出ることはない生活から、無理やりにでも外の世界へと押し出され、自覚的に社会に参入していかなければならない時代が訪れていた。サンドの田園小説の中で、こうした「外の世界」で一定の成功を収めるたった一人の人物であるシルヴィネには、そのような時代背景も反映していると考えられるのである。

シルヴィネはナポレオン軍で大尉の地位に上りつめたと設定されているが、作家がそれによって示そうとしているのはナポレオン時代へのノスタルジーなどではない。サンドはむしろ、作品中でナポレオンを批判的に扱うことが多く、ここに読み取るべきは、帝政期の狭間にある十九世紀半ばのフランスに生まれつつあった新しい人間像だろう。生まれ故郷を離れ「まるで死に場所を求める人のように」戦ったシルヴィネの「男らしさ」は、弟が獲得したもの——農村における「男らしさ」(=よき働き手となり、父親となること)と愛——に比べると、はるかに悲壮感に満ちている。しかし、「外の世界」で違った価値観のために生きることもまた、避けて通ることのできない時代だったのである。

「対抗的タイプ」の跳躍に込められた希望

サンドがこの作品を書いたのは、二月革命によって果たされるはずだった共和制への夢が頓挫した直後である。人間の公正さと民衆の気概に期待した作家は、政治の駆け引きに裏切られ、幻滅して故郷に帰る。そこで書かれた『愛の妖精』には、その幻滅の中から紡ぎ出された希望の片鱗がかいま見えるように思われる。

シルヴィネとファデットは、それぞれ「男らしくない」「女らしくない」ことで農村共同体のジェンダー規範を裏側から支える「対抗的タイプ」として描かれていた。二人は物語の終盤で劇的な「変身」を遂げるが、その「変身」の結果は従来の「男らしさ」「女らしさ」へと同化していくことではない。ファデットはランドリーの妻として「農村の普通の家庭の幸せ」を担うが、同時に、共同体において、それまで女性の領分とは考えられていなかった公的な役割にも取り組む。また、シルヴィネが未知の領域へと踏み出す姿には、既存の「男らしさ」のモデル——「村の良き息子・夫・父親」たること——からは疎外されていた青年が、新たな道を模索するための跳躍が見られる。模範的な弟ランドリーに比べて、心身ともに柔弱だった兄シルヴィネにこの役割を担わせたことに、革命の失敗を超えて新しい社会を作る人間像形成への、作家の希望と期待が読み取れるように思われる。

第5章

変装するヒロインたち
『アンディヤナ』から『歌姫コンシュエロ』『ルードルシュタット伯爵夫人』へ

西尾治子

これまでの章でみてきたように、「男らしさ」や「女らしさ」とは生の根源的なありように関わる問題であり、変装や仮面をつける行為とも密接な関係にある。サンドの作品中には、第1章で述べられたような「性を装う主人公」が数多く登場し、衣装や名前を変えることで、「女」が「男」へ（異性装）、あるいはまた「ある女」が異なる女性性を持つ「もう一人の女」へ（同性装）と、別の性を装う。(1) 彼女たちは、なにゆえに変装するのだろうか。正体を隠すことによって、どのような真実に迫ろうとしているのだろうか。本章では、変装を「人間存在の本質を問う行為」と捉え、変装を通じて明らかとなるヒロインのアイデンティティの問題を考察する。まず、同性装が登場する初期の作品『アンディヤナ』『レリヤ』および後年の『イジドラ』における「分身と影」の構造を俯瞰する。次いで、男装するヒロインの呼称の変遷が注目される『歌姫コンシュエロ』とその続編『ルードルシュタット伯爵夫人』を題材に、作家が変装という行為に託した新たな人間存在のあり方を探ってみたい。(2)

1　復讐する分身

変装によって復讐を遂げるアンディヤナ

ある秋の夕べ、客間の暖炉の炎がこの城館に住む三人の陰鬱な顔をほの暗く照らし、掛け時計の長針が物憂く時

ドラクロワ《オフェリアの死》（1853）

を刻んでいる……これは、オロール・デュドゥヴァンが初めてジョルジュ・サンドの名で発表し、二八歳の彼女を一躍ベストセラー作家にした小説『アンディヤナ』の冒頭場面である。一八三二年に出版されたこの小説は、ナポレオン帝政が終焉を迎え、その後の復古王政を倒した一八三〇年の七月革命の熱気冷めやらぬ時代を背景に、夫婦や恋人の間に生じる「男と女」の葛藤や懊悩を描いたものである。

この物語に変装が登場するのは、ヒロイン・アンディヤナの唯一の友であり、同じ乳母に育てられた「健康的で輝くばかりに美しい」小間使いヌンの死後のことである。彼女の死の真相を知ったアンディヤナは、ある晩、ヌンの衣装をまとい、その元愛人レイモンの前に姿を現す。そして彼の手に、植民地生まれのヌンの黒い遺髪を摑ませる。女の変装が男を恐怖の淵に陥れるのである。

ブルボン島（現在のレユニオン島）出身のクレオール（フランスに同化し、フランスの市民権を取得した植民地出身者）で十九歳のアンディヤナは、四十歳も年上の退役軍人で産業資本家の夫デルマール大佐と政略結婚させられ、英国人の従兄ラルフとともにパリ郊外ブリーの城館に暮らしていた。幸福とはほど遠い愛のない結婚生活に、彼女は心を病む寸前の状態にあった。そこに金髪の青年貴族レイモン・ド・ラミエールが闖入《ちんにゅう》してくる。女中やお針子を「女性と見なさない」彼は、小間使いヌンを誘惑し妊娠させた上に捨てる。一度はヌンとの結婚を考えたものの、女中との結婚が親族や世間からいかに非難されるかを考え、「異身分結婚」（「1 男と女」の第3章参照）の計画を放棄したのだ。だが彼がヌンを棄てたのは、城の女主人アンディヤナに心を移したためでもあった。ヌンは絶望し、ドラクロワが描いたオフェリアのように川に身を投げ、溺死する。[3] 得難い友を失ったアンディヤナは、ヌンに代わり、変装によって不実な男に無言の復讐を果たすのである。

何を馬鹿な！　いったい誰が主人なのだ？　どっちが女なのだ？　この私に髭を剃れというのか。［…］吹けば飛ぶような女のくせに。

果敢に男への復讐に挑むヒロインに対してこの暴言を吐くのは、アンディヤナの夫デルマール大佐である。彼は当時のフランスではごく常識的な男性のタイプを表しており、そこにはサンドの夫カジミールが二重写しになっている。サンドの分身と考えられるアンディヤナは、女性を見下す夫に対し、次のように激しく言い返す。

私が奴隷であなたが主人だということはわかっています。この国の法律があなたを私の主人にしているのですから。［…］ですが、そのあなたにも、私から考える自由を奪うことは決してできないのです。

夫婦の口論の裏には、妻を「夫の保護を必要とする未成年者と同じ」と規定するナポレオン民法典、[4]あるいはカトリック教会が定めた離婚禁止令がまかり通っていた社会が透けて見える。民法典は妻の財産を夫の管理下に置き、サンドが強調する「奴隷のような隷属状態」を妻に強いていたのである。

「自分は重いリウマチを患っているのだが、寝ずの看病をしてくれていた母が亡くなった。自分が真に愛しているのはあなただ」というレイモンの真摯を装った手紙に心を打たれたアンディヤナは、重病の夫を残し、世間体も顧みず彼の元に駆けつけるが、彼女がそこに見たのは、すでに金持ちの令嬢ロール・ド・ナンジーと結婚し、裕福な生活に溺れている「彼女の純愛に値しない男」の姿であった。

帰る家を失い、パリで行き倒れ同然となったアンディヤナは、密かに彼女を愛していた従兄ラルフに助け出され、夫の死を知る。二人は故郷ブルボン島へ帰還し、ともに滝へ身を投じてしまおうとする。瀑布が傷心の二人を黄泉《よみ》の国へと誘《いざな》っていた。しかし、読者は最終章で、二人が心中に失敗し、愛し合うようになり、故郷の島で私有財産を奴隷の解放のために使い、静謐《せいひつ》な人生を送っていることを知ることになる。

実際にフランスで植民地における奴隷解放令が出されるのは、『アンディヤナ』出版から十六年も後の一八四八年のことである。小説の結末の「奴隷解放」という言葉には、奴隷と同じような隷属状態に置かれた女たちの解放を願う作家の熱い思いが込められている。

アイデンティティの対称——メネクムあるいは「影」

『アンディヤナ』の「同性装」は、ヒロインのアンディヤナが年格好の似たヌンに変装する形で行われる。ヌンはアンディヤナの分身であり、アンディヤナにとって「もう一人の自分」である。二人の間には、女主人と小間使いという社会的身分を超えたアイデンティティの重複が見られ、変装によって両者間の移行がいとも簡単に行われている。このようなアイデンティティの重複現象について、サンドは「この世に一種のメネクムがいない人はいない。しかもメネクムは何人もいる」と『我が生涯の記』で述べている。

「メネクム」(ラテン語 menaechmi)とは、古代ローマの喜劇作家プラウトゥスの傑作『メネクム』から採られた概念で、自分の「そっくりさん」を指す。一般に男性作家たちはメネクムを題材とする場合、「本人とそっくりさんの取り違え」から起こる混乱を面白おかしい喜劇に仕立て上げた[5]。他方、女性作家サンドは、似たもの同士の女性のアイデンティティを対称的に描くことにより、二人の運命の違いを際立たせる。シンメトリーの構造とそれを活用した変装が相乗効果をなし、「女の悲劇性」が強調されているのである。

サンドはまた、「正直な人とペテン師」の組み合わせを例に、メネクムとは顔が似ているということではないと述べる(『我が生涯の記』)。相反するように見える二人であっても、無意識の奥深くには同じ方向に向かう志向を持っており、自分がそうなったかもしれない「もう一人の自分」のありようが、いわば「影」のように認められるというのである。アンディヤナとヌンのアイデンティティの関係は、まさしくこうした「影」の構造を持っている。サンドのこうしたメネクムと「影」に関する考察は、ユングの心理学に通底する。ユングによれば、個性化ないし自己実現のためには、自我は普段は意識されないもう一つの否定的な自我の「影」を意識化し、その「影」を受容する必要があるという。サンドは、「心理学」が学問として初めて成立したとされる一八七九年(6)より五十年近くも前に、自我の「影」の問題を認識し、それを小説のヒロインとその「影」をシンメトリーに描くことで提示していたのである。サンド研究において、サンドの心理学者的な側面がしばしば研究の対象となる所以《ゆえん》である。

2 仮面のアイデンティティ

仮面によって愛を貫くレリヤ

十八世紀のヴェネツィア共和国がおもな舞台と想定される『レリヤ』(一八三三)もまた、仮面や声の「同性装」が男に絶望を与える装置として働いている。当時のヴェネツィアの社交界では、オペラ鑑賞や夜会で仮面をつけることが日常的な習慣であった。国家の援助により入場料は無料であったが、オペラの劇場に素顔のまま入場することを許されていたのは外国人のみであった。

ゴンドラの通る運河を眼下に見下ろす宮殿に住むヒロイン・レリヤも、例外にもれず社交の場では常に仮面を被っている。精神的な愛を最も重んじ、「絶対の愛」を探し求めるあまり、「魂で愛せても、真の快楽を得られない」レリヤには、恋人ステニオが示す一方的な男の欲望が理解できない。愛し合う男と女は、快楽も平等に分かち合うことができなくてはならない。レリヤはステニオに、「あなたが欲しいのは魂じゃなくて、女なのでしょう」と問う。「若さが僕を苦しめるのだ」と応える恋人に、レリヤは「母と恋人の長い口づけ」を与え、悲しむ彼の頭を膝に引き寄せる。しかし、彼に与えられるレリヤの愛はそこまでである。恋人の「大理石の冷たさ」に絶望したステニオは、長椅子のクッションに顔を埋めて泣くが、ふと彼女が立ち去る気配を感じ、不安になって振り向く。すると暗がりの中から「湿っぽい手」が伸びてきて彼の手をとり、「あなたのことが可哀想になってしまったわ。私の胸に抱かれて悲しみを忘れることよ」という優しい声を聞く。[7] 実はこれは、レリヤと声のそっくりな姉妹ピュルケリであった。彼女が仮面をつけて登場し、レリヤの替え玉となる場面である。

　高級娼婦のピュルケリは、レリヤとは正反対に快楽主義を標榜し、女には自分を「市場で売って娼婦になる」か、「結婚という契約で一人の男に売る」以外に道はないと割り切る徹底した現実主義者である。しかし彼女はある意味では、性の欲望を消費する男と同じ視点に立って自らの職業を肯定しているとも言える。レリヤはピュルケリの楽観的であけすけな快楽主義を一面では羨みつつも、市場経済の原理にしたがい性を売り物にする男女関係を真っ向から否定する。そのような葛藤にもかかわらず、ピュルケリをステニオに差し出すのは、恋人と肉体的快楽を共有できないことへのひとつの贖罪の行為でもあろう。このように魂や愛の問題に市場原理を介入させることを拒絶するヒロインの純粋性は、のちの『ジャンヌ』（一八四四）や、後述する『歌姫コンシュエロ』とその続編『ルードルシュタット伯爵夫人』にも顕著であり、いわゆる田園小説と呼ばれる作品群のヒロインたちにも少なからず認められる傾向である。

　「愛しながらも愛せない」不感症に苦しむレリヤは、純粋な精神性を追い求め、いっさいの妥協を拒絶する。レリヤの助言者として登場するトランモール老人は、彼女のそうした生き方を激しく非難するが、その意見は父権制の領域を出ることはなく、レリヤにとって真の助言とはならない。平行線をたどるレリヤとステニオの愛は、ステニオの自殺、そして、欲望と嫉妬に狂った修道僧マニュスによるレリヤ殺害という悲劇的な事件により幕を閉じる。自殺したため教会墓地への埋葬を拒否されたステニオの遺骸は、レリヤの墓から遠く離れた対岸の無縁墓地に葬られる。ステニオの魂とレリヤの魂が光となって湖上を舞う幻想的なラストシーンに、愛をめぐる葛藤の果てに天上でようやく結ばれた二人の愛が詩情豊かに描き出されている。

娼婦の仮面

十九世紀の小説にはしばしば娼婦が登場する。当時は、娼婦は人類の歴史始まって以来の「最も古い職業」であり、必要悪であるという論拠に基づき、売買春は公認されていた。政府は娼婦の登録制度を積極的に導入し（公娼制度）、定期的に健康診断を受けさせ、娼婦たちを管理することで犯罪や病気の拡大を予防しようとした。認可を受けた娼館の娼婦や街娼などあらゆる娼婦たちに身分証明書や健康診断書の付帯が義務づけられ、かくして公娼制度はフランス社会に広く深く根を下ろしていった。

サンドの作品中、高級娼婦が登場するものとして『レリヤ』や『イジドラ』が挙げられる。サンドは表だって公娼制度に異を唱えることはなかったが、作品中では、娼婦を社会の脱落者として扱う男に対し、ヒロインの口を借りて辛辣な批判を浴びせている。

『イジドラ』（一八四六）は、パリで孤独な生活を送る貧しい青年ジャックが、「女性とは何か」「神は男と女を平等に作ることを意図したのだろうか」と自問する日記から始まる。彼は隣の豪壮な屋敷に住む清純で憂いに満ちた女性ジュリーに惹かれている。しかし一方で、ある晩仮面舞踏会で出会った謎の女が気になっている。この仮面の女は悪名高い娼婦「イジドラ」であった。ところがある日、ジャックはイジドラの正体こそ、自分の恋するジュリーであることを知る。彼女は仮面をはぎとり、「私はジュリーじゃなくてイジドラよ。パリで一番軽蔑されている女なのよ」と告白し、次のように言い放つ。

> 私が幸せですって？　何ていうことを。日に何十回となく死のうとしているというのに。私は立って死にたい。おわかり？　跪《ひざまず》いて生きていたくはないのです。

イジドラと一夜をともにしたジャックは、愛人フェリックス伯爵から彼女を奪い、田舎で一緒に暮らしたいと願う。一般に小説世界のなかで、「心優しい男」はジャック同様、愛する女が娼婦だった場合、彼女に「汚れた世界」から足を洗わせ、「更正」させてやろうとする。その「善意」の底には明らかに主従の意識が隠れている。イジドラは、結婚だけでなく男女の関係にすべからく現れる、この男と女の間の支配－非支配の構図に気づき、一方が他方を隷属させる男－女の二項対立の思考体系に反駁するのだ。

愛人が自分を裏切ったことを知った伯爵はイジドラ＝ジュリーを追い出そうとするが、彼女は「ああ、いつだって男は虚栄心と支配欲ばかりなのだから」と男性のエゴイズムを嘆きつつ、ジャックと別れ伯爵のもとに戻る。その後伯爵はイジドラに遺産を残して他界する。因習にとらわれ、娼婦との結婚を躊躇していた伯爵と違い、彼の妹アリスはイジドラを家族として迎え入れる。感動のあまりイジドラはアリスの足下にひれ伏し、永遠の友情を誓う。サンドにおいては、娼婦を「更正」させることができるのは、「男」ではなく「女」なのである。

やがてイジドラとジャック、そしてジャックを密かに愛するアリスの間に三角関係が生じるが、最終的に自分はジャックを幸せにできないと悟ったイジドラは、アリスのもとに彼を帰す決心をし、イタリアへと旅立つ。十年後、老齢に達したイジドラは財産のほとんどを地元に寄付し、身寄りのない少女を引きとって育て、人々の尊敬を集めるようになる。

主人公が波瀾万丈の生活の果てに、気の合う仲間同士で構成された小さな共同体の暮らしのなかに幸せを見つけるという結末は、サンドの多くの作品のライト・モチーフとなっているが、イジドラも最終的には男性不在の、女性の友人と子どもだけの小家族のなかに、静かな老後の楽園を見いだすのである。

裕福な伯爵に囲われる娼婦ジュリーは、優雅で清純な心根を持ちながらも、仮面を被ることで「悪名高い娼婦イジドラ」を演じる。それはジャックも含め、自分たち女性を支配するすべての男性に対する抗議の変装である。一般に同性装は、ロマン主義的な作中人物が好む変身願望のメタファーとされている。サンドの物語世界では、精神的あるいは経済的に男性に依存しているか、過去に男性に依存していたが現在ではそれを克服しようとしている女性が同性装を行うことが多い。彼女たちは自分や、自分と似通った女性（＝分身あるいは影）のために変装し、女の尊厳を奪い、主体性を認めない男に対し抗議の声を上げる。変装はこの場合、アイデンティティの交換を通じて彼女たちの無言の抗議を象徴する装置として機能している。

3　変装による自由の獲得

呼称の変奏

『歌姫コンシュエロ』（一八四二〜四三）（あらすじは巻末の邦訳書誌Ⅰを参照）とその続編『ルードルシュタット伯爵夫人』（一八四三〜四五）で注目されるのは、ヒロインの呼称の多彩さである。ヒロインのコンシュエロには、正編・続編を通じてあだ名、愛称、芸名など、その時々の役割・アイデンティティに応じて六個もの別称が与えられている。『歌姫コンシュエロ』では、誕生時につけられた愛称ツィンガレッラ、ルードルシュタット伯爵邸の音楽教師名ニーナ、師の作曲家ポルポラから授けられたオペラ歌手としての職業名ポルポリーナ、少年ハイドンとともに男装して旅をする際の少年名ベルトーニ、伯爵の息子アルベルトとの結婚で得た別名ルードルシュタット伯爵夫人と、主人公の生い立ちに沿って変装ならぬ名前の「変奏」がみられる。[8] さらに『ルードルシュタット伯爵夫人』[9]では、コンシュエロがオペラ歌手の命である声を失った後、それでもなお芸術家の誇りを胸に、死の床から甦った夫アルベルト、子どもたち、仲間たちとともに、明るい未来を象徴する黄金に輝く道を歩いて行くときには、ツィンガラという最後の名が与えられる。コンシュエロの呼称は、彼女が生きるトポス（場所）の移動にともなって変化してゆくが、本名コンシュエロ以外のすべての名はボヘミア名である。作中でボヘミアとは、実際のボヘミア地方を指している場合もあるが、自由な芸術を象徴する架空の地をも意味している。ヒロインはこの芸術の楽園を人生の起点と終点に波乱に富んだ生涯を送り、六つの呼称が環を形づくり、最後に母なる大地ボヘミアで円環が閉じられるという構造になっている。

この長編小説は、ヴェネツィアのメンディカンティ音楽院（ルソーの『告白』には、彼がこの音楽院をたびたび見学したことが記されている）で、偉大な作曲家でありこの音楽院で教鞭を執るポルポラが、教室の生徒たちに成績最優秀者を発表する場面から始まる。最優秀者はオペラを学ぶ女生徒ツィンガレッラ（＝コンシュエロ）であった。師の後押しでオペラ歌手としてデビューするものの、彼女には師ポルポラ以外に芸術観を分かち合える仲間がいなかった。劇場スポンサーのジュスティアーニ伯爵や意志薄弱なテノール歌手アンゾレットなど、金銭の誘惑に負け、聴衆に迎合する音楽に甘んじているえせ芸術家たちは、彼女にとって芸術の理想からほど遠かった。

ところで「コンシュエロ」とはスペイン語で「慰め」を意味し、人々の心を芸術で癒すヒロインの特性を表している。しかし一方で、彼女はいかなる男性の権力や欲望にも屈せず、自らの人生を選びとってゆく強い信念と自立精神をも有したヒロインでもあり、単に慰めを与えるだけの存在ではない。コンシュエロが役割によって名前を使い分けるのは、一つのレッテルに縛られることを拒否する女性の意志を表しているともいえる。そこには、職業の空間では男性名の筆名を使い、私生活では恋人ショパンにオロールとしか呼ばせなかったサンド自身の姿勢が垣間見られる。

新たな性を拓く変装

コンシュエロは幼い頃から、ストイックな姿勢と潔癖さによってこそ高度な芸術と栄光が実現されるという芸術観を持っていたが、やがてそれが、アルベルトという聡明だがどこか謎めいた人物を知ることにより変化してゆく。コンシュエロにとって、「カトリックの聖なる音楽を信じ」、「宗教的感情と人間的感情を混同している」恩師ポルポラの芸術観よりも、ボヘミアの民衆音楽を愛し、理想の音楽に世俗の境を超えた「無限の啓示」を見るアルベルトの壮大な芸術観の方が魅力的なものに感じられるようになるのである。このコンシュエロの精神的な変化は、作家自身の変化を反映したものだったと思われる。サンドが一八四二年五月に生涯の友であったオペラ歌手ポーリーヌ・ヴィアルド（一八二一―一九一〇）に宛てた手紙には次のようにある。

あなたは理想の音楽の女性司祭なのです。その理想の音楽を世に広め、真実と美を、意地っ張りや物事を知らない人々に指南する使命があるのです。

「女性司祭」という言葉には、社会において自分の夢を実現するだけではなく、真実と美を社会に広める使命を全うする「理想の女性像」に対するサンドの夢が込められている。サンドはポーリーヌをコンシュエロのモデルとすることで、ヒロインにこの夢を託したのであった。[10]コントラルト（女声の低音域）とソプラノの音域を難なく歌いこなすポーリーヌは、その驚異の歌唱力と天賦の才により、当時のヨーロッパの知識人や王室・貴族階級のオペラ愛好家たちを虜《とりこ》にしていた。サンドは彼女とごく親しい友人同士で、ポーリーヌが海外公演に出かける際には、しばしば彼女の幼い娘ルイーズをノアンで預かることもあった。ポーリーヌは、やはり一世を風靡していたオペラ歌手の姉マリブランより容貌では劣っていたが、その知性と人間性には人を惹きつけずにはおかない魅力があった。ショパンは「ポーリーヌがいないとインスピレーションが湧かない」と嘆いたといわれる。

ポーリーヌ・ヴィアルド（サンドの息子モーリスのデッサンをDeveriaがリトグラフにしたもの）

サンドとポーリーヌについて重要なことは、両者がともに女性性と男性性のいずれをも併せもっていたことである。バルザックをはじめ男性作家たちは、サンドを知れば知るほど彼女が男か女か判断に迷うと語っていた。フロベールに至っては、サンドへの手紙に「『第三の性』の貴方よ」と記したことが知られている。またニコル・バリーはポーリーヌについて、彼女が両性を兼ね備えているという同時代の証言が多くあると指摘している。[11] サンドにとって、両性を併せもつ人間は理想的で「完全な存在」であった。ポーリーヌはサンドにとって、ヒロイン・コンシュエロを創造する上できわめて重要なモデルだったのである。

呼称の変奏を通じてさまざまな役割を演じ分けるコンシュエロには、「同性装」によって男性への復讐や異議申し立てを行うレリヤやイジドラにみられる悲劇的な面はなく、むしろ明るい潔さがみられる。「呼称による変装」が、そのつどヒロインに新たなアイデンティティと、より広い世界で行動する自由を与えているからだ。コンシュエロはやがて大富豪であるアルベルトと互いに深く理解しあい、死の床に就いた彼と結婚し、伯爵夫人となるが、それは富や地位に執着したための結婚ではなかった。夫の死後は財産をすべて放棄し、理想を追い求める真の芸術家として、「女性司祭」の使命を果たすべく、ベルリンへと再び旅立ってゆくのである。

変装が暴くいびつなジェンダー観

ウィーンへの旅の途上、とある泉のほとりで、コンシュエロは少年時代のハイドンと邂逅する。二人はともに旅を続けることになるが、そのさい、少年ハイドンの頭によぎった「奇抜な考え」から、彼女は男装をすることになる。「泉が鏡の役割を果たし」、コンシュエロの「イグサのようにほっそりとしたたおやかな腰」、「牡鹿のように細い足」は、ハイドンに借りた「流行遅れの服」をまとうと、まったく少年のように見えた。完璧な変装に気をよくした二人は、互いに新しい名前を考案しあう。こうして、コンシュエロ＝ベルトーニ少年とハイドン＝ベッポ少年は、「二羽の渡り鳥のように」軽やかに旅を始める。

旅の途中、ハイドンはコンシュエロとの対話を通じ、芸術は単に娯楽として人を楽しませるだけではなく、社会に「真実と美」を伝える使命を帯びてもいることを学ぶ。フランス語の原文では、コンシュエロの台詞に女性形の品詞が見られないことから、この場面では通行人に変装を見破られることを警戒し、コンシュエロが男言葉で会話をしていると設定されていることがわかる。ハイドンは次第にコンシュエロに尊敬の念を抱くようになり、物語の最後まで彼女を支え続ける。その献身的な姿は、祖国を捨ててまで終生ポーリーヌに無私の純愛を捧げ続け、彼女に「ああ、僕が千回も口づけするあなたのおみ足の下の絨毯のように、僕は人生のすべてをあなたの前に敷き延べたいのです」という情熱的な手紙を書き綴った作家ツルゲーネフの姿を彷彿とさせる。

自分の変装を助けてくれるハイドン＝ベッポという強力な味方を得たコンシュエロの男装は、しかし、ひょんなことから彼女が教会で賛美歌を歌った際、女好きの参事官に見破られてしまう。それを知った教会の司祭は、女が法を破って男に変装し、しかも教会で歌うことで神聖な場を汚したと激怒する。キリスト教では、「女性は教会で沈黙すべし」という聖パウロの言葉以来、長いあいだ女性は教会で歌うことを禁じられていた。この禁令が廃止されるのは十七世紀以降のことだが、十八世紀に入ってもなお遵守していた教会もあったという。サンドがコンシュエロに変装をさせた真意は、固定された世間のジェンダー観のいびつさを暴露することにあった。「吹けば飛ぶような存在」である女性に対して司祭が激怒するこの場面は、女性を自立した一個の存在とみなさないジェンダー観が、権威主義的で独善的なカトリック教会権力とそれに基づく父権性社会によって捏造されたものであることを白日の下にさらしている。

コンシュエロの物語には、二つの型の「男」が配置されている。一方は変装を否定し、女性を蔑視する司祭や参事官ら教会と父権性社会を代表する男たちであり、他方は、呼称の多様性や変装を肯定し、女性の自立に賛同するアルベルトとベッポ少年＝ハイドンである。コンシュエロの少年名ベルトーニはアルベルトの愛称でもあり、そこには、自分の芸術家としての人生を心から尊重してくれた夫への彼女の愛情が込められていた。アルベルトやハイドン少年は、作家が理想とする男性像でもあったに違いない。

アンディヤナからコンシュエロへ――変装の意味の変化と作家の変身

変装とは、自己を破壊することを通してアイデンティティを問い直す営みであるともいえる。サンドは変装を文学的装置として駆使し、メネクムの理論を軸に、二項対立の世界に生きざるを得ないアンディヤナやレリヤ、イジドラの苦悩を描いた。ところが、一八三〇年代のメランコリックな雰囲気に覆われたこれらの作品と異なり、『歌姫コンシュエロ』と『ルードルシュタット伯爵夫人』はある種開放的な雰囲気に満ちている。そこではより広い視座に立ち、芸術の存在意義と使命が問われるとともに、人類の進歩や明るい社会の到来を信じ、来たるべき時代に期待する作者の眼差しが感じられる。コンシュエロの物語は、サンドが世紀病（十九世紀初頭の若者の間に流行した厭世観）に彩られた文学から脱皮し、芸術と社会を結びつける文学を志向する作家へと変身していく軌跡を示しているのである。

作家の変身を助けたのは、この長編の創作に決定的な影響を与えた哲学者ピエール・ルルーであった。サンドは出世作『アンディヤナ』の後年の版の序文に、「今や進歩を続ける哲学には、そこから多くを学びとり小説化すべき偉大な思想がある」と記したが、その「偉大な思想」こそ、バルザックが「世紀を揺るがす深遠なる思索家」と呼んだルルーの哲学理論であった。[12] 厭世観に苛まれ、一八三四年には自殺さえ試みたサンドにとって、ルルーは「救世主」であり、創作を根幹から支えてくれる心の父でもあった。サンドがこの六歳年上の哲学者に全幅の信頼を置いていたことは、「『コンシュエロ』の原稿をルルーに送りました。彼が校閲をしてくれます」と記した友人への手紙にも読み取ることができる。[13] サンドは幼い頃からルソーの啓蒙思想に親しみ、自ら「ルソーの弟子」を任じていた。しかしサン＝シモン主義を継承するルルーの哲学には、「モーツァルトの音楽」のように心地よいが、女子教育は花嫁修業のみでよしとするルソーの哲学にはない女性擁護の思想――作家となったサンドにとって必要不可欠な思想――が見いだされたのであった。

サンドは大多数の男性作家が見ようとしなかった女性の葛藤を、依存的な立場に置かれ、そのことに苦悩する女たちを、変装という装置を用いて物語の中に可視化した。変装によって神秘の衣を纏《まと》ったヒロインたちは、自らの性を超え、自由を獲得し、広がった空間を闊達《かったつ》に移動し、崇高な使命を果たすべく旅に出る。彼女たちは男性と同等なだけでなく、彼らを凌ぐ賢明さや技量、時には経済力をも有し、男性を導く。「ヒロインの変装」を通じて、当時の性規範を超越した斬新な人間像——女性性と男性性を併せもった「完全な存在」——を創造したところに、サンドの独創性が認められるといえよう。

《ジョルジュ・サンドとその友人たち》（シャルパンチエ／サンド画）
中央にサンドが座り，その膝に乗っている鳥がショパンを表している。サンドの前に跪いているのがリスト，二人の間に立っているのがドラクロワ。人物像はシャルパンチエが，風景はサンドが描いた。

解釈の新しい視座 2

交差する芸術

ショパン生誕二〇〇年にあたる二〇一〇年には、ヨーロッパだけでなく日本でも全国でコンサートや講演会が開催された。これらの場では当然、ショパンの恋人として、また彼にインスピレーションを与えた女性作家としてサンドの名がしばしば挙げられた。サンド自身、音楽に造詣が深く、当時ピアニストとして一世を風靡していたフランツ・リストとも交流があった。

しかし、サンドと芸術との関係は音楽だけに留まらない。絵画にも才能を示し、デッサンや水彩画を学び、生涯にわたって風景画や肖像画、カリカチュアなど多くの作品を残した。画家たちとの交流も広く、とりわけドラクロワとの深い親交はよく知られている。サンドの息子モーリスはドラクロワに師事し、『魔の沼』をはじめとするサンドの小説に挿絵を描いた。ノアンの館には、ドラクロワの他にもバルビゾン派のテオドール・ルソーなど様々な画家が集った。十五年間を共にした恋人マンソーも版画家であり、サンドは画家たちに囲まれて暮らしていたといえる。

サンドはさらに舞台芸術にも深く関わった。戯曲も創作し、マリー・ドルヴァルをはじめとする女優たちとも親しい間柄であった。晩年にはノアンの館にマリオネットの劇場を作り、自らシナリオを書き、人形の衣装を作り、家族や友人たちとともに人形劇を演じた。

このように、サンドの芸術との関わりは多岐にわたり、その作品への反映も多彩である。芸術を扱った小説は枚挙にいとまがなく、膨大な作品群には音楽家や画家が数多く登場する。

そこでこの部では、サンドと芸術との関わりを多角的に検証してみることにしよう。そこからおそらくサンドの芸術観が浮き彫りにされるはずである。第1章では、ドラクロワ、ショパンとの関係を明らかにしながら、三者の間で交わされた芸術をめぐる対話の意味を探っていく。第2章では『アドリアニ』を中心に、作品に登場する音楽家のイメージを検証し、そこからサンドの音楽観と理想の音楽家像を抽出する。第3章では、戯曲・人形劇、および小説の中で展開される演劇論を通じて、サンドの演劇観を明らかにする。第4章では、作品中で絵画の人物像に喩えられた女性たちのポルトレ（人物描写）から、サンドの絵画に対する考え方を読みとる。（村田京子）

第1章

文学・絵画・音楽の越境

ドラクロワが描いたジョルジュ・サンド

河合貞子

ジョルジュ・サンドが様々なジャンルの芸術家たちと幅広い交友関係を持っていたことはよく知られている。なかでも一八三八年から始まったショパンとの恋愛は、しばしばロマンティックに脚色され、映画などでも取り上げられてきた。また、二人が厚い信頼を寄せていた画家ドラクロワは、かれらの九年にわたる交際を最後まで見守り、時にはドラクロワがサンドに批判的な意見を述べることもあったが、二人は終生変わらぬ友情で結ばれていた。かれらは文学、音楽、絵画とそれぞれのジャンルで新しい道を切り開く志を共有し、互いに尊敬し合う芸術の同志でもあった。

この三人の芸術家が織り成す心理劇はいまもなお私たちの関心を惹いてやまない。日本では二〇〇五年に平野啓一郎が『葬送』（新潮文庫）という小説で、かれらを含む異なるジャンルの芸術家たちを主役に配しながらその心模様を巧みに描いている。

ドラクロワが出版社の依頼で描いたサンドの肖像画（1834）

当時すでに巨匠としての地位を確立しながら、その座に甘んじず、近代絵画への扉を果敢に開こうとしていたドラクロワは、サンドの肖像画を生涯に二点描いている。一点はまだ三人の交友が始まっていない一八三四年に出版社の依頼（「男装の女性作家」としてサンドを売り出すための宣伝用）で描いたもの、もう一点はすでに親しい間柄となっていた一八三八年のもので、サンドとショパンの二人を描こう

ドラクロワによるサンドとショパンの肖像画（1838）。元は1枚の絵だったのが，現在は二つに分割されている

とした未完の肖像画である。本章では後者を軸に、ドラクロワがサンドの肖像にどのような女性像を表現しようとしたのか、またショパンを含めた三者の間で文学・絵画・音楽がどのようにつながっていたのかを考察する。

1　ドラクロワの創作理念と革新性

一八三四〜三八年のサンド、ショパン、ドラクロワ

ドラクロワがサンドの肖像画を描いた一八三四年から三八年にかけては、波乱に満ちたサンドの生涯の中でも特に大きな出来事が続いた時期であった。サンドはこの頃、ミュッセやミシェル・ド・ブールジュと恋愛し、夫との別居訴訟を抱えていた。また改革的宗教家のフェリシテ・ド・ラムネー神父と哲学者ピエール・ルルーから多大な思想的影響を受け、彼らの新しい宗教思想、社会主義思想に共鳴し、神秘主義的な小説『スピリディオン』などを執筆していた。

一八三六年にサンドと出会ったショパン（三八年から恋人関係となる）は、ピアノ曲に革新をもたらすことになる『二四の前奏曲』（一八三九年完成）などに取り組み、新しい境地を開こうとしていた。

一方ドラクロワは、一八三二年のモロッコ旅行から帰国後、一八三四年のサロン（官展）に出展した有名な《アルジェの女たち》など、

オリエント趣味にあふれた作品を精力的に発表するようになっていた。

ドラクロワは当時、同時代の文学や演劇、オペラなど、絵画以外の芸術の動向にも強い関心を寄せていた。それは、フランス絵画の伝統を継承しつつ、同時代の感性をも作品に反映させねばならないという新しい手法を模索する意識の現れだったと言える。

このような時期に描かれた一八三八年のサンドの肖像画には、ドラクロワの革新性と同時代的感性が盛り込まれていると思われる。そこで次に、ドラクロワが絵画の革新に関してどのような見解を持っていたかを見てみよう。

新古典主義に対する異議申し立て

一八二二年、《ダンテの小船》で画壇にデビューしたドラクロワは、主題や表現手法などをめぐり、ダヴィッドやアングルらの主導する新古典主義に対して異議を唱えていた。当時の画壇については今日、「ロマン主義のドラクロワ・新古典主義のアングル」といった二項対立で捉えられることが多いが、実際にはドラクロワの創作理念はそれほど単純なものではなかった。彼の新古典主義への批判の根本は、「新古典主義が真の古典主義を継承していない」という点にあった。

ドラクロワにとって真の古典主義とは、「新古典主義のように古代彫刻を模倣して人物を描き、古典的主題を使って動きのない冷たい絵を描くことではなくて、古典・古代を範としながらも同時代の感性を描くこと」であり、彼はそこには当然ながら同時代の躍動感や新しい感覚が反映されねばならないと考えていた[1]。

ドラクロワ自画像（1837）

したがって、ドラクロワが実際の絵画制作にあたって何よりも苦心したのは、必ずしも古典・古代にとらわれず、同時代の関心と響き合うような主題を選択することであり、次にその表現に同時代の感性・感覚を盛り込むため

《サルダナパロスの死》（1827-28）

の手法の開拓であった。その際に彼は当然ながら色彩や筆触も重視し、様々な描法を柔軟に採り入れた。

　ドラクロワのこうした創作理念は、一八二〇年代に描かれた彼の主要作品すべてに現れている。たとえばデビュー作《ダンテの小船》では、ダンテという中世の人物を主題とし、その表現にミケランジェロ的形態（ルネッサンス）やルーベンス的色彩（バロック）が用いられている。オリエントを舞台とする《キオス島の虐殺》（一八二四）では、一八二二年に起きたオスマントルコ軍によるキオス島民（ギリシア人）の虐殺という時事問題が主題となっている。《サルダナパロスの死》（一八二七～二八）では、古代アッシリアのハーレムを舞台としたバイロンの劇詩を題材に、物語的・演劇的ファンタジーの要素が鮮やかな色彩によって表現されている。こうした作品はすべて、先に述べた創作理念に基づき、考え抜かれた主題と表現手法によって人間の情熱や悲劇をみごとに描き出したものとなっている。

　このような作品を通じて新古典主義に対抗していたドラクロワの絵画は、一八三二年のモロッコ旅行を境に大きな変化を遂げることになる。

《アルジェの女たち》の革新性

現代の私たちにとっては、ドラクロワの《アルジェの女たち》（一八三四）だけを見てその革新性を看取することは難しい。しかし、新古典主義に席巻されていた当時の画壇の状況と照らし合わせると、この作品の革新性がよくわかる。

　まず人物像について見てみよう。この作品に描かれた女性たちは、ハーレムのオダリスク（娼婦）である。この

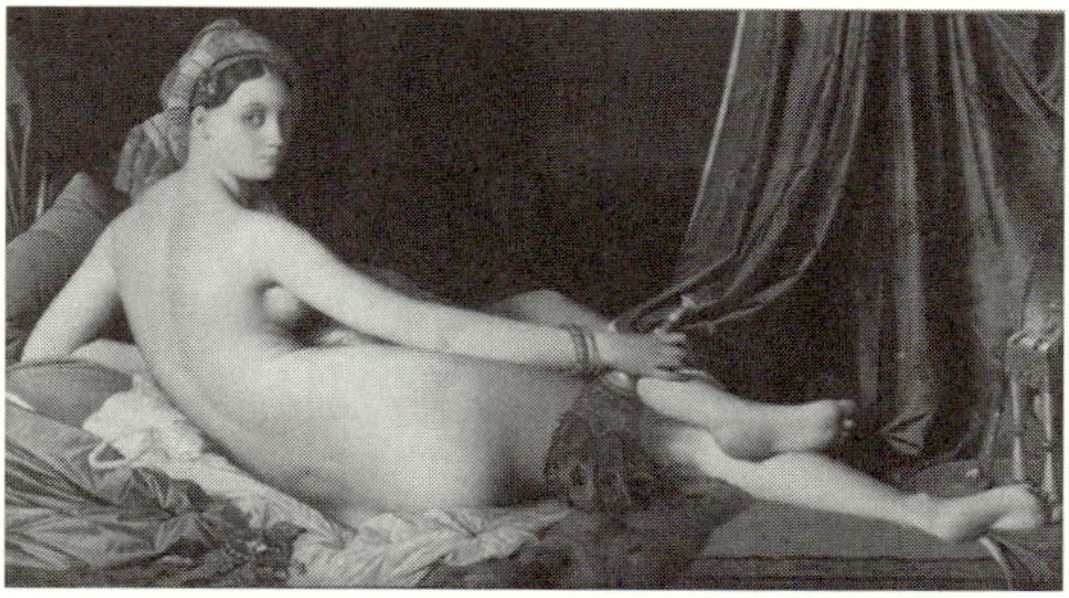

（上）ドラクロワ《アルジェの女たち》（1834）／（下）アングル《オダリスク》（1806）

「オダリスク」という絵画モチーフは、西洋絵画では伝統的に女性の官能性を描く定型表現であり、裸体の女性を描くための「口実」であった。その典型はアングルの《オダリスク》などであり、ドラクロワも数年前の《サルダナパロスの死》では定型に則ったオダリスク像を描いている。

しかし、《アルジェの女たち》に描かれたオダリスクたちは、《サルダナパロスの死》のそれとは決定的に異なっている。女性たちは裸体ではなく衣服をまとっており、身体をくねらせて官能を表すこともなく、気だるげに座っているだけである。ハーレムの狂乱を描いた《サルダナパロスの死》に対して、午後の淡い光が差す室内で、女たちが何をするでもなく、何の事件も起きないありふれた日常の中で、曖昧な表情をしてただ座っているだけの光景を描いたところに、この作品の革新性があるのである。

この時代の主流であった新古典主義では、このような曖昧な表情の人物や淡い光を描くことも、とりたてて語るほどの事件ではない日常の光景を主題とすることも、決して見られなかった。なぜなら新古典主義の絵画とは、優れた古典を主題として「読解」するものであり、普遍性を表現し、見る者に教訓を与える意図を持つものだからである。

ドラクロワはこの《アルジェの女たち》以降、こうした「曖昧な表情の人物」や「淡い光」を、オリエント的な主題を通じて盛んに描いていく。このような作品を通して、ドラクロワは何を表現しようとしたのだろうか。

メランコリーという情感

ドラクロワは、絵画における表情、動作、場面の曖昧性によって、この時代に注目を浴びつつあった「メランコリー」の情感を描こうとしていたのだった。ここにもやはり、「古典・古代を範としつつも同時代の感性を描く」というドラクロワの創作理念がうかがえる。

メランコリーについて、ドラクロワは次のように述べている。「メランコリーの霧のような幻想、その漠然とした感覚はわれわれの時代のものだ」[2]。「われわれの時代〔新古典主義〕は、何でも表面的に分析してしまい、曖昧な印象をもつメランコリーという情感を描こうともしない」[3]。「私はメランコリーという情感をうまく定義できない。この情感については人それぞれに私的な定義があるだろうし、それは感覚的なものから響くこだまとして、偶然に感じとられたものなのである」[4]。

ドラクロワは、メランコリーという情感に含まれる曖昧性を積極的にとらえていた。後年に出版をめざすことになる『美術辞典』の草稿では、「曖昧な美（beau vague）」という項目を設けたほどである。そこには、セナンクールの小説『オーベルマン』の次のような一節が引用されている。

心地よい情感を引き起こし、期待と幻想に満ち、定義できないものは限りない喜びを生み出す。それこそが人々を魅了し、惹きつける美のジャンルである。その喜びは思考を生き生きとさせ、その美は魂を高め、その崇高さは魂を驚かせ、興奮させる。それは心を魅了し情熱的にさせる。それこそが曖昧で、ぼんやりとし、判別しにくく、説明しがたい、神秘的な、えも言われぬ美なのだ[5]。

ドラクロワにとってメランコリーとは、曖昧さと漠然さ、偶然性と分かちがたく結びついた私的な情感であり、何より美的感覚として捉えられるものであった。そしてそれを絵画に描くことが、彼にとって「同時代の感性を表現すること」にほかならなかったのである。

2　サンドの肖像に表現された女性像

一八三八年の未完の肖像画《フレデリック・ショパンとジョルジュ・サンド》（以下《ショパンとサンド》）は、

現在では二つに分割され、二人の上半身の部分だけが残り、それぞれ《ショパンの肖像》《サンドの肖像》と呼ばれているが、元は一枚の作品であった。残されたデッサンから、「ピアノを弾くショパンと、傍らでそれを聴くサンド」が描かれる予定だったことは明らかである。以下では、この肖像画のサンド像に見られるドラクロワの革新性を、彼の他の作品とも突き合わせつつ検証してみよう。

ピアノを弾くショパンと傍らでそれを聴くサンドを描いたドラクロワのデッサン

《アルジェの女たち》との類似

この肖像画で、サンドの顔は完全に右横を向いて描かれており、袖をまくり上げた腕は胸元でゆったりと交差している。壁際の柱らしきものに半身をもたれさせ、ショパンのピアノの調べにうっとりと聴き入りながら瞑想にふけっているような表情である。

これに似たポーズの人物像は、実は先にとりあげた《アルジェの女たち》ですでに描かれていたものである。《アルジェの女たち》の座っている女性三人のうち右横の人物は、向きは違うものの完全な横顔で描かれており、上半身をやや右に傾けたその瞑想的、夢想的な表情もサンド像と似通っている。また画面左端の女性は、袖をまくり上げて腕を露わにし、右肩をクッションにもたれさせ、左腕を投げ出したリラックスした姿勢をとっている。このように何かに身体を寄りかからせ、反対側の腕を投げ出した姿態（寄りかかっている方の腕で頬杖をついていることもある）は、西洋絵画では伝統的にメランコリーを表す図像であった。《アルジェの女たち》はこの伝統的図像に基づきながら、メランコリーという同時代の感性を表現したものなのである。

また、肘まで袖をまくり上げたサンドの、決して華奢ではない豊満な腕は、ドラクロワがこの時期に描いたオリエント画の女性像に頻繁に見られるものである。

これらのことから、このサンド像には《アルジェの女たち》と重なる女性像が反映されており、緩やかで気だるいメランコリーの情感と、豊満さ・たくましさといったオリエントの女性のイメージが盛り込まれていることがわかる。

《聖女たちに手当てを受ける聖セバスティアヌス》との類似

同時期に描かれたドラクロワのほかの作品にも、完全に横顔で描かれ、サンド像とほとんど同じ腕の形態をもつ女性像が見られる。それは一八三七年、このサンド像の前年に描かれた《聖女たちに手当てを受ける聖セバスティアヌス》の画面中央で、セバスティアヌスの腕に刺さった矢を抜こうとしている聖女イレネである（セバスティアヌスは、三世紀ローマのディオクレティアヌス帝のキリスト教迫害により殉教した聖人）。優しいまなざしで殉教者を介抱するイレネの繊細な手の表情は、ほとんどそのままサンド像の左の手腕に見ることができる。

《聖女たちに手当てを受ける聖セバスティアヌス》（1837）

これらの作品が、一方は娼婦でもあるハーレムの女性、しかもアラブ人女性の豊かさとも通底し、一方は聖女を描いた作品であることは大変示唆的である。ドラクロワのサンド像には、彼が開拓した美的感覚としてのメランコリーの表現手法が盛り込まれ、さらにあからさまな官能性を持たないアラブ人娼婦と、繊細な情感を持つ聖女という、一見するとかけはなれた女性像の特質が綜合されているのである。

（上左）《ピアノを弾くグルック》（1831）／（上右）《ユステ修道院のカール5世》（1833）／（下）《ユステ修道院のカール5世》（1837）

「ピアノ（オルガン）を弾く人物と傍らでそれを聴く人物」のモチーフ

ドラクロワはすでにそれ以前に、分割される前の《ショパンとサンド》と同様の構図の作品を三点描いている。一八三一年のパステル画《ピアノを弾くグルック》、一八三三年の油彩画《ユステ修道院のカール五世》（現在では失われ、ドラクロワ本人が下絵のために制作したと思われるリトグラフのみ現存）、同じ主題による一八三七年の油彩画である。

これらの作品は、画面が二人の人物のみで構成され、一方はピアノ（オルガン）を陶然と弾き、もう一方は傍らでその調べに聴き入っているという構図で共通している。一八三八年の《ショパンとサンド》は明らかに、これらの作品の系譜に連なるものである。この三点の中で構図的にも、男女の人物像であるという点でも《ショパンとサンド》に近いのは、一八三三年と三七年の《ユステ修道院のカール五世》であろう。とりわけ構図的に類似しているのは、傍らに修道女がたたずんでいる三三年の作品である。これは、モロッコ旅行後の一八三三年のサロンで落選したものの、ドラクロワにとっては重要なテーマであったと思われ、これを土台に一八三七年に再び描き直している（ただし後年の方は小品である）。

《ピアノを弾くグルック》から《ショパンとサンド》まで、ドラクロワはこの構図で四度も作品を制作したことになり、彼がこの「ピアノを弾く人物と傍らでそれを聴く人物」というテーマを大変気に入っていたことは明らかである。そこで次に、一八三三年の《ユステ修道院のカール五世》と《ショパンとサンド》を詳しく比較することで、ドラクロワの意図をより深く読み取ってみよう。

メランコリーで結ばれる三作品

《ユステ修道院…》に描かれているオルガンを弾く人物は、ハプスブルク家の神聖ローマ皇帝・スペイン王カール（カルロス）五世である。彼は一五五六年、長年の病（重度の痛風）と度重なる戦争に疲れ、神聖ローマ皇帝とスペイン王の座を後継者に譲り、ユステ修道院に隠遁した。この作品はその隠遁生活を描いたものである。ドラクロワは一八三三年のサロンにこの作品を提出する際、次のようなコメントを添えている。

「皇帝はオルガンを弾きながら、メランコリーを晴らすうち、知らず知らず過去の思い出に浸る」。明らかにドラクロワはこの作品で、戦争と病に疲れ果てた皇帝のメランコリーを音楽とともに描こうとしていた。

メランコリーを抱えながらピアノ（オルガン）を弾く男性と、傍らでそれを聴く女性（メランコリーに苛まれた男性を深く理解し、支える存在）というテーマは、そのまま《ショパンとサンド》に反映されている。カール五世についてのコメントをなぞるなら、ドラクロワは「ショパンはピアノを弾きながら、メランコリーを晴らすうち、知らず知らず過去の思い出に浸る」という光景を表現したと言える。その傍らに立つサンドは、皇帝の横でオルガンに聴き入る修道女のごとく、静かに彼の内面に共感しつつ、その音楽を感じ取り、彼の孤独な魂を支える存在として描かれていると言えるだろう。

文学・絵画・音楽の越境

ドラクロワはサンドを友人として敬愛し、時代の感性を追求する芸術の同志として尊敬していた。したがって《ショパンとサンド》にはもちろん、厚い友情のしるしとともに、文学者サンドの複雑な内面を形象化したいという画家の情熱をも見ることができる。しかしこの肖像画は、単なる親愛の情の証にとどまるものではなかった。《ユステ修道院》から《ショパンとサンド》へと受け継がれた「メランコリーと音楽」の組み合わせは、単なる思いつきではなく、ドラクロワが「文学と絵画と音楽との境界を越えた相互作用」を追求しようとしたものであった。そしてこれは、ドラクロワやサンドのみならず、同時代の多くの芸術家たちが挑んだテーマでもあった。

ショパンの奏でるメランコリックなピアノの調べに耳を傾けるサンドは、音楽を通じてメランコリーの情感に満たされる快い時間の中に溶け込んでいくかのように描かれている。ドラクロワにとって、文学者としてのサンドをこのような形で描くことは、単に彼女をショパンの恋人として描く以上に重要なことであった。次節で詳述するように、この作品は通常の肖像画の枠を超えて、画家が「絵画の言葉」によって、絵画と音楽と文学の「神秘的な内奥のつながり」を描いたものとも言えるのである。

以上の考察から、ドラクロワは《ショパンとサンド》のサンド像に非常に多義的・多層的な意味を込めたことがわかる。そこには、彼が力を注いだメランコリーの情感の表現手法、主要作品にしばしば登場するオダリスク（娼婦）や聖女・修道女が体現する女性像のエッセンス（日常的で秘められた官能、たくましさ、慈愛に満ちた優しさや穏やかさ、メランコリーを解する繊細な感性）、そして異なるジャンルの芸術の相互作用という重要なテーマがすべて盛り込まれているのである。

3　異なる芸術の対話

このように、ドラクロワは自分が最も関心を寄せる女性像の要素のすべてをサンドの肖像に集約させた。ではサンドはこの画家をどのように見ていたのだろうか。

残された書簡からは、二人の親密な交流がうかがわれる。また、サンドの『我が生涯の記』（一八五四〜五五）や『印象と思い出』（一八七三）などの自伝的作品には、ドラクロワについての言及がしばしば見られる。これらの資料からは、二人が互いの芸術を心から尊重し合っていたこと、そしてジャンルの境界を越えるものを模索すべく語り合っていたことがわかる。以下ではそれらを詳しく見ていくことにしよう。

書簡が裏づける《ショパンとサンド》のイメージ

ドラクロワは一八三八年、エウリピデスの悲劇『メディア』に題材をとり、ヒロインのメディアが不義の夫に対する怒りと嫉妬にかられ、子どもを殺害してしまう場面を描いた《激怒のメディア》を発表した。これを見たサンドは画家に宛てた手紙で次のように書いている。「《メディア》はとても美しく、胸が張り裂けるような偉大な作品です。あなたはなんとまあ、すばらしいへぼ絵描きだこと！［…］今夜、ショパンの家にいらっしゃい。ささやかな集まりがあって、彼がピアノを弾くことになっています。彼の両手がピアノに置かれるとき、それはとても神々しい瞬間です(6)」。

その数か月後の手紙では、サンドはショパンとの恋愛についてドラクロワに相談し、それに対してドラクロワは次のように答え、励ましている。「［恋愛の］甘い蜜を楽しまれますように。あなたは本当に彼に愛されるにふさわしい人です。あなたは決して才女気取りの作家でもないし、コケット［色気で男性の気を惹く女性］でもありません(7)」。

ドラクロワはそれからまもなく、二人が恋人同士となったその年の秋から《ショパンとサンド》を描き始めるのだが、恋人たちは冬にマヨルカ島に出かけ、そのまま一年近くもパリを離れていたので、おそらく制作の中断を余儀なくさせられたと思われる。その後作品は未完のまま、終生画家のアトリエに置かれていたので、もしかしたら彼はずっと加筆を続けていたのかも知れない。残念ながらこのあたりの経緯を伝える資料は残っていない。

やがて二人がマヨルカ島からパリに戻り、三人それぞれの創作が充実していた一八四二年、サンドはドラクロワをノアンの館に招待する。『歌姫コンシュエロ』を執筆中だったサンドは、ドラクロワに宛てて次のように書いている。

あなたが［ノアンの館に］来られたら、『コンシュエロ』の一部分を読んで聞かせましょう。あなたはまだ始めのところしかご存じないでしょう。今までのところ、とても面白いものとなっています。ショパンは、四十の小説より価値のある美しいマズルカを二曲つくりました。(8)

これに対してドラクロワは次のように返事を書いている。

心優しきショパンにお伝えください。私が大好きなのは、音楽について語り合いながら並木道をゆったりと散歩すること、夕べに長いすにもたれて、彼の神聖な指に神が降りるのを聴くことですと。［…］それから『コンシュエロ』ですが、私がこの小説をどれほど素晴らしいものと思っているか、まだあなたにお伝えしていませんでしたね。あれはあなたの作品の中でも、最も純粋なものです。(9)

これらの書簡の内容はまさしく、《ショパンとサンド》に漂う雰囲気を説明するものと言えるだろう。

音楽と色彩を結ぶ「神秘的な類推」

一八四七年から書き始められた『我が生涯の記』で、サンドは「ドラクロワは私に初めてできた芸術家の友人であった」と語っている。そして、「彼は間違いなく現代の巨匠である」と最大の賛辞を送っている。サンドはもちろんドラクロワの芸術の革新性を高く評価していたが、とりわけ関心を持っていたのは、彼の作品に見られる「音楽と色彩との相関関係」であったようだ。当時、パリでは声楽や器楽、オーケストラやオペラなど音楽の様々なジャンルが驚異的な発展を遂げ、「音楽と絵画」の関わりも高い関心を呼んでいた。とりわけ、芸術全般に関心を抱き、色彩によってそれらの相関関係を描こうとしていたドラクロワは、「音楽と色彩」をめぐる議論において最も注目を集めていた画家であった。サンドは『我が生涯の記』で次のように書いている。

> 私はドラクロワの色彩については語らない。〔…〕絵画における色彩について語ることは、言葉によって音楽を感じさせようとするようなものだが、はたしてそのようなことは可能だろうか。〔…〕諸芸術は魂の内奥で密接につながっているとはいえ、同じ言葉では語られないのであり、神秘的な類推によってのみ通じ合うのである。

このようなサンドの考えは、後年の『印象と思い出』に、より具体的に描かれている。

> 〔息子の〕モーリスがドラクロワに色彩反照〔異なる色どうしが互いに照り映えて輝きを増すこと〕の謎を説明してほしいと頼むと、ショパンは目を丸くして聞いていた。巨匠は絵画における色調と音楽における色調とを比較し、次のように言った。「音楽におけるハーモニーは、和声からのみ成るのではなく、音どうしの関係、すなわちその論理的な進行や聴覚的反照といったものから成っているのです。絵画も同様です〔…〕」。やがてショパン

は即興でピアノを弾き始めたが、それは始まったかどうかもわからないものだった。彼が形を作ろうと音をさがしているあいだ、それはぼんやりと不確かなものだったが、しだいに柔らかな色調があたりを満たしていくのが見え、それは聴覚でとらえられた心地よい色調の変化と呼応していた。やがて青い音が鳴り響き、私たちは透き通った紺碧の夜の中にいた。軽やかな雲が生まれ、それは夜空を満たして月の周りへと漂っていき、大きなオパール色の天蓋となってあたりを包んでいった。

ドラクロワは、色彩の反照が絵画特有の色調を生み出すように、音楽においても音どうしの反照によって「音の色調」を生み出すことができると述べる。そこで語られる「色調」「ハーモニー」という言葉は、音楽と絵画の境界を越えて浸透し、「神秘的な類推」を成立させる。サンドは、ピアノを引き始めたショパンの即興の音色を「青い音」と表現し、「音が色合いを帯びていく」様子を描いている。色彩と音とが調和し、美しいイメージが広がっていった体験を、今度はサンドが彼女自身の言葉で文学的に表現したのである。

サンドのこうした繊細な描写を読むと、三者がいかに互いの芸術を認め合い、「神秘的な類推」によってジャンルの境界を越え、感性を磨き合っていたかがわかる。そしてここで語られている光景もまた、あの肖像画の雰囲気に重ならないだろうか。

しかし、ドラクロワは常にサンドを賞賛していたわけではない。サンドの娘ソランジュが結婚し、サンドがショパンと別れた前後の時期と、それに続く二月革命後の時期には、ドラクロワは『日記』に次のように記している。「サンド夫人は時として女の役を演じ、小説か説教、あるいは哲学書からそのまま引用したような長広舌を爆発させる(10)」。「彼女の不思議な運命、それは善と悪とが入り混じった女性であることだ(11)」。また一八五五年には、サンドの戯曲『モープラ』の通俗性を批判してもいる。

しかし、その一方で彼は同時期に、「サンド夫人に再会できて私は心から嬉しかった。彼女は最高だ」とも書いている。[12] 最晩年にも、「サンド夫人に宛てた手紙をここ〔日記〕に書き写すのはとても嬉しい作業だ」と前置きして、絵を描くことの尽きせぬ喜びを綴り、「このような考えはあなたに依拠するものです。親愛なる、優しい、忠実なる友よ」と呼びかけている。[13]

ドラクロワの日記からは、彼がサンドに対して、その複雑な内面への理解・共感と反発という両義的な感情を抱いていたことが如実にみてとれる。そして、サンドの激しい気質を熟知してなお、ドラクロワは生涯にわたって彼女のよき理解者であり、親友であった。そしてサンドもまた、波乱に満ちた生涯を通じて、変わらぬ友情と信頼を彼に寄せていた。

サンドはショパンやドラクロワと同等に、同時代の感性を鋭く表現し行動した。長編小説『歌姫コンシュエロ』や『ルードルシュタット伯爵夫人』などを執筆し、彼女の多彩な創作活動の中でも最も充実していた時期は、かれらがとりわけ親密に交際していた時期でもあった。かれらの文学、絵画、音楽はそれぞれの芸術のジャンルを越境し、「神秘的な類推」という深いレベルでの相互関係を結び、互いの芸術から豊かな刺激を得ていたのである。

第2章

音楽の力・芸術の自由

コンシュエロの放浪とアドリアニのユートピア

坂本千代

サンドを主人公あるいは重要な脇役とした映画や芝居はこれまで欧米でたくさん作られてきたが、その多くにはショパンが登場する。日本にもショパンのピアノ曲をバックに、サンドが彼との恋のいきさつを語る芝居がある。斎藤憐《れん》の『ジョルジュ』という戯曲で、副題には「サンドとショパン」とあり、ピアノ演奏を伴ったドラマ・リーディング（役者が舞台上で戯曲台本を読む形式の芝居）で上演される。一九九九年に東京で初演された後も各地で再演され、好評を博している。

この作品に限らず、わが国において彼女の名はショパンや彼の音楽とともに取り上げられることが多く、本国フランスを含む外国でも状況は似たようなものであろう。いっぽう、サンドの作品のほうに目を向けてみると、彼女は作中に多くの芸術家を登場させており、なかでも歌手、演奏家、作曲家など音楽家が、画家、作家、詩人などと並んでしばしば取り上げられている。本章では、一八五四年の中編小説『アドリアニ』を中心に、サンドの描く音楽家像の特徴と芸術観について考えてみよう。

1　職業としての音楽

『アドリアニ』の特徴

サンドの創作した音楽家の中で最も有名なのはおそらくコンシュエロ（『歌姫コンシュエロ』とその続編『ルードルシュタット伯爵夫人』のヒロイン）であろう。十八世紀のヨーロッパを舞台に活躍するこのオペラ歌手は、執筆当時（一八四一～四四）のサンドの理想の音楽家像であった（〔1　男と女〕の第5章3節も参照）。その約十年後に書かれた『アドリアニ』の男性主人公は、作家と同時代を生きるテノール歌手という設定である。その性格、キャリアおよび恋愛に作家の理想が反映されている点ではコンシュエロと同じであるが、『アドリアニ』という作品はコンシュエロの物語とは異なるある一点で非常にユニークなものとなっている。それは、「音楽家と金銭」の問題を大きく扱っていることである。

そこで本節では、サンドの作品だけでなく、彼女と親交のあったリストらの証言も参照しつつ、主に『アドリアニ』に見られる金銭の問題を通して当時の「職業としての音楽」について考えてみたい。また、コンシュエロをはじめ他の作品の音楽家像との比較によって、サンドの音楽観や理想の音楽家像がどのように変化したのかを観察してみることにしよう。

サンドは一八五三年九月にこの小説を書き始めたときには、『従僕』という題名をつけていたようである(1)。実際、物語は主人公アドリアニの従僕コントワが妻にあてた手紙で幕を上げる。手紙の中でコントワは妻に、主人の職業や身分ではなく持ち物や衣服について語り、自分を雇った人間が従僕を伴って旅に出ることができる程度に裕福な、二五歳から三十歳くらいの男性であることを伝える。つまりこの小説は、従僕の目から見た主人公の描写、というより一種の値踏みで始まっている。コントワは次のように語る。

部屋のあちこちに散らばったこの人の旅行用の衣服や宝石類、ホテルの従業員たちの態度から、私は彼がそこそこの金持ちであり、社交界に出入りできる人物であることをすぐに見てとったんだ。

アドリアニの財産

小説が進行するにつれてこの「従僕の視点」はすっかり忘れ去られて、アドリアニことアドリアン・ダルジェールの目から見た物語となっていく。しかしそこでも彼の経済状態がつねに問題となっている。イタリア在住の貴族の息子として生まれたアドリアニは、若いうちに親の遺産を食いつぶして破産してしまう。だが音楽の才能を生かし、はじめは音楽教師、やがて歌手・作曲家として成功し、そのうえ破産時代に貧窮生活をともにした親友デコンブ（もとは画家志望で、のちに天才的な相場師となる）の助けによって、自分でも知らないうちに五十万フラン（現代日本の五億円に相当[2]）の財産を持つに至る。

鷹揚で細かいことに無頓着なアドリアニは、はじめは突然金持ちになってもさほどの感慨を示さなかった。ところが、プロヴァンスの田舎貴族の若い未亡人ロールに恋すると状況はまったく変わり、金銭に対する関心が強まっていく。彼女の年収が一万五〇〇〇ないし二万フラン（一五〇〇〜二〇〇〇万円）であることを友人のウェスト男爵から聞いたアドリアニは、「たったそれだけなのか！」と言って喜ぶ。彼は世間から財産目当てで愛をささやいたと見られるのを嫌っており、また自分の財産で彼女を幸せにしたいと考えたから、彼女の経済状態が非常に気になっていたのである。

恋心を募らせたアドリアニは、ロールの隠れ家（彼女は姑で育ての親でもあった女性からの精神的な迫害を逃れて田舎に隠棲していた）近くにあるモゼールの城館を三十万フランで買い取ることにする。ところが、その手続きをした直後に、財産の管理を任せていた親友デコンブがアドリアニの全財産を相場につぎ込んで大損し、彼は一夜にして財産を失ってしまう。それでもどうしても城館を手に入れたい彼は、銀行から金を借り、首都で働くことを決意する。大急ぎでパリのオペラ座と専属歌手契約（年六万五〇〇〇フランの三年契約）を取り交わし、加えて高額の個人レッスンなどで年に十万フランを稼ぎ出すようになった。ロールも彼の愛に応え、パリでの「出稼ぎ」生活をともにする。三年後、アドリアニは晴れて借金を完済し、ロールとの間に子どももうけ、愛する妻子とともにモゼールの当主として帰還するのだった。

挫折した芸術家デコンブ

ところで、主人公の運命に決定的な影響を与える親友デコンブはどのような人物として造形されているのであろうか。彼は青年時代には画家志望で、パリの粗末なアパートでアドリアニと同居していた。裕福な相場師の父親は息子が芸術の道へ進むのを許さず、援助を一切しなかったので、貧しく惨めな生活を送っていた。不遇の時代をともにした二人だが、貧困を耐え抜いて自らの芸術的才能で成功したアドリアニとは対照的に、デコンブはついに貧しさに負けて芸術を捨て、父親と和解して相場の世界に入り、そこで希有な才能を発揮して金融界の英雄となる。富を手にしてからもアドリアニへの友情は変わらず、友が財産を作るのに一役買う。作中には明確に書かれていないが、デコンブはアドリアニに対して同性愛的な愛情を抱いていたように思われるふしもある。

しかしデコンブはどんなに金持ちになっても昔の夢が忘れられず、自分が挫折した芸術家であるという思いにつきまとわれて幸せになれない。アドリアニに言わせれば、彼はまさに「芸術家の熱情」でもって相場の仕事に没頭し、神経と健康をすり減らした。最終的には取り返しのつかない大損失を出したあげく、服毒自殺する。最期を看取ったアドリアニの眼前で彼は錯乱し、「おれは画家だ」と言いながら息絶える。

このように、アドリアニを親友として愛したデコンブは、友を金持ちにしたあとで、今度はあっけなく無一文にするなり死んでしまった。芸術に志しながらも才能とチャンスに恵まれず、別の道に転身して成功をおさめてなお、生涯コンプレックスに悩まされる「できそこないの芸術家」、あるいは「金に殺される芸術家」の例としてデコンブは描かれていると言えるかもしれない。その意味で、彼はアドリアニの「負の肖像」ないし「影」とも言える人物である。

音楽家の社会的地位

それでは、当時のフランスにおける音楽家の地位とはどういったものだったのだろうか。アドリアニが歌手・作曲家として名をなしており、しかも裕福だと知っても、ロールの姑だった侯爵夫人は二人の結婚を決して許そうとはしない。彼女の見解では、芸術家などというものは自分たち貴族のサロンを訪れた客を楽しませるために呼ぶものであって、かりにどんなに優れた人物であっても貴族と同等の身分ではないのである。これは少なくとも十九世紀前半までの貴族の「常識」であった。たとえば音楽好きで知られるマリー・ダグー伯爵夫人は回想録の中で、このような「常識」を述べる周りの人々に反発している。(3) マリー・ダグーと駆け落ちしたフランツ・リストは次のように嘆いている。

> 私の人生はいつまでも、［貴族の］暇人たちのあの無駄話に押しつぶされ損なわれるのでしょうか。私に献身という、いいいいい男らしい活動の時は決して訪れないのでしょうか。私は、このサロンの道化役、サロンの娯楽係を務めるという苛酷な刑に処せられているのでしょうか。(4)

当時、自分に天分があると自負する音楽家たちは多かれ少なかれ皆このような不満を持っていたに違いない。リストと親しく付き合っていた頃のサンドももちろんこうした不満を彼から聞いたであろうし、その後深い絆を持ったショパンにしても社会的地位は同じようなものであった。このような音楽家を含めた芸術家のステータスについて、サンドは一八三九年作の『七弦の琴』の登場人物ハンツに次のように言わせている。

すべての偉大な芸術家たちは後代の人々のため、自分の現在を犠牲にして働いています。そして、もし彼らが徳高き人でも高貴な狂信者でもなければ、彼らはあきらめて軽業師のように同時代人を楽しませることにして、自分たちの天才の賜物を未来に残すことをやめるのです。

これがつねに真実かどうかはともかく、世間が認めてくれるか否かを問わず、また時代を問わず、芸術家も生きるために糊口をしのがなくてはならない。リストやショパンと同じように、アドリアニもまた最初は音楽教師として生計をたてる。だがやがて彼は自分の生業を疎んじるようになり、次のように言う。

教師の仕事はいやでした。芸術の中にある美を示したり真実を説明したりすること、またこれらを才能と雄弁を用いて講義することは可能です。でも、その大多数は頭が悪いか、さもなければ軽薄な生徒たちのために、自分の力のすべてをそそぐような仕事にぼくは甘んじることができなかったのです。

貧しい生活にもかかわらず、デコンブとは違って、アドリアニは音楽を捨てることができなかった。というのも彼はまさに「音楽の力」とも言うべきものを理解し、それに引き寄せられ、また、それを自在に操ることができたからである。アドリアニにとって職業としての音楽とは、生計の手段であることを超えて、音楽芸術の真髄にかかわるものだったと言える。

2　音楽の力

無限の言語

サンドは『アドリアニ』のほか、『アルディーニ家最後の令嬢』、『歌姫コンシュエロ』、『ルードルシュタット伯爵夫人』、『デゼルトの城』といった音楽小説だけでなく、田園小説『笛師のむれ』やファンタスティックな戯曲『七弦の琴』の中でも、音楽の持つ力（あるいは魔力）について言及している。まず、『七弦の琴』で主人公アルベルトゥスの弟子ハンツが、音符やト音記号のような音楽記号について語るのを聞いてみよう。

これらは単純でよく知られた要素なのですが、それを組み合わせるとひとつの神秘、あるいはひとつの魔法になります。それは無限の言語なのです！

サンドはこのように、音楽を「無限の言語」、つまり現存のいかなる言語でも表しえないものを表現する言語と考えていた。また『歌姫コンシュエロ』の語り手は、個人の感情や思想だけでなく、ひとつの民族の思いや情熱、歴史や運命を最も深く表現することができるのは音楽だとして、次のように言っている。

［音楽以外の］いかなる芸術も魂の目に、自然の素晴らしさを、神との一体化の喜びを、諸民族の性格を、彼らの情熱のざわめきや彼らの苦悩の重苦しさを描き出しはしないだろう。

『アドリアニ』では、天才歌手で作詞作曲もするアドリアニが、凡庸な詩人であるウェスト男爵と、言葉の力と音楽の力の違いについて論争する場面がある。

「あなた〔ウェスト男爵〕は想像の余地をまったく何も残さないような描写をなさる。でも、音楽というのは想像力そのものなのです。聴衆の夢を目的地に運んでいく役目を担っているのは音楽です。〔…〕ぼくは詩人のあなたよりももっとたくさんのイメージを喚起できるのです。なぜなら、ほんの短いフレーズでぼくは、自分の瞑想の無限の感情を要約することができるんですから。」

「あなたは、感覚のほうが言葉よりももっとうまい説明ができると言うんですか」と男爵は叫んだ。

「政治や修辞学や形而上学など、音楽以外の分野ではもちろん違います。でも音楽ではまさにそのとおりなのです。」

音楽の持つこのような「無限の言語」としての力に対する期待と一種の畏怖の念は、ロマン主義時代に共通する感情であり、当時の音楽家だけでなく芸術家一般や思想家にも、強弱の差はあれ同じような認識があった(5)。

天賦の才か、呪われた魔力か

このような音楽の力は、『歌姫コンシュエロ』でも印象的に描かれている。ヒロインのコンシュエロが、洞窟の中で、彼女に恋するアルベルト伯爵の弾くヴァイオリンの調べに我を忘れていく場面を見てみよう。

コンシュエロは少しずつ、アルベルトのヴァイオリンを聞くことをやめ、やがて耳に入りもしなくなった。魂全体が注意深くなっていた。そして、彼女の感覚は直接的な刺激を閉め出して、別の世界で目覚め、新たな存在の住まう未知の空間を通って精神を導いていったのであった。

音楽のこのような力はまた一方で、一種の魔術にもなりうる。それは芸術全般に言えることであり、『アドリアニ』においては、「芸術、これはぼくたちの運命を嫉妬深く支配する暴君、存在を食い尽くすもの、無数の隷属に長い間ぼくを縛りつけてきた鉄球」と語られることにもなる。『アドリアニ』とほぼ同時期に発表された『笛師のむれ』では、語り手エチエンヌの幼なじみジョゼフは音楽の魔物に取り憑かれて悲惨な最期を迎えることになる。音楽に限らず芸術の力は、天から授けられた才能にも呪われた魔力にもなりうるのであり、優れた芸術家とは正気のうちであれ狂気に駆られてであれ、その力を最大限に発揮させることができる者であると言えよう。

天才と大衆の相克

優れた音楽家の第一条件は、サンドおよび当時のロマン主義的見解に基づくなら、当然「天才」である。ごく一般的に言うならばこの天才崇拝の要因の一つは、十八世紀的な合理主義・普遍主義への反発として生まれたロマン主義が、個人の個性や独創性や想像力に非常に重きをおいたことにある。『歌姫コンシュエロ』もまた、当時のこうした天才崇拝の思潮を汲んでいる。天才コンシュエロは、師ポルポラの目から見れば「ハーモニーの神の祭司」「芸術に仕える祭司」である。天才は崇高な理想を見ることができ、またそれに仕える者であるという定義は、もう一人の天才であるアルベルトにもあてはまる。彼について語り手は次のように解説する。

彼［アルベルト］は真実の偉大な音楽の啓示を受けていた。彼はあらゆる事柄に関する知識を持っていたわけではないし、芸術の目もくらむような可能性を知らなかったかもしれない。だが、彼は聖なる息吹、美に対する理解力と愛を持っていたのだった。

この「聖なる息吹」はいわゆる霊感（インスピレーション）とも呼ばれるものであり、たとえ天才であろうとも得ようとして得られるものではなく、まさに神の恩寵のごとく「降りてくる」ものとみなされていた。

ところで、『アドリアニ』において天才歌手の望む生活とはどのように描かれているであろうか。ロールと出会う前、裕福になったアドリアニの生活の描写がその一端を示している。それは、音楽に造詣の深い、社交界のエリート聴衆（本当の芸術を理解することのできる少数の聴衆）の前で、自分の望む時に、金銭のためではない（ただし慈善目的の場合は例外）音楽活動を行うような生活である。レコードやビデオ、CD、DVDといった録音・録画技術が出現していない時代、歌手、演奏家、俳優などは実際に聴衆や観客の目前で演ずる以外に真価を認めてもらう手段はなかった。作曲家でもないかぎり、観客や聴衆との直接的な接触を避けることはできなかった。そのため、音楽家や俳優という職業で金を稼ぐことは、貴族階級や大ブルジョワジーからは「聴衆に身を売り大衆の奴隷となる職業」と考えられていたのである。

アドリアニは芸術家にとって何よりも重要なのは自由だと考えていたので、ロールに出会うまでは、入場料をとるコンサートは開かなかったし、オペラにも出演しなかった。その彼が、三年という限られた期間とはいえ、自分の芸術的信念を曲げなくてはならなかったのである。財産を失ったアドリアニはパリで金を稼ぐため、俗受けする駄作オペラで歌うことを強いられる。観客は熱狂的な拍手を送るが、彼は自分の才能をつまらぬオペラの成功に貢献させてしまったことを悔い、真に天才的な傑作よりも俗悪な三流作品が成功を収めるのを見て大衆の悪趣味を呪う。だが、それでも、彼はできるかぎり天才作曲家たちの優れた作品をオペラ座で上演させようと奮闘し、時には成功した。自分の芸術的信念を貫こうとする天才歌手と一般聴衆とのこのような相克は『歌姫コンシュエロ』にも登場し、そこではオペラや演劇の聴衆が時にはいかに専制的・脅迫的な芸術の敵になるかが描かれている(6)（この問題については次章も参照のこと）。サンドがこの芸術をめぐる相克に強い関心をもっていたことの表れであろう。

進歩への信仰

『歌姫コンシュエロ』の続編『ルードルシュタット伯爵夫人』で、二人の天才コンシュエロとアルベルトは、後にサン＝シモンやルルーらが夢みたような理想社会の思想を芸術を通じて広めるための伝道師となる。一方、ナポレオン戦争時代のイタリアを舞台にした少し前の作品『アルディーニ家最後の令嬢』（一八三八）では、やはりオペラ歌手の主人公レリオが次のように語っている。

> 芸術家は、世界丸ごとを、偉大なるボヘミア［ここでは芸術の故郷といった意味合い］を祖国に持っているのだよ。［…］もはや国境で、制服の色や国旗の模様によって神聖なインスピレーションが止められない時代がやってきたんだ。空気中に何か天使か精霊のようなもの、進歩というものの目に見えぬ使者がいて、あらゆる場所からハーモニーとポエジーを僕らに運んでくるんだ。

このように、サンドにとって天才的芸術家は、人為的な国境を越えて「進歩のメッセージ」をあらゆる所に伝えていく使者であった。サンドは進歩、それも終わることのない継続的な進歩という思想に対して、ルルーの影響で一八三六年頃から変わらぬ信頼を寄せていた。当時普及していた進歩の観念は、「絶対的な完全」という存在の状態があるという前提のもと、人間はこの完全な存在に向かってひとつの生から次の生へと無限に転生を繰り返し、人類はその永遠の運動の中で限りなく完全に近づいていく、というものであった。サンド自身、この進歩の思想の伝道師を自任していた[7]。人類が、そして人類の作る社会が「完全」になりうるという信念と、それに向かって永遠に進歩が続いていくという考えこそ、サンドの作品中で「社会の進歩に向けて活動する音楽家たち」であるコンシュエロ、アルベルト、レリオらが広めようとしたものであり、それはほとんど一種の宗教とさえ言える。そこでは、芸術家は進歩への信仰を世界中に普及させるための使者となるのである。

旅する音楽家たち

ここで『アドリアニ』に戻ろう。ロールと出会う前の主人公は次のように描かれている。

彼は旅もまた好きだった。ヨーロッパの端から端まで巡ったものだった。そして、自分の満足を求めて足早に旅したにもかかわらず、彼の青い目は人々や物事を正しく理解していたのだった。この経験は彼を、辛辣にすることも悲観的にすることもまったくなかった。りっぱな魂の持ち主たちは、容易に寛容を自分の掟とし、進歩への揺るぎない信仰を生み出すような最高の善意を持っているからだ。

彼は言ったものだった。「悪が目に入らないのは愚か者だろう。しかし、悪が永遠に続くと考えるのは冷酷な人間だ。」

国境を越えてインスピレーションの使者となったレリオと同じように、気ままな旅の中でも「最高の善意」を保つアドリアニの生き方もまた、進歩への信仰に根ざしていた。だが、『アドリアニ』の主人公には、音楽と放浪の人生をまっとうするであろうレリオとも、路上の音楽家として放浪を続けるコンシュエロ一家とも決定的に異なる運命が待ち受けていた。

3　芸術家の自由

「理想の生活」再び

『アドリアニ』の後半では、ロールとの生活のためにモゼールの館を手に入れようとして巨額の借金を負ってしまった主人公が、金を稼ぐためにオペラ界に飛びこんでいく。大げさに言えば、ここで一種のコペルニクス的転換が起きている。金によって自由を束縛されると考えていた芸術家が、金によって自由を得ようとするようになったのである。

しかしアドリアニは三年間の舞台生活を無事にまっとうし、そのうえ音楽家としてさらに成長をとげた。オペラ座での活動を通じて、聴衆との接触が芸術家にとって悪いことばかりではなく、それどころか才能を伸ばすために必要な側面もあることがわかったのである。それもすべて、家族を捨て、妻としてこの三年をともに乗り切ってくれたロールのおかげであった。

ついに彼は富と自由に辿り着くことができたのであり、これらは彼の労働の賜物であった。［…］彼の心と頭一杯にオペラ［の題材］がつまっていて、これからの生涯、思う存分、喜びをもって創作に励むには十分であった。だから、小さな城館の主になっても、彼は金持ちとして暇を持て余すことにはならなかった。

アドリアニはもはや、金銭を稼ぐためにコンサートを開いたり、舞台に上がったりする必要はない。自分と同じくらい歌の才能に恵まれ、美しく愛情溢れる妻とともに、小さな娘のために子守唄を歌ったり、心のおもむくままにオペラを創作したりしてその後の人生を過ごすこととなる。今ではこれが彼にとって音楽家としての幸福な生活であり、理想であった。彼は、「金銭から自由な芸術家の生活」という理想を、金銭の労苦を経験して再び手に入れたのである。それは、興行主、スポンサー、パトロン、ライヴァルたちとのさまざまな駆け引きや、聴衆との軋轢、大衆の好みと自分の好みとのせめぎ合いや妥協などといった、つねに音楽家を苦しめる俗事とは無縁の世界である。そこでは音楽家は、自分のペースで、自分の向かいたい方向にどこまでも進んでいくことができるのである。

アドリアニのこの「理想の生活」が、作者自身の願いを反映したものであることは、作品の行間から容易に想像することができる。サンド自身も、自分の家族を養うために創作活動を行っていた（『アドリアニ』の執筆当時、彼女は小説やエッセイだけでなく、戯曲も手がけるようになっていた）。原稿料を巡っての出版社との駆け引き、検閲、読者や編集者の好みと自分が書きたいものとの相克は、彼女の書簡集にしばしば現れ、作家をおおいに悩ませていた問題だったことがわかる。金銭の問題に煩わされることなく、都会の喧噪を離れた田舎の屋敷で愛する者たちだけに囲まれて、自分のペースで好きなものを作り上げていく生活――これこそが、サンド自身が心から求め、また芸術家の理想の生活と考えていたものだったのであろう。

結末の違い――芸術・音楽への信

『アドリアニ』の最後は、冒頭と同じく従僕コントワの話で締めくくられている。

三年の間、彼〔コントワ〕は日記の中で、アドリアニを「わがアーティスト」と親しみを込めて呼んでいた。しかし、アドリアニがモゼールの主として戻ったその日、コントワは再び彼のことを「旦那様」と書くようになったのであった。

コントワから見れば、「出稼ぎ」を終えて帰還したアドリアニは、芸術家《アーティスト》から主人に戻ったのである。モゼールの城館という生活の基盤を得てそこに根を下ろし、芸術家としての自由な生活を取り戻した彼は、後年の『デゼルトの城』（一八五一）の登場人物、元アーティストのボッカフェリ（詳細は次章参照）のように、自分の城で心ゆくまで音楽を楽しみ、家族とともに音楽のあふれる小さなユートピアを築いていくことだろう。

一方、『ルードルシュタット伯爵夫人』の結末（コンシュエロの未来）はまったく様相を異にし、『アドリアニ』の結末との違いは非常に象徴的である。コンシュエロとアルベルト、そして彼らの子どもたちは、路上の音楽家すなわちボヘミアンとして放浪の生活を続けていく。彼らは家も財産も定住する国も持たず、歌と演奏によって日々の糧を得る。そして「自由・平等・博愛の新しい社会がまもなく実現する」という福音を、自分たちの奏でる音楽を通じてヨーロッパ中に広めていくのである。このふたつの作品の違いは何を意味しているのだろうか。

芸術と金銭、天才と金銭についての『アドリアニ』の考察は、バルザックの小説（『幻滅』など）にも負けないほど深く鋭い。そこに示唆されている芸術をめぐる問題の困難は普遍的なものであろう。しかし、サンドは『アドリアニ』に関しては暗い結末を選ばなかった。主人公の音楽家が、偶然や幸運の産物ではなく自分の才能と労働によって裕福になり、しかもその苦労を経て音楽家として成長をとげ、最後には、他人の思惑に束縛されることなく自由に創作に打ち込めるようになるという極めつけのハッピーエンドを選んだ。この点で、「進歩の福音を広める使者である芸術家は、放浪の苦行を続けなければならない」というコンシュエロの結末と対極にあると言える。

大資本による社会の支配、文学・思想・芸術・政治における理想主義と金権主義とのせめぎ合いがますますあらわになってきた第二帝政初期、サンドは厳しい現実から目をそむけることは決してなかった。だが、二月革命の挫折の記憶もまだ新しいこの時期に、以前のような社会変革への楽観的な希望を語り続けることもまた難しかった。五十歳になろうとしていたこの時期、生活のためには「売れる小説」「明るい結末で喜ばれる小説」を書く必要もあった。『アドリアニ』のいささかご都合主義にも見える結末は、金銭が至上の価値とみなされつつある状況のもとで、作家が自らの「芸術家の自由」の夢を作品に託し、同時に、芸術、とりわけ音楽の持つ力と可能性への信をあらためて表明したものとして読むこともできるであろう。

第3章

演劇、この「最も広大で完璧な芸術」

『デゼルトの城』を中心に

渡辺響子

「芸術家の自由」は、サンドの作品の中で頻繁に夢想されるテーマだが、彼女は実生活においてもそれを強く希求した。「芸術家」という概念は多様な意味を持ち、細心の注意を要する語だが、サンドの作品では、その境界線は意図的に曖昧にされているようだ。オペラ歌手が「芸術家」と称されたり、「役者」として登場したりする。この越境は、サンドの芸術の理想に深く関わっているように思われる。本章ではこうしたサンドの芸術家像・芸術観を、彼女の戯曲や演劇を題材とする作品、そして実生活での活動の中に読みとっていきたい。

1　演劇界におけるサンドの創作活動

十九世紀の演劇事情

フランス文学界では長い間、演劇が最高の地位を占め、サンドが生きた十九世紀においてもなお、その威信は保たれ続けていた。

一八三〇年の「エルナニの戦い」(1)で輝かしく幕を開けたロマン派演劇は、その先導者であったユゴーの『城主たち』(一八四三)の惨敗で顧みられなくなり、メロドラマに人気を譲った。それでも、サンドが活躍していた時代には依然として、小説よりも戯曲が作家の威信を決定するものとみなされていた。

サンドの恋人だったこともあるミュッセが一八三三年に発表した戯曲に『肘掛け椅子で見る芝居』という題をつけたのは、通常の芝居と大きく異なる設定のため、舞台化がほとんど不可能だったからである。「三単一の法則」をはじめ、ユゴーが『エルナニ』においてことごとく破ってみせた古典派演劇の大原則は、作者にとっての拘束であったことも事実である。にもかかわらず演劇が重んじられていたのには、劇場が上流階級にとっては社交の場、庶民にとっては娯楽の場だったことも大きく作用しているだろう。一般に書物はまだ高価な贅沢品であり、識字率も低かったことも、演劇が支持され続けた要因の一つとして挙げられる。作品を大勢の人々に一挙に提供できるという効率の良さ、その結果得られる経済的効果も無視できないものだっただろう。

小説の戯曲化

このような状況のもと、サンドも数多くの戯曲をものした。ミュッセの代表作『ロレンザッチオ』も、もとはサンドの案だったという。当時の多くの作家と同様、劇評も精力的に執筆し、小説として発表した作品をのちに戯曲化することも頻繁にあった。

たとえば一八六四年にオデオン座で初めて上演された『ヴィルメール侯爵』は、サンドがその三年前に発表した小説（邦題は『秘められた情熱』）を戯曲化したものである。この作品の初演も、「エルナニの戦い」に劣らぬ「事件」として注目された。開演前から学生をはじめとする大勢の観衆が劇場につめかけ、作者を支持しようと、幕のあがるのを待ちかねていた。この熱狂は、サンドが前年に発表した小説『マドモワゼル・ラ・カンティニ』に端を発している。この小説にはカトリックへの批判ともとれる表現が見られ、『アンディヤナ』の時と同様、保守的な人々から強い批判を浴びていた。そこでサンドを支持する進歩的な人々が、上演が妨害されないように待機していたのだった。劇場に入りきれなかった支持者たちは、閉幕後に作者が出て来るのを外で待ちかまえ、彼女を称えながら家までついてきたという。

一八四九年に同じくオデオン座にかけられた『棄て子フランソワ』も、四七～四八年に雑誌に連載された同名の小説を戯曲化したものだった。オデオン座支配人ボカージュの協力を得て、ベリー地方の民謡を併奏したり、衣装や舞台装置のデザインにもアイディアを出すなど、サンド自身が積極的に演出にも関わった。大成功を収めたこの芝居は四九年十一月から翌年の四月まで一四〇回も上演され、その後も半世紀にわたり、たびたび再演された。脚本に方言を取り入れたり、装置や衣装のリアリティを追求する演出は、のちにエミール・ゾラなどが実現することになる自然主義演劇をある意味先取りしたものだと言えるだろう。

劇場での力学

それまでに数本の戯曲は発表していたが、実際に舞台にかけられたサンドの最初の作品は、一八三九年作の『コジマ』である。女主人公コジマは、優しい夫とともに物質的には何不自由なく暮らしていたが、「妻」という枠にはまった生き方に満ち足りずにいる。この主題には、意に染まぬ結婚生活から脱出しようとする女性を描いた『アンディヤナ』と通じるところがある。上演にあたっては、まさにこの点が、サンドを好ましく思わない人々による妨害を招いた。発表の翌年にコメディ・フランセーズで、大女優マリー・ドルヴァルを主役に迎え、万全の態勢で上演に臨んだにもかかわらず、公演は数回で打ち切られてしまった。「エルナニの戦い」と同様の駆け引きののち、今回は批判者たちの野次や雑言が勝ったのである。当時の芝居は、脚本や演出、役者たちの演技が優れていれば興行的に成功するというものでは必ずしもなかった。劇場はしばしば保守派と進歩派の力関係を如実に示す場となり、作家を含む公演者は時として、舞台を媒介に、観客との間に鋭い緊張が生まれることを覚悟しなければならなかったのである。

2　サンドの小説に描かれた演劇

一方、サンドの小説にはしばしば、演劇と、それをめぐる人々が登場する。ここではそのうちの三作品、『アルディーニ家最後の令嬢』（一八三八）、『ルクレチア・フロリアニ』（一八四七）、そして『デゼルトの城』（一八五一）をとりあげ、サンドが小説の中で演劇という芸術や芸術家像をどのように描いているのかを見ていきたい。

芸術家の誇りと自由――『アルディーニ家最後の令嬢』

オペラ歌手のレリオを主人公とする『アルディーニ家最後の令嬢』には、役者や歌手仲間の連帯、演劇界と社交界の関係、芸術家の誇り、自由で独立したステータスなどのテーマが見られる。以下、あらすじを追いながらそれらのテーマを検証してみよう。

漁師の家に生まれたレリオは、家業を継ぐには身体の剛健さに欠けていたため、ヴェネツィアでゴンドラの漕ぎ手となる。ある日、ハープの音色を耳にし、世にも美しい音色を奏でるこの楽器を見たい一心で名門アルディーニ家に闖入した彼は、邸の奥方ビアンカに気に入られ、彼女のゴンドラを漕ぐ仕事につく。レリオはこれを機に音楽の世界に踏み入ると同時に、ビアンカと想いあうようになるが、身分の違いゆえに身をひいて邸を去る。その後オペラ歌手として大成したのち、美しい貴族の娘と恋におちるが、彼女は実はビアンカの娘アレジアだった。かつて愛した女性の娘と結婚する気にはなれず、レリオはまたしても生涯の恋をあきらめるしかなかった。

レリオは言う。「芸術家は、世界丸ごとを、偉大なるボヘミア［ここでは芸術の故郷といった意味合い］を祖国に持っているのだよ」。この言葉は、仲間の女優ラ・チェッチーナの「芸術家という自由な職業を選び、遊牧民の生活を送る」という人生の選択と響き合い、この作品全体を要約している。さらにレリオは続ける。「われわれボヘミアンは［…］、世間というこの特別な劇場から厭《いと》われることなど、たいして怖れはしない。そういう場合、世間の方がわれわれに向かってポーズを取るが、それを見てわれわれは、芸術家として自分たちの方がずっとすぐれていることを感じるのだ」。

実際、作中で、まだアレジアがビアンカの娘だとは知らないレリオは、この生意気な謎の美少女に会うためにピアノの調律師に扮する。その後、事情を知らぬままレリオに真剣に恋をし、結婚しようとするアレジアもまた、レリオに会うため、外国人に変装して自分の真の姿を隠す。レリオが社交界と演劇界の間に出現したことで、現実と虚構が錯綜し、役者でもない人間が「才能たっぷり」に、「私の役」を「演じる」ことになる。そして時として、演劇界の人間と社交界の人間の立場が入れ替わりさえするのである。

「アルディーニ家最後の令嬢」であるアレジアは最初、レリオに惹かれながらも「役者稼業」を蔑み、「おしろいをつけて鬘《かつら》をかぶり、付け髭《ひげ》をしていれば、役者はいつだって若く美しく見えるわ」と言う。一方レリオは「社交界の男が女優の足元にひれふすのは、恋心からではなくて虚栄心からじゃないかい？」と、社交界の虚飾と幻影を指摘する。そして、「劇場の女性には、社交界の女性よりすぐれた点が数多くあるのを否みはしない」とさえ言う。レリオとともに舞台に立つラ・チェッチーナも、「美しい大女優は、自然から特権を得た存在、そのうえ芸術の威信によって高められた存在なの」と、役者という職業の崇高さをもって社交界に反撃し、アレジアに向かって「あなたはボヘミアンのまっとうで甘美な自由をご存じないのよ」と言う。結局アレジアは、ラ・チェッチーナに想いを寄せていた伯爵のもとに嫁ぐことになった。伯爵家の盛大な結婚式を遠くからわびしく眺めるレリオの追想を断ち切るかのように、ラ・チェッチーナは高らかに告げる。

かれら抜きで楽しみましょうよ。あちらは私たち抜きでは退屈するでしょう。ご立派な人たちの尊大さなどものともせず、かれらの愚行を嗤《わら》いましょう。富がある時には思い切り使えばいいし、貧困がやって来たらくよくよせずに受け入れればいいわ。何よりも私たちの自由を守りましょう！　とにかく人生を謳歌しましょうよ。ボヘミアン《ボエーム》万歳！

かつての恋を回想しているこの場面で、すでにレリオは老境にある。物思いにふける彼に仲間たちが言う。「あなたは、過去には咎められることを持たず、今は栄光と良き友に囲まれていて、将来にはこれまで通り独立した暮らしがある。その気になりさえすれば恋だってできる」。そして全員が「ボエーム万歳！」と唱和して乾杯し、物語の幕が閉じられる。

身分違いの恋を軸に展開する物語の中で、作家が描きたかったのは、世間体や約束事に縛られた社交界よりも芝居の世界の方がはるかに真実で自由だという芸術家の誇りである。

この作品は、歌い方などの実践的な部分にはまったく触れていないし、現実と虚構、社交界と演劇界という比較は、表面的で二元論的である。生まれで決定される貴族の身分とは異なり、「芸術家」には、才能と努力によって貧しい民衆でも「なる」ことができる。社会的コードに縛られた伯爵とアレジアの結婚を遠くに見ながら、「ボエーム万歳！」と高らかに叫ぶ結末は、自由と誇りを失わずにすんだという意味で、ある種、幸福な終わり方であると言える。

舞台を下りた芸術家と「芸術家の性格」――『ルクレチア・フロリアニ』

これに対して、『ルクレチア・フロリアニ』の結末は悲劇的である。ヒロインのルクレチアは、すでに引退した女優だが、現役時代は悲劇も喜劇も好演し、戯曲の作者としての才能にも恵まれ、名声を得ていた。

華やかな舞台を捨て、女優時代に得た財産で平穏に暮らすルクレチアのもとに、ある日、昔の知り合いサルヴァトールが、その友人カロルを伴って現れる。滞在中にカロルが病に倒れたため、二人の若者は予定より長くルクレチアの家で過ごすことになる。やがてカロルは手厚く看病をしてくれるルクレチアと恋に落ちる。

ルクレチアもまた、ラ・チェッチーナ同様、自立し、誇りに満ちた女性である。「保護される立場というのは、考えるだけで身の毛がよだつ」と彼女は言う。引退前から役者という生業は彼女にとって、自分と子どもたちの生活を支える単なる手段であって、虚飾に満ちた舞台も、それが反映している社交界も、彼女は必要としていなかった。カロルと恋人同士になった時のルクレチアの言葉は、彼女が舞台や社交界の陽炎のようなはかなさを認識し、過去の栄光ときっぱりと絶縁していることを如実に示している。

あの人が私に惹かれたのは、衣装が与えてくれる人工的な美のせいでも、才能のせいでも、勝利のせいでもない。人々が私のところへ押し寄せて、競うように褒め言葉を浴びせるからでもないわ。引退してすべての威信を脱ぎ棄てた私しか知らないのだもの。あの人は私を、私自身を好きなのよ！

そこへ、ルクレチアのかつての恋人であり、子どもの父親の一人でもある男優が登場する。「第一級の役者」であるルクレチアとは対照的に、彼は「二流の芸術家」だった。この再会の場面に見られるのは、『アルディーニ家最後の令嬢』におけるような役者と社交界の対立ではなく、役者同士、人間同士の向き合う姿である。男優の大仰な身振りや話し方に接しても、まったく自然さと率直さを失わないルクレチアの「技の不在」によって、演劇界に身を置いても堕落することのなかった彼女の善良さ、威厳が浮き彫りにされる。寛容なルクレチアは、現在の恋人カロルの前で子どもの父親に会っても、なんら動揺することはない。

それにひきかえ、潔癖なカロルは恋人の過去に直面して衝撃を受け、これまでほとんど考えもしなかった「生い立ちの違い」に心を苛まれる。彼はルクレチアの過去にも、子どもたちにも、彼女にまつわるすべてに病的な嫉妬を示すようになる。この責め苦に耐えきれなくなったルクレチアは、明るさを失い、痩せ細って、ある日突然命を落としてしまう。

この作品が書かれた時代には特に、軽佻浮薄という紋切り型のレッテルを貼られることの多い女優が、実際には貴族よりもはるかに高貴な心を持ち、誇り高く高潔なふるまいを示している。カロルは、きわめて繊細で傷つきやすく、善意に満ちた天使のような優しさを示したかと思うと、自らも周囲の人間も苦しめてしまう存在として描かれている。初めてカロルをルクレチアに会わせた時、友人サルヴァトールはカロルのことを、「芸術家の性格」を持っているが、「正しい方向に導かれなかったのだ」と評していた。これは、どういうことを指しているのだろう。

観客に媚びない舞台――『デゼルトの城』

『ルクレチア・フロリアニ』の続編『デゼルトの城』では、サルヴァトールの言う「芸術家の性格」が、演劇を通して花開くさまが描かれる。先の二作と異なり、「演じる」という行為や演劇という芸術に関して、かなり踏み込んだ思想が込められた作品だ。

物語の冒頭、語り手は、彼に目をかけてくれている侯爵夫人と連れだって芝居見物に行く。往年の名女優ルクレチアの息子セリオがデビューするというので世間の注目を集めたが、初舞台は悲惨な結果に終わった。あまりにひどい舞台だったせいで、語り手はこれまで派手な役者の陰に隠れて目立たなかったセシリアが、実は非常に才能のある女優であることに気づく。セシリアの父ボッカフェリも役者だが、いまはすっかり落ちぶれ、酒浸りの惨めな生活を送っていた。だが彼こそ、生前のルクレチアが引退後も唯一理解し、尊敬していた役者だった。彼女は自分が役者として大成し、自ら戯曲を書き、最後には劇場の支配人として後進を育てることができたのも、ボッカフェリのおかげだと語っていた。

惨めなデビューの後、セリオと語り手は親しくなるが、一座はある日突然、町から姿を消してしまう。数か月後、語り手はふとしたことから、とある城に紛れ込む。デゼルトの城と呼ばれるその邸には、ボッカフェリと娘のセシリアが住んでいた。かれらは実は貴族で、生前自分たちを気にかけてくれたルクレチアの子どもたちをひきとり、セリオも含め、一座の者たちとともにそこで暮らしていたのだ。金銭の心配のなくなった今、何の制約もなく、思い通りに芝居に打ち込んでいるのだった。

セシリアは、才能に恵まれていながら大衆に理解されない芸術家である。『アルディーニ家最後の令嬢』では、芸術家の自由と誇り、おおらかさが強調され、芸術家がすばらしい職業として描かれてはいたものの、世間的には蔑視されていた。『ルクレチア・フロリアニ』でも、ルクレチアの高貴な心は、芸術家ゆえのものとして提示されていたわけではなかったし、彼女の子どもの父親の登場によって、あらためて芸術家の持つ負のイメージも浮上したが、これもカロルの視点から捉えられたものであった。

しかし、『デゼルトの城』では、演劇の世界に身を置くセシリア自身が、芸術家の持つ遊び女的な側面を指摘し、芸術は愛しても、演技を顕示するのは厭うという、これまでにない立場を取っている。「私は、尼僧のいる修道院で静かにオルガンを弾き、神秘的な僧院の奥深くで、夕べの祈りを歌うために生まれて来たのです」というセシリアが夢想するのは、観客におもねる必要のまったくない、商業演劇とは無縁の、芸術のための芸術である。観客に理解されないことは、セシリアにとっては苦痛でもなんでもない。

これに対して、伝説の女優である母から手ほどきを受けたのに惨めなデビューとなったセリオは、自分の失敗を観客のせいだと決め込み、激しい蔑みを隠そうともしない。

セシリアには真実があり、観客にも真実だけを与えようと一途に努めています。それなのに、彼女のそんな思いは理解されていないではありませんか。彼女が不完全だからだとか、力や熱意に欠けるなどと言ってはいけません。ねえ、つい二日かそこら前、僕はラ・ボッカフェリ［セシリアのこと］が部屋の中で一人、僕が聞いているとは知らずに、歌い、台詞を言っているのを耳にしたんです。彼女のまわりの空気は情熱で燃え上がり、たった一人の男であろうが、大観衆であろうが、聞いている者を震え上がらせるような調子でした。だからといって、彼女が観客を見下しているわけではありません。好きではないだけです。セシリアが観客に向かって、怒りも情熱も大胆さも示さないのは、自分のために歌っているからなんです。そんな彼女の歌声に観客は耳を貸さず、冷淡なままです。観客がまず望むのは、僕ら役者がかれらに気に入られるよう努めることなんです。

一方語り手は行きがかり上、デゼルトの城で役者たちに混じって『ドン・ジュアン』の舞台に立つことになった。ところがこの芝居はきわめて奇妙なものだった。まず観客がいない。モーツァルトのオペラの一節が歌われるかと思えば、モリエールの喜劇のイタリア語の台詞が話される。しかも脚本通りには進まず、即興も混じっているらしい。この極端に自由な舞台は、時として一切約束事がないようにも見え、驚くべき現実味を帯びていた。役者たちの演技はきわめて自由かつ自然で、「演じている」ようにはまったく見えず、まるで自分たちが本当に劇中の登場人物であると思い込んでいるようだった。

老ボッカフェリもいまや別人のように颯爽として、全身全霊で芝居に打ち込んだ後、次のように言う。

私は、われわれ自身が楽しめるような舞台を作ることを考えた。〔…〕しかしだからといって、観客を馬鹿にしているわけではない。観客もわれわれのイリュージョンをともに楽しめるはずなのだ。われわれは常に、あたかも観客が見ているかのように舞台上で動いているが、実は観客のことは幕間でしか頭に浮かばない。舞台で動いている間は忘れている方がいいんだ。実際に観客の前で演じる時もそうするべきなのだ。

デゼルトの城での上演は、セシリアにとって理想的な形式で、その才能は語り手を圧倒するほどであるが、控えめなセシリアはあくまでも謙虚で、ふたたび舞台に立つ気はないと言う。演劇界での第一歩が惨憺たる結果だったセリオも、この良きパートナーと、ボッカフェリという最良の師のおかげで、自己中心的な自尊心を棄て、その才能を存分に伸ばしただけでなく、人間としての器まで大きくなった。

サンドは、この作品の中で、観客に媚びるのは論外だが、観客を無視するのも芸術を高めることにはならないと論じている。語り手が、城での『ドン・ジュアン』上演によって悟ったように、観客との接触は、演じる者の才能を十分に伸ばすために必要不可欠なものなのだった。サンドはこのことを熟知しており、後述するように、ノアンの館での自身の実践にも応用したのだった。

新しい演劇を求めて

ボッカフェリはさらに、自身の演劇観を述べ続ける。幕間で身体と声を休ませている間も知性は休めず、直前の舞台で得たばかりの感動を集約しなければならない。演技は単なるまねごとであってはならず、人生のイメージそのものでなければならない。

一方職業画家である語り手も、城の人々の情熱にひきこまれ、次第に芝居に魅了されていく。ルクレチアの子どもたちも、将来の夢は歌手や画家なのだが、ボッカフェリ親子は、どのような仕事につくにしても、演劇の実践は有益だとして、子どもたちを芝居に参加させている。老人は言う。「将来どんな道を選ぼうとも、あの子たちは私のそばで［演劇という］芸術の総括を、事細かに研究したことになるのだ」。

つまりボッカフェリにとって、演劇は「最も広大で完璧な芸術」であり、ボッカフェリ一座は「新しい形で、私たちのやり方に完全に合った芝居を案出している」ということになる。デゼルトの城で演じられた奇妙な『ドン・ジュアン』は、オペラ（モーツァルト）、戯曲（モリエール）、小説（ホフマン）(2)という三つの異なるジャンルの芸術を、即興的に自由に組み合わせた新しい演劇だったのである。

「重要なことはたった一つ。創意のない卑屈な演技者にではなく、創造者になることだ」とボッカフェリは説く。演劇とは、単に戯曲作家と作品の間に立って、文字言語を身体言語に翻訳するだけの営みではない。ボッカフェリ一座が日々そうしていたように、まず作品を熟読して議論し、完全に自分のものにする。次いでそれを「人生のイメージ」として舞台上に表象してまったく新しい作品を生み出す芸術なのである。そしてそのために必要なインスピレーションは、選ばれた天才の頭上に降ってくるものではなく、修練によって獲得されるものだとボッカフェリは考えている。

さらにボッカフェリが語り手に述べる次の言葉には、演劇がすべてに通じる芸術であり、あらゆる芸術ジャンルを総括するという彼の信条が表れている。

> 芸術は［…］われわれ人間のあらゆる能力の揺らぎの要約なのだ。なかでも演劇はその究極で、だからこそ、真の芝居や真の役者というものはない、あるいはめったにないのだよ。そして、もし真の芝居や真の役者というものがあったとしても、それは常に理解されるとはかぎらない。その輝きは、まがいもののダイヤの中に混じった真珠のように、粗雑な輝きにかき消されてしまうからさ。［…］何てことだ！　あなたは演技を学ぶためにここに居るのではないってことを忘れていたよ。われわれの芝居につきあってくれてるんだった。でも、これはいいことだよ。あなたは別の分野に才能をお持ちだが、真や美についての感情は、芸術を丸ごと理解するのに役立つはずだから。芸術は一つだ、そうじゃありませんか？

また、演劇がきわめて集団性を要する芸術であり、個人主義的なふるまいが許されない芸術様式であることが、あらためて喚起されるくだりがある。上演を前に集中できずにいるセリオに対し、ボッカフェリは言う。

［お前が散漫なせいで］もし私がしくじったら、お前も失敗なんだぞ！　ほかの役者が冴えないと、そのおかげで自分がよく見えるなんて考えるのは大きな間違いだ。芝居の世界とは、ほかのどんな世界よりも個人主義の論理に支配されているが、それは同業者をしくじらせようというおぞましい嫉妬のせいなんだ。人生のどんな場面よりも舞台の上で有害で、才能を殺してしまうものだよ。演劇というのは何にもまして集団的な仕事なのだから。

一座はこうしたボッカフェリの独自の演劇理論と「演劇の集団性」に基づき、芝居、オペラ、バレエ、パントマイムなど、ジャンルを問わずあらゆる舞台芸術を総合した「新しい演劇」に、力を合わせて挑戦していくのだった。脚本なしで記憶だけで演じることもあれば、ストックの中を漁って台本を選んだりもする。どんなに悪い脚本でも、なにかいいところがあるはずで、演じ方次第でどうにでもなり、すべてが勉強になるというのだった。この作品からは、演劇という「最も広大で完璧な芸術」が、ジャンルを超えた「総合芸術」の理想型であるという主張が読みとれる。無責任で気まぐれな観客に左右されることなく、集団の中で芸術の本質を追求することで人間性さえも高められるというボッカフェリの演劇観は、作者サンドの演劇観とも重なるのだろうか。

3　ノアンでの実践、そして「芸術家の自由」の実現へ

サンドが『デゼルトの城』で展開した「新しい演劇」の理論は、実は彼女が家族や親しい友人たちとともに実践していたものにほかならなかった。彼女は『デゼルトの城』の前書きで、この小説は感情の分析というよりは芸術論の分析だと述べ、ノアンの自宅に設けた劇場に次のように言及している。

コメディア・デ・ラルテの影響が色濃い，息子モーリス画《仮面と道化》

しばらくのあいだ毎冬、子どもたち、その同年代の友人たちとともに田舎にこもっている時、台本はあるけれど観客のいない芝居を演じてみたらどうだろう、と考えました。何かを身につけるためではなく、ただ楽しむためにです。この娯楽に子どもたちが情熱を傾けるうち、それは少しずつ文学の練習のようなものになっていき、幾人もの子の知的感性が伸ばされることにもなりました。［…］それは、外が雪や霧に覆われる季節、人気《ひとけ》のない野原の真ん中［にあるノアンの館］で、夜もかなり更けてからも続けられた、このちょっとした騒ぎから自然に生まれたのです。

サンドと子どもたちは一八四六年に、館の中にしつらえた劇場で、コメディア・デ・ラルテ（イタリアの仮面即興喜劇）を土台にした芝居を演じ始める。この試みの発端はショパンで、彼が即興で弾き始めたピアノに合わせて子どもたちが滑稽な踊りを始め、一種のパントマイム劇が作られたのを見て、サンドはそれを継続的にやってみようと考えたのだった。言葉遊びが次第に寸劇のようなものに形を変え、筋のある芝居になっていった。

戯曲を書き、その興行にも携わっていたサンドは、商業演劇と、このノアンの館での演劇とを明確に区別していた。ノアンではあらゆる制約を排し、子どもたちの想像力の飛翔を何よりも尊重したが、商業演劇では興行性や社会性を重んじざるを得なかった。

『デゼルトの城』でボッカフェリの語る、「ここではわれわれは文字から解放されている。即興の精神が、甘美なる創造の果てしない場を拓いてくれている」という言葉は、まさしくノアンで実際に生きられた経験とも重なる。「言葉にこだわるな。むしろすっかり忘れてしまえ。暗記した文章というものは、どんな些細なものでも、即興には致命的だ……」。サンド自身も子どもたちに、このような言葉をかけたかもしれない。

「文字からの解放」は、別の形で『ルクレチア・フロリアニ』にも登場する。カロルが病床で、ルクレチアの子どもたちの声を聞き分けるくだりである。長女のベアトリスがえもいわれぬ甘い声で歌うように話すのを耳にしたカロルは、それが自分にしかわからないメロディーだと感じ、「あの子は誰よりもうまくモーツァルトを歌う」と言ってルクレチアを驚かせる。次女のステラはたまにベートーヴェンを歌うが安定していない。末っ子のサルヴァトールが目の前にいると、「鮮やかで甘美な色をした雨が、形を成さずに、悪いヴィジョンを追い払いながら、僕のベッドのまわりで踊っているのが見える」と言う。高熱のために、カロルの中では子どもたちの言動が特別な形に翻訳されているのである。長男セリオはあまりに動作が優美なので、歩くとき以外は身体の動きが感知できない。彼が歩くと地面が彼の足に応えて響き、部屋がビブラートで満ちる……。カロルは言う。「騒音はもう僕の耳には入ってこないみたいだ。メロディーやリズムだけが沁み入ってくる」。これらの美しい文章は、ノアンの館でドラクロワがサンドの息子モーリスに「色彩反照」について説明するのを聞いたショパンが、「青い音」を出した（「2

交差する芸術」第1章参照）という逸話を連想させる。まさに芸術は一つだ、と思わせるくだりだ。

サンドはのちにノアンの館にマリオネット劇場も作り、家族や友人とともに人形劇を上演した。音楽はショパンが担当したが、一八四九年に彼がこの世を去った後も、この内輪の劇は続けられた。親しい作家たちもしばしば参加したようで、サンドはある日の日記に「今日、フロベールが女装してスペイン舞踊を踊った。グロテスク」と記している。ノアンの館はサンドにとって、まさに「デゼルトの城」のように、「新しい演劇」を通じて芸術の総合を実現する夢のような場所だったのだろう。

以上、サンドの小説三作を年代順に分析するなかで、作品の中に現れる様々な芸術家の立場や態度の変遷を考察した。『アルディーニ家最後の令嬢』では、いまだ観念的に過ぎた貴族と芸術家の二項対立が、『ルクレチア・フロリアニ』では生身の人間の苦しみとして描き出されていた。『デゼルトの城』では、劇作家、役者、オペラ歌手といった狭い専門分野にとじこもってしまうのでなく、画家など他の芸術領域の芸術家までもが参加することで、演劇が、すべての芸術を総合するものとして提示されていた。観客も、舞台上で起こっていることをただ受動的に受け流すのではなく、積極的に魂を共振させて、まったく新しい作品を生み出すことが演劇の理想である。だが、もちろん、そのような演劇が興行的には不可能であることを、苦い経験を経たサンドは痛感していた。だからこそ、芸術家の自由そのものとも言うべき理想の演劇を、小説世界の中に構築し、同時に実生活においても実現させたのであろう。

1

4

2

3

5

6

1 ノアンの館内にしつらえられたマリオネット劇場と手づくりの人形たち／2 息子モーリスが描いた人形劇のプログラム／3 同，ノアンの劇場図／4・5 衣装はサンドが手ずから作った。4はサンド自身，5はモーリスとその友人を描いたデザイン画／6 人形劇『火遊びはいけない』のポスター（モーリス作）

第4章

絵画に喩えられた女性たち

村田京子

第1章では、ドラクロワの描いたサンドの肖像画を通して、「ドラクロワから見たサンド像」が探られたが、本章では逆に、サンドの作品世界において絵画がどのように扱われているかを見ながら、そこに込められた作家の女性像を探ってみることにしよう。

サンドの作品には様々な絵画や画家の名前が見出せるが、特に登場人物の身体的特徴や精神面を述べるポルトレ（人物描写）において、特定の絵画がしばしば援用されている。本章では、そうした「絵画に喩えられた女性」のポルトレ、とりわけラファエロやホルバインの聖母像を援用した人物描写を中心に、絵画に対するサンド独自の視点とそこから読みとれる女性像を検証する。

1　ラファエロの聖母像に喩えられた女性

『ローズとブランシュ』におけるポルトレ

『ローズとブランシュ』は、ジュール・サンドーとの共作で、「J・サンド」というペンネームで一八三一年十二月に出版された。その翌年、サンドは「ジョルジュ・サンド」の筆名で初めて単著『アンディヤナ』を発表し、男性優位の結婚制度に異議を唱えた内容で文壇にセンセーションを巻き起こす。『ローズとブランシュ』は、「ジョル

（左）ラファエロ《美しき女庭師（聖母子と幼い聖ヨハネ）》（1507）／（右）グイド・レーニ《聖母被昇天》（1642）

ジュ・サンド」としてのこの華々しい文壇デビューの直前の作品であった。

この小説では、旅役者の娘ローズと修練女（修道誓願を立てる前の者）ブランシュとの友情、および彼女らと貴族の青年オラース、画家のラオランとの恋愛が物語の軸となっている。

ラオランはブランシュの風貌を次のように描写する。

それは、画家がその脳髄に長い間抱き続け、その手で再現しようとあれほど努力してきたモデルたちの一人で、彼が夢見ていたのと同じくらい美しかった。ラファエロの聖母よりも生き生きとし、グイドの聖母よりも神聖な、あの卵形の顔を持つ優雅な処女たちの一人であり、レオナルド・ダ・ヴィンチが絵を制作する前に想像したであろう、崇高であると同時に愛らしく、かわいらしいと同時に天上的な顔つきの持ち主であった。

サンドはここで、ラファエロ、グイド・レーニ（ラファエロ風の古典主義的画風を特色とするバロック期の画家）、ダ・ヴィンチと、イタリア絵画の巨匠の名を列挙することで、ブランシュの理想的な女性美を際立たせている。

『ローズとブランシュ』を発表した一八三一年、サンドはノアンの館を離れてパリ生活を始めている。そしてルーヴル美術館やリュクサンブール美術館を足しげく訪れ、そこで「イタリア絵画の真の啓示」(1)を受ける。とりわけラファエロが一番のお気に入りで、当時の書簡にも言及が見られる(2)。「白」を意味するブランシュという名前にも暗示されているように、この修練女はしばしば「天上的な美しさ」「天使的な女性」と形容され、「慎ましく臆病な性格」、「純粋で情愛深い心」の持ち主として描かれている。

クリシェとしてのラファエロの聖母像

ブランシュの例のように「純粋無垢な娘」をラファエロの聖母像に喩えるのは、サンドに限らず、ロマン主義時代の文学のクリシェ(常套表現)であった。たとえば、バルザックはラファエロの聖母像を「純潔」「優雅さ」「天真爛漫《らんまん》」「平静さ」「静かな喜び」「慎み深さ」の表象としてしばしば用いている(3)。壮大な作品群『人間喜劇』の中では『毬《まり》打つ猫の店』や『ウジェニー・グランデ』の女主人公が、そのセクシュアリティを伴わない「非物質的な美」をもってラファエロの聖母像に喩えられている(4)。

そしてバルザックにおいてこうした女性たちは、しばしば夢見がちな様子で窓辺に座る姿で描かれている。十九世紀の家父長的なブルジョワ社会において、「窓」は「家庭」という私的空間と「社会」という公的空間を隔てる境界であり、「窓辺の娘」の構図は父権制の枠に閉じ込められた女性のメタファーとなっている。したがってバルザックの「ラファエロの聖母像的女性」は、ブルジョワ道徳が女性の美徳として最も尊ぶ「慎み深さ」や「羞恥心」を体現していたのである。

修練女ブランシュの場合、「家庭」に代わって修道院が彼女を社会から隔てる枠となっている。意志が強く活発なローズは、ふしだらな母親から逃れるためにブランシュのいる修道院に入るが、その閉塞感に反発して飛び出し、最後には音楽の才能を磨き、歌手として成功する。一方のブランシュは修道院の規律に従順にしたがい、デッサンを教えに来ている画家ラオランへの恋心も自ら抑圧してしまう。

ブランシュは、修練女と名門貴族オラースとの結婚をとりもつことで自らの名声を高めることができると考えた修道院長のエゴイズムの犠牲となったばかりか、オラースの贖罪の具とされ[5]、意志に反して彼と結婚させられ、初夜の直前にショック死してしまう。彼女は「自分が犯したのではない罪を贖うために差し出された犠牲者」として悲劇的な運命をたどり、「消極性・受動性・自己犠牲」の象徴となっている。ブランシュのイメージはバルザックが『ウジェニー・グランデ』の中で定義する「弱者」としての女性像[6]とも通底しており、ウジェニーとブランシュがともにラファエロの聖母像に喩えられているのは偶然ではない。

『イジドラ』におけるラファエロの聖母像

『ローズとブランシュ』では、ロマン主義文学における紋切り型の女性像として、ラファエロの聖母像が援用されていた。しかし、「聖母の画家」とも呼ばれるラファエロが描いた数々の聖母像すべてについて、サンドは一様な受け止め方をしていたわけではない。

一八六三年に『両世界評論』誌に掲載された記事「ラファエロの《小椅子の聖母》」の中で、サンドはラファエロの二つの聖母像を比較して次のように述べている。

バルザック『ウジェニー・グランデ』の挿絵（フュルヌ版，1843）

> 前者［《冠の聖母》］は眠っている子どもの前にひざまずき、やや気どった優雅さで陽の光からわが子を守っているが、そこには母親の心遣いよりもむしろ宗教的な配慮が見られる。もう一方［《小椅子の聖母》］は完全に女であり母親で、わが子を膝の上に座らせ、その体に両手を巻きつけてそっと胸に抱きしめている。そこでは、

（左）ラファエロ《小椅子の聖母》（1514-16）／（右）同《冠の聖母》（1510-11）

マリアは将来の救世主を崇めるべく霊感を受けた女性では決してない。宗教的な恐怖も将来への予感も全く抱かず、息子を独占する母親である。

明らかにサンドは、宗教色の強い《冠の聖母》よりも、人間の母親らしい愛情に溢れた《小椅子の聖母》に惹かれている。

《冠の聖母》のように人間的な情熱を持たない聖母像は、『イジドラ』（一八四六）に登場するアガトの中に、冷感症のイメージを伴い体現されている。クルチザンヌ（高級娼婦）である主人公イジドラが波乱の人生を送った後、最後に辿りついたのが、自ら養女としたアガトとの穏やかな生活であった。イジドラはアガトを次のように描いている。

> 彼女は、平穏そのもののイタリアの処女で、恍惚感に浸ることも激情に駆られることもありません。外部の世界を理解することなく受け入れ、注意深く穏やかで、あまりに純真であるがゆえに、やや冷ややかな処女です。要するに、ラファエロが祭壇の上に置いたような聖処女、罪人をじっと見つめるばかりで、耳に入ってくる告解を理解できていないように見える聖処女のようなものです。

情熱に翻弄されて生きてきたイジドラとは違い、「純潔な天使」と呼ばれるアガトは、イジドラよりも「慎み深いと同時に誇り高く」、「本能的な威厳」と「真実への愛」を備えた「かなり強固な魂」の持ち主とされている。この一節でサンドが思い浮かべているラファエロの聖母像は、おそらく《サン・シストの聖母》であろう。正面をまっすぐ見据えた毅然とした姿が、「強固な魂」という表現と響き合うように思われる。

イジドラは「椿姫」の渾名を持つが、アレクサンドル・デュマ・フィスの『椿姫』（一八四八）の女主人公とは全く違う「知的なクルチザンヌ」として、従来のクルチザンヌのイメージを覆した。[7] それはアガトの聖母のイメージに関しても同様である。

これまでラファエロの聖母像に男性作家たちが「慎み深さ」ばかりを見出したのに対し、サンドはそこに「威厳」に満ちた理知的な女性像を発見し、それを作品の登場人物に投影したと言えよう。

コレッジョの聖母像

ところで、同じイタリア・ルネッサンスの画家でもコレッジョは、ラファエロとは異なる聖母のイメージをサンドに与えている。それは『アルバーノの娘』の中に如実に現れている。この短篇小説は『ローズとブランシュ』より七か月前の一八三一年五月に、J・Sというイニシャル（ジュール・サンドーとの共作）で『モード』誌に掲載された。この小説の主人公は、ブルジョワ的な結婚と芸術家の自由な生き方との間で苦悩する女性画家ローランスである。

ラファエロ《サン・シストの聖母》（1512-14）

ローランスが愛のために絵を捨てて村長オーレリアンとの結婚式を迎えた日、イタリアでの画家仲間であったカルロスが突然現れ、彼女をじっと見つめながら次のように言う。

コレッジョの聖母のように美しい！〔…〕眼にこれほどの詩情をたたえ、魂にこれほどの炎を抱き、これほどの天分を手にしているというのに、法律家や打算的な人々の間で味気ない生活を送り、財産を蓄え、子どもをつくり、一つの家庭、一人の男の筆頭女中になるなんて！

コレッジョ《聖母子と幼い聖ヨハネ》(1516)

結婚を妻の夫への隷属とみなすカルロスの考え方は、翌年発表される『アンディヤナ』のテーマを先取りしていると言える。そこで従順な「妻」と対比されるコレッジョの聖母は、サンドにとってイタリア女性のイメージそのものであった。アナローザ・ポリによれば、当時のフランス人にとって、イタリアは芸術の国であると同時に「情熱の地」「自由の地」であった(8)。

ローランスは結局、カルロスの言葉に従い、新郎を置き去りにして、自由を求めてイタリアに旅立つ。サンドがコレッジョの聖母に託したこのような女性像は、ラファエロの聖母像には見出し得ない要素である(9)。

以上のように、サンドは多くの作品の中で、ラファエロをはじめとするイタリア人画家の聖母像を援用している。しかし、一八四八年の二月革命前後に書かれた田園小説では、ホルバインの聖母像が大きな位置を占めるようになる。

2　ホルバインの聖母像に喩えられた女性

『ジャンヌ』におけるホルバインの聖母像

サンドの田園小説群は、一般に『魔の沼』『棄て子フランソワ』『愛の妖精』『笛師のむれ』の四作とみなされている。しかし、一八五二年版の『ジャンヌ』に付した「作品解説」でサンド自身が述べているように、『ジャンヌ』（一八四四）は『魔の沼』（一八四六）などに先立つ田園小説の「最初の試み」であった。同じく「作品解説」の中で、サンドは次のように言っている。

> ホルバインの聖母は神秘的な類型として常に私に強い印象を与えてきた。私がそこに唯一見出せたのは、夢見がちで、飾り気のない質素な野の娘であった。限りなく無垢な魂、したがって、〔…〕漠とした瞑想に深く沈潜する感情。この原初の女、黄金時代の処女を近代社会の一体どこに見つけることができるだろう。現代の女性は読み書きができるようになり、確かに〔原初の女と〕同等の価値を持つだろう。しかし、それは別の類型であり、別のジャンルの描写をすべきものである。

十六世紀のドイツ人画家ハンス・ホルバインは、肖像画によって最もよく知られている。バーゼル市長ヤーコプ・マイヤーとその家族が聖母子に祈りを捧げる様子を描いた《マイヤーの聖母子》でも明らかなように、ホルバインの聖母像にはラファエロのような規範性や様式化は見られず、その代わりに「力強い肉体的存在感」[10]がある。サンドはそれを、文明社会からかけ離れた「野の娘」、さらには大地や自然と深く結びついた「原初の女」のイメージとして捉えている。

ホルバイン《マイヤーの聖母子（ダルムシュタットの聖母子）》（1526）

それゆえ、ホルバインの聖母に喩えられる羊飼いのジャンヌは、「牧場に咲くアスター〔ヒナギクに似た花〕のように白く、野ばらのようにばら色」といったように野生の花と同一視され、自然と密接な関係にある。彼女の「この上なく端正な輪郭」や「天使のような穏やかさ」は古代のギリシア彫刻に喩えられ、その肉体は「柔軟性」とともに「力強さ」で特徴づけられている。「穏やかで力強い」「美しく逞しい」「鉄の肉体」などと形容されるジャンヌは、ラファエロの聖母像が喚起する「身体性の希薄な女性像」とはかけ離れている。

実際、作中でジャンヌはキリスト教の聖母ではなく、「ドルイド教〔ケルトの信仰〕の巫女」または「ガリアのイシス〔古代エジプトの女神〕」と呼ばれている。火事で炎上した家からジャンヌが母親の遺体を抱いて出てくる姿は次のように描写されている。

> この荒々しく崇高な信仰行為の中で、ジャンヌは彼〔若い城主ギヨーム〕の眼にはドルイド教の巫女のように美しく、恐ろしく見えた。麻布の頭巾をなくしてしまったので、長い金髪は顔の周りに垂れ下がって

いた。煙で赤くなった眼は錯乱して陶酔状態にあった。その声は力強く、その言葉は普段はゆっくりとして穏やかだが、今や短く、強い口調で発せられていた。

このように、普段は「忍耐」「自己犠牲」「従順」で特徴づけられているジャンヌが、危機的な状況に陥ると、人々に畏怖の念を引き起こすまでの強靭さと神秘的な力を発揮する。そこに十五世紀の英雄・聖人、ジャンヌ・ダルクのイメージを読みとることもできよう。そして、彼女はラファエロの聖母像が象徴する「純粋無垢」を兼ね備えてもいるが、しかしその「無垢性」は原罪以前の「原初の無垢」であり、「イヴの息子たちとは違う種族」に属していた。

ジャンヌはしばしば「野蛮な、野生（性）の（sauvage）」、「古代の（antique）」、「原初の（primitive）」という語で形容され、文明社会の対極にある存在として規定されている。こうしたイメージがホルバインの聖母像に重なるわけだが、ジャンヌはさらに、カノーヴァの《マグダラのマリア》にも喩えられている。

カノーヴァの《マグダラのマリア》

母親の亡骸を前に嘆き悲しむジャンヌの姿をサンドは次のように描写している。

彼女たち［祈りを捧げる老婆たち］の真ん中では、素晴らしく美しく、背の高い娘が遺体のそばにひざまずき、床をじっと見つめ、両手を膝の上で半ば開いて静かに泣いていた。その姿勢は青年［ギヨーム］にカノーヴァの《マグダラのマリア》を連想させた。

アントニオ・カノーヴァは一八二〇年代、フランスで人気を博したイタリアの彫刻家で、新古典派を代表する優

カノーヴァ《マグダラのマリア》(1805-09)

雅で女性的な美青年の彫像で有名であった。しかし、サンドが最も感銘を受けたのは彼の《マグダラのマリア》であった。サンドの『我が生涯の記』には、女優のマリー・ドルヴァルがこの像を見て、「これほど徹底的に打ちのめされることに恐怖を覚える」と語ったことが共感をもって記されている。

　サンドはジャンヌにカノーヴァのマリアと同じ姿勢を取らせることで、彼女の悲しみの深さを視覚化し、読者に強い印象を与えたと言えよう。そして後の作品『テヴェリノ』（一八四六）でも、同じカノーヴァのマリアが言及されている。芸術家を気どる貴族のレオンスが、教会の敷石にひざまずいて祈る村の娘を見て、次のように言う場面である。

　そうした姿勢〔ルネッサンス前派のデッサンで描かれているような娘の硬直した姿勢〕には魅力があります。というのも、素朴で思いがけないからです。カノーヴァのマグダラのマリアのポーズですね。ルネッサンス絵画の聖母たちは自分が美しいことを知っています。ルネッサンス前派のモデルたちは、〔…〕まっすぐで一本気、真っ正直と言えるでしょう。

　十九世紀ヨーロッパにおいて、ルネッサンス以前の主にイタリアの画家や彫刻家は、理想美の表現の体得が不完全であるという理由で西洋美術の初期段階にあるとみなされ、「ルネッサンス前派（primitifs）」と呼ばれていた。ここではカノーヴァの《マグダラのマリア》が、洗練されたルネッサンス絵画ではなく、ルネッサンス前派のデッサンと結びつけられ、「素朴（naïf）」、「原初（primitif）」という言葉がその指標となる。『テヴェリノ』でカノーヴァのマリアに喩えられている鳥使いの娘も、ジャンヌと同様、自然・野性と深く関わる「原初の女」であった。

「原初の女」像

「原初の女」であるジャンヌは、ブルジョワの青年マルシヤから見ると、迷信に凝り固まった無知な娘、「犂《すき》につながれた牛のように、野良仕事に縛りつけられた愚かな娘」であった。しかし、階級的な偏見を排して人間の本質を洞察することのできるマリー・ド・ブサック（ジャンヌの女主人）にとっては、ジャンヌは「優れた女性」であった。マリーによれば、彼女は「純粋な感情」と「魂の放つ自然の光」によって、本の知識では得られない「崇高な真実」を明らかにする存在である。

ジャンヌは、洗練とはほど遠い方言まじりの言葉をしゃべり、無知そのものではあるが、本能で自然の神秘を感じとることができ、宇宙の根源と結びついていた。彼女に惹かれるギヨームやアーサー卿など文明側の人間にとって、自然の叡智を擁する「原初の女」ジャンヌは「ポエティックな神秘」であり、「ポエジー」そのものであった。『魔の沼』においても、結末の婚礼の場で、女主人公マリーがホルバインの聖母に喩えられている。地上の情熱や欲望とは無縁で、現実の女性というよりは過去の失われた理想の女性像の「類型」に留まっていたジャンヌに対し、マリーは明確に現実の農民の娘として描かれている。そのため、マリーにはジャンヌのような神秘的なオーラはあまり感じられないが、「魔の沼」に迷い込み、危機に瀕して発揮されるその力はジャンヌが火事の時に見せた力に連なるものだ(11)。

さらに『愛の妖精』のファデットは、ジャンヌやマリー以上に自然との結びつきが深く、薬草を見分ける力に長け、鬼火を操ることができた。つまりサンドの田園小説群で描かれる「農民の娘たち」はみな「原初の女」の範疇に属していると言えよう。

「原初の男」とホルバインの版画

田園小説群には、「原初の女」とペアをなす「原初の男」も登場し、やはりホルバインの絵画に関連づけられて

（左）ホルバイン《農夫》（1538）／（右）ローザ・ボヌール《ニヴェルネー地方の耕作》（1849）

いる。サンドは『魔の沼』の第一章「作者から読者へ」の中で、ホルバインの版画《農夫》に言及している。これは《死の幻影》というタイトルのもと、様々な階級の人々に近づく死神の姿を風刺的に描いた連作版画のうちの一つである。この作品では、ぼろをまとった年老いた農夫が、やせて疲れ切った四頭の馬を追いたてて畑を耕している。その右前で、軽やかな身ごなしで馬を鞭で追い立てているのが骸骨＝死神である。

『魔の沼』の第一章では、語り手の「作者」がこの版画を悲しい思いで眺めた後、ベリー地方の田園で「この絵と対照をなす情景」を目撃したことが語られる。そこでは「立派な顔立ちの青年」が、「まだ野生の雄牛の匂いのする」逞しい八頭の牛を巧みに御して、切り株だらけの土地を耕していた。青年のそばには「天使のように美しい」男の子が、「ルネッサンスの画家たちが描いた幼い洗礼者ヨハネを思わせる」子羊の皮を身にまとい、細長い竿《さお》で牛を操るのを手伝っていた。

ここでは、ホルバインの版画の老いた農夫が快活な青年に、やせた馬が逞しい牛に、死神が愛らしい子どもにとって代わり、「絶望」と「破壊」のイメージが「エネルギー」と「幸福」のイメージに変容している。それは、サンドの影響を受けたとされる同時代の女性画家ローザ・ボヌールが描いた風景画の世界でもあった[12]。

『魔の沼』の第一章で、「作者」はこの時目撃した風景に人間と自然の神秘的な融合を見出している。

自然の風景や男性、子ども、くびきにつながれた雄牛たちすべてに力がみなぎり、優雅で美しかった。そして大地をねじ伏せるこの力強い闘いにもかかわらず、万物の上に漂う優しさと深い静けさが感じられた。

子羊の皮をまとい、竿を手にした男の子は、聖ヨハネのアトリビュート（伝説、神話、歴史上の人物や神と関連づけられた持ち物）――「獣の毛皮」と「杖状の細長い十字架」（147頁図版、ラファエロ《美しき女庭師》参照）――との重合によってイエスの洗礼者と結びつけられている。こうして「作者」の眼前には神話的な光景が現前し、青年は「原初の男」として立ち現れている。

芸術家の使命

さらに、青年が牛を追いたてながら「荘重な、憂いをおびた歌」を吟唱する様子を目にして、「作者」は次のような感慨を抱く。

実に美しい一組の男と子どもが、これほど詩情豊かな環境で、これほど力強く優雅に、偉大で荘厳な仕事をやり遂げるのを見て、私は思わず残念さの入り混じった深い憐れみの情を覚えた。幸いなるかな、耕す者よ！確かに私が彼だったら、〔…〕色彩と音の調和、繊細な色調と優雅な輪郭、一言でいえば事物の神秘的な美しさを眼で見て頭で理解することをやめずに、こんなふうに自然を豊かにし、自然を歌うことができたであろう。〔…〕
だが何と残念なことだろう！　この青年が美の神秘を理解したことは一度もなく、この子どもが美の神秘を理解することは決してないであろう！

農民は本能によって自然の神秘と一体化するが、それを理解し、表現する力が欠けている。その欠落を埋めるのが芸術家の使命であるとサンドは認識していた。

『棄て子フランソワ』の序文でサンドは、農民の営む「原初の生（la vie primitive）」と都会に住む文明人の「作為的な生（la vie factice）」を対立させている。そして、芸術家の使命は「原初の生の持つあの純真さ、優雅さ、魅力を、作為的な生のみに生きる者たちに伝えること」だと述べている。

サンドにとって農民は、無垢な「原初の人間」であり、「美」「素朴さ」「真実」を体現していた。それを理解し、言葉で表現しようとしたのが彼女の「田園小説」であり、その際に彼女がイメージとして援用したのがホルバインの絵画やカノーヴァの彫像であった。

本章では、サンドが作品の中で絵画を通じてどのような女性のイメージを造形したかを検証した。その特徴は、ラファエロの聖母像に慎み深さや従順さといった伝統的な（男性中心主義的な）女性像だけではなく、理知的な女性像を発見した点、またホルバインの聖母像によって「原初の女」の神秘的な力（むしろ男性を導く力）を描いた点と言えるだろう。サンドは絵画イメージの作品への投影においても、既成の価値観とは異なる独自の視点を打ち出したのである。

シャッサン付近にある『アンジボーの粉ひき』の舞台となった水車小屋（撮影：平井知香子）

田園のイマジネール

解釈の新しい視座3

サンドは時代の変化や思潮に常に鋭敏で、生涯を通じて類い希な好奇心と探究心を持ち続けた。関心の対象も実に幅広く、芸術から哲学、思想、政治、宗教、自然科学まで多岐にわたった。しかも実際的な事柄にも疎かったわけでなく、料理や園芸、裁縫など日常の諸事全般についても、創造性を探求してやまなかった。

サンドが少女時代から愛読していたルソーは、「社会」を自然状態（政治体が構成されていない状態）からの堕落の状態とみなし、自己と他者への愛を忘れた近代文明社会の不自由と不平等を告発した。ルソーの謂いにしたがうなら、自然状態の人間＝自然人は本性的に善であり幸福である。そして「ルソーの弟子」を自認するサンドは、田園に暮らす人々の真の姿を描くことで、そこにルソー的な「自然人」の理想像を見出そうとした。このセクションでは、その営為の結実である田園を舞台とする小説・戯曲・コントをとりあげ、サンドが「田園のイマジネール」を通じてどのような人間像を探求したのかを読みとってみたい。

第1章では羊飼いの娘をヒロインとする小説『ジャンヌ』などを中心に、伝統的な「パストラル（牧歌）」の系譜と現実の農民の言葉や歌謡を結びつけたその手法の革新性、そこに込められた作家の野心を明らかにする。第2章では大作『笛師のむれ』を主題に、平地の国ベリーと森の国ブルボネという二つの地方の文化が、「旅と音楽」を通じて交流・融合する過程を考察する。第3章では晩年のサンドが二人の孫娘に語ったコントを土台とする童話集『祖母の物語』を中心に、いまも読む者を魅了するサンド的「メルヴェイユー（奇譚）」の力を分析する。

おそらく各章の考察を通じて、サンドが作品に込めた人間の理想像とともに、都市と田園、文明と自然、大人向けの小説と子ども向けのコント、自然科学と民間伝承、正統と異端、中央と周縁など、相反する価値観に基づくもの同士が融合する未来を展望していた作家のまなざしも浮かび上がるだろう。（平井知香子）

第1章

パストラルの挑戦
『ジャンヌ』『棄て子フランソワ』『クローディ』を中心に

宇多直久

フランスは農業国と言われる。いまも郊外を旅すれば、広々とした緑の牧場や小麦畑、陽に照らされた丘陵のブドウ畑が車窓に広がる。サンドもそうした田園風景の中で育った。子ども時代をベリー地方の田園に囲まれた地ノアンで送り、夫との別居訴訟に勝ったあと、祖母から受け継いだノアンの館を自身で所有して、数々の作品を生み出した。サンドがしばしば動植物、鉱物、川のざわめき、野山の城の跡といったものから夢想を紡ぎ出したのは、明らかにこうした生活環境の帰結と言っていいだろう。

田園を母体に生まれるサンドの想像力の結実のうちで最も代表的なものが「田園小説」と称される作品群である。それらは日本でも翻訳され、比較的よく知られているが、この「田園のイマジネール」がサンドの同時期の戯曲にも見られることはまだ十分に紹介されていない。さらに、今日も未開拓のままのサンド作品の中にも、この「田園のイマジネール」は容易に探究しうるであろう。紙数の都合でそのすべてを俯瞰することはできないので、本章ではサンド作品に見出しうる「田園のイマジネール」のいくつかのスポットを飛び石的に散策してみよう。

1　サンドの田園小説像

はじめに「田園小説」という言葉の意味するものをおぼろげでも摑んでみたい。サンドがこの言葉をたぶん初めて使ったのは、『魔の沼』の一八五一年版に寄せられた序文においてである。彼女はその際、「とくに体系もないし、文学における革命的な主張をもったわけでもなかった」と、慎み深く書いている。しかしながら、それより三年前、一八四八年の二月革命以前に書かれた『棄て子フランソワ』の長い序文からは、ある明瞭な思想がうかがわれる。そこでこの序文から散策を始めてみよう。

ベルジュリーは「嘘」である

序文の語り手である「私」は、友人であるベリーの青年ロリナと野を散歩しながら対話を行う。このような形で田園の生活者の生の声を伝える手法はサンド得意のスタイルであり、一八四〇年代にはピエール・ルルーたちと地方新聞を発行して、野の民衆の言葉を都会に届けようと努力してもいる。ロリナとの対話の中で「私」は、農村の芸術はパリのそれより優れていると熱心に述べる。そして「民謡や物語や田園のコント（第3章参照）が少ない言葉で描き出すことを、私たち［都会人］の文学は多くの言葉で化粧をして表現しているのにすぎない」と憤慨する。この時サンドの念頭にあるのは、田園生活を「エデンの園」のように描いてきた多くの牧歌劇である。十八世紀まで書き継がれたこうした作品を、「私」は「ベルジュリー」と呼び、これは「多かれ少なかれ嘘」であり、「今日では馬鹿らしく滑稽に見える」と言ってはばからない。

「ベルジュリー（bergerie）」は、文学史的には一般に「パストラル（pastorale）」と呼ばれる（日本語では牧歌、田園詩などと訳す）。広義には田園を舞台に「羊飼いの愛」を描く文学を指し、アレクサンドリア（前三世紀）の詩人テオクリトスを嚆矢《こうし》とする。中世からルネッサンス期にかけては抒情詩や劇詩の形で数多く書かれ、それをもとにした歌曲・オペラ・喜劇は「パストラルもの」として十六世紀を頂点に広く人気を博し、サンドの前世紀までその伝統は続いた。ただしそこに登場するのは現実の羊飼いではなく、理想的な君主のイメージが羊飼いの姿をとって表現されたものである。しばしばコーラスが添えられ、娯楽性を加える。[1] 田園の農村社会を実地に知るサンドから見れば、過剰に理想化され、真の農民や羊飼いも登場しない旧来のベルジュリー＝パストラルは、もはや前時代の遺物にすぎなかったのであろう。

農村の言語と都会の言語──語りの実験

「私」とロリナの対話にもどろう。ロリナは農村社会の住民を代表している。彼は沈着冷静に「僕には田園の理想を化粧もせず、また汚しもせずに高める手段がまだ見えない」と言い、「君はそれに成功する自信があるのかね」と問う。「私」は答える。「その希望はまったくないわ。だって私には形式が欠如しているもの」。この告白は重要である。そこにはサンドが、既存の詩、戯曲、小説がかつて試みたことのない領域で文学を試そうとしていることが見て取れるからだ。

ロリナは続いて、サンドの以前の小説に言及する。「君は野の少女を描く。そして彼女をジャンヌと呼び、その口に［パリの人々に］意味が通じるぎりぎりの台詞を喋らせる。小説家の君は、このタイプの魅力を読者に共有させたいのだ」。しかし「君の気持、君の言語と彼女のそれとは、釣り合わない印象を残す。ちょうど一幅の絵の中に現れる不調和な色のようにね」。

サンドはロリナの口を借りて、一八四四年の作品『ジャンヌ』で彼女が初めて、パリのフランス語と田園地帯の農民の言語との差異、そしてそれがもたらす齟齬という問題に突き当たったのを、自らえぐり出してみせている。それは換言すると、「私」が、文字を持たずパリの言葉とも縁遠い羊飼いの少女に託した人間的魅力を、はたしてどれだけのパリの読者が受けとめたのかという問題である。

ロリナはさらに、今度の作品（『棄て子フランソワ』）は「君の右にパリの読者、左にベリーの農民がいると思って語りたまえ」とまで要求する。都会の言葉と農村の言葉の壁を超えて、双方に思いを十全に伝える小説──はたしてそんなことが文学に可能なのか。しかしサンドの「田園小説」群は、まさしくそのような文学を求めての語りの実験であったのにちがいない。ロリナが作家に詰め寄る場面を借りたこの自問からは、サンドの「田園小説」にはいまや、作家自身が以前慎ましく述べたように「革命的主張がない」どころか、文学の根底的な革命への野心が秘められていることがうかがわれる。じっさい、サンドの文学は文学史において、「農村で話された言葉（地域言語）」を小説の中に持ち込んだという点で先駆的とみなされることになる。

サンドの「田園小説」は、ルソー的な自然への愛[2]に基づき、農村の生活と風俗を物語の内部と人物の心理へ巧みに組み込んだものとなっている。そしてサンドの田園小説に描かれる「田園」は、都会人が休暇で遊びに来て眺める田園ではない。幼少時のサンドは、裕福な家庭の子女が義務づけられるしつけや勉強の時間以外は、活発な農民の少女とほとんど同じように、野原での遊びにいそしんだようだ。だから彼女の田園小説の世界を特徴づける花、鳥、川、森、山、農地、農家は、彼女自身の経験と感覚に裏打ちされた形象である。

次節では、ロリナが「農村の言語と都会の言語」の問題を指摘した『ジャンヌ』の世界に踏み込んでみよう。前章ではその作中に見られる絵画的側面が検討されたが、ここでは音楽的・物語的側面に光を当てて検討する。

2 『ジャンヌ』にみる歌の要素

サンドは一八二六年から一八四〇年代まで、フランス中部クルーズ県にあるクローザンの古城跡と山地に何度も遠出している。[3]この地の風景は後に『アントワーヌ氏の罪』（一八四五）で精緻に描写されるが、その付近に『ジャンヌ』の舞台となるトゥル=サント=クロワの村が存在する。『ジャンヌ』は発表時、ごく少数の読者にしか理解されなかった。[4]この小説の意義をフランスの出版界が認め、再刊するまでには一三〇年以上かかった。日本語訳は二一世紀になってからである。[5]

羊飼いの少女ジャンヌの人物像

ジャンヌは寡黙で夢見がちな羊飼いの娘である。小説の冒頭では、伝説の岩の上でまどろんでいる。少女はグラン・ファド（土着信仰に由来する妖精）や、聖女グランド・パストゥール（字義は「大きな羊飼い」）。十五世紀の英国との戦争における救国者ジャンヌ・ダルクのこと）の伝説を信じている。ジャンヌ自身はしばしば、「エプ＝ネルの羊飼い娘」と呼ばれている。村の司祭によれば、「エプ＝ネル」とは異教の民ゴーロワ（Gaulois　ガリア人）の言葉で、「主人を持たない」を意味する。こうした伝説や古い地名の要素も、問わず語りに歴史を証言する言葉として作家が重視したものであろう。この「主人を持たない」という言葉には、暗に封建領主と教会の支配に対する抵抗の意思が込められているのかもしれない。なぜならサンドは神は信じるが、政治権力としてのカトリック教会、とくに司祭の力が、懺悔を通して人々の心を抑圧することにきわめて批判的だったからである。幼いジャンヌに伝説を語り伝えた母親は、教会に行くことはなかった。ジャンヌ自身はカトリック教会による初等教育を受けたはずだが、彼女の信じる神や聖人の逸話は、土地の伝説や風習と渾然と入り混じっている。このようにジャンヌは、来るべき『魔の沼』（一八四六）のマリー、『愛の妖精』（一八四九）のファデットに連なるだろう野性と神秘のヒロインである。

ベリーの民謡と恋の歌

田園小説に限らず、サンドの作品世界には音楽が深く根を下ろしている。「2　交差する芸術」のセクションで述べられているように、音楽そのものが主題となっている作品、音楽家が主人公の作品も多い。『ジャンヌ』でも音楽は重要な要素となっている。

一八八九年、音楽民族学の開拓者ジュリアン・ティエルソーは、オペラ歌手で作曲家のポーリーヌ・ヴィアルドとともにベリーの民謡の調査採集をした際、サンドが作中でジャンヌに歌わせたいくつかの歌の旋律も記譜した。

彼によれば、サンドがベリーの民謡に強く惹きつけられたのは、その物語性よりも主に旋律の音楽性のためだったという。(6) ベリーの平地の民謡は、牛を使う農耕歌にみられるようにアンダンテの曲が多く、その南東に位置するブルボネの民謡に比してより緩やかである（次章参照）。ジャンヌは自らの歌をブーレと呼ばれるダンスの伴奏として歌い、また、夏の長い夕暮には野原で羊の群れに草を食べさせながら歌う。「小さな娘たちは、古いバラードやブルボネとベリーの感嘆すべきメロディーを、声を限りに歌って、一つの野原からもう一つの野原へ、呼びかけ合うのを楽しみにしている」。やがてジャンヌは、彼女に想いを寄せる若い城主ギヨームとその母マリーの住むブサック城へ召し使いとして働きに出る。しかしギヨームの愛に応えることはできず、城を去って村に帰る途中、荒野を一人で進みながら、彼女は「自分の本当の環境に再び根を持つ」ことを望む。「自分の環境の中に（いる）（dans son élément）」というフランス語の表現は、「自分の得意な領域でくつろぐ」ことを意味する。そして語り手はこのジャンヌを「詩人」と形容する。つまり小説は一種の里帰りを起こして、まさしく「牧歌」になる。

この場面では、三つの羊飼いの歌が登場する。その中で十字軍に赴く羊飼いを歌った歌詞を引用してみよう。

小さな小さな羊飼い
おまえはいくさに行くのかい
金の十字架頸《くび》に架け
百合の花を腕に付け

作中でジャンヌが歌う歌はすべて恋歌である。そして、ティエルソーによればベリーに伝わるこの民謡の別ヴァージョンは恋の歌だというから、(7) これも恋歌の一種と考えられる。「小さな羊飼い」の原語 bergerette は、リトレ（サンドと同時代の辞典編纂者）の『フランス語大辞典』によれば「羊飼い berger」の女性形 bergère の別形で、

bergeronnette（セキレイの意味もある）ともいうとある。つまりこの「小さな羊飼い」は娘であり、「いくさ」は恋人に会いに行くことの隠喩と考えられる。

結局この作品において、音楽は物語とどんな関係をもっているのだろうか。『ジャンヌ』はヒロインと彼女に想いを寄せる三人の青年の物語である。ブサック城主ギヨームと英国貴族のアーサーが愛をささやいても、ジャンヌは聖母に立てた「貧しさ、純潔、謙虚」の誓いを守るため、誰との結婚も拒否している。ヒロインが愛をしりぞけるのだから、物語に恋愛の要素をもちこむとすれば、恋歌の形しかなかった。ここにパストラル＝ベルジュリーとの連続性が読みとれないだろうか。パストラル＝ベルジュリーでは、羊飼いの姿をとった君主が騎士道的な愛の忠誠を歌う。サンドはベルジュリーを時代遅れと言い切ったが、その十八世紀的優雅さや音楽性にはなお魅力を感じていたのでないだろうか。それは彼女が、四歳で父を亡くして以来彼女を育ててくれた祖母から受けとった教養の名残でもあった。

そしてサンドの想像力は、ロマン主義の熱い理想の洗礼を受けている。結末近くで、ジャンヌはもう一人の男、村の放蕩者レオンから操を守ろうとして塔から飛び降り、その傷がもとで死ぬ。いまわの際のジャンヌの言葉を聴いてみよう。「お母さんに従うのがうれしかったの、マリアさまの気に入るのもうれしかったの、大きな羊飼いさまに似ているのもうれしかったの」。ジャンヌが結婚しようとしなかった理由は、単に聖母への誓いのゆえだけでなく、「小さな羊飼い」である自分の「大きな羊飼いさま」（ジャンヌ・ダルク）への神話的同一化にもあったようである。

3　田園劇の誕生

『ジャンヌ』から四年後の一八四八年、サンドは二月革命に積極的に関与する。革命の高揚と流血から受けた衝撃は、当時友人たちに宛てた手紙に明らかに見て取ることができる。パリからノアンに避難した彼女の家には、一部の暴徒が押し寄せもした。だがサンドはひるまない。七か月後に書かれた『愛の妖精』の序文（一八四八年九月）は、「われわれはなぜわれわれの羊たちのもとへ帰るか」と題されている。ここでの「羊」は民衆であり、その含意は深読みすれば「（社会主義という）原点に戻ろう」ということかもしれないが、[8] この言葉には、内乱という「残酷な」時代に、挫折を乗り越えてもう一度階級間の和平の希望を持とうという思いが込められている。サンドはそれを「パストラルの夢」とも言い換えている。そこで次に、彼女が戯曲において試みたパストラルの現代的再生を見てみよう。

ロマン的パストラル

一八四六年の冬、サンドはノアンの館で内輪の芝居を始める（「2　交差する芸術」第3章参照）。ショパンが即興でピアノを弾き、子どもたちや知人友人がパントマイムを演じた。以後一八五一年にかけてこの「ノアンの演劇」が発展し、パリの商業劇場の実験工房としての役も果たすようになる。[9] 戯曲『棄て子フランソワ』もその流れの中で舞台化された。

一八四九年十一月にオデオン座で初演をみたこの芝居の出版された脚本には、主演のフランソワ役を務めた俳優ボカージュへの手紙の形式をとった序文が付されており、この芝居の理念と、オーケストラの伴奏に関する作家の希望が述べられている。それによれば、サンドは「内乱による分裂」にもかかわらず、「古いリュートと古い鳥笛を演奏」して、「大劇場にベリーの古い田園のメロディーと農民の古い言語を響かせる」ことを望んでいた。そしてこのようなスタイルで演じられる芝居を「ロマン的パストラル」と呼んだ。それは十八世紀までの宮廷芝居でも、七月王政下のパリの小劇場（十二箇所もあった）で盛んに上演されたヴォードヴィル（大衆喜劇の一形式）とも異なる。彼女はそれらにとってかわる、新しい大衆演劇を志向していた。その決め手となるべき音楽は、「作者［サンド自身」によって採集され、オデオン座のオーケストラ指揮者アンセッシ氏によって、場面と調和する形でオーケストラ化された、ベリーの古い楽曲」であった。

「田園劇」の誕生――芝居『棄て子フランソワ』

『棄て子フランソワ』は三幕から成る。第一幕は、雪におおわれた粉ひき小屋に住む病身の寡婦マドレーヌのもとへ、二一歳の若者に成長したフランソワが戻って来る場面から始まる（小説のラストシーンが冒頭に配置されている）。なつかしい小屋は荒れはて、マドレーヌは亡夫に負わされた嘘の借財のため立ち退きを迫られている。第二幕では季節は春に変わり、フランソワの努力で借財は清算され、マドレーヌも健康を回復する。亡夫の妹マリエットと、亡夫に言い寄っていたセヴェールは、この新しい事態を不満に思っている。第三幕では秋の刈入れ時になり、粉ひき小屋はいそがしく回る水車の音で満たされている。だがフランソワの心は、マドレーヌへの想いで沈みがちだ。しかしついに彼女もフランソワの愛情に気づき、二人の結婚で幕が下りる。詩人で劇評家のテオフィル・ゴーチエは、これを「田園劇（rurodrame）」と呼び、観劇後「静かな感動が訪れて、いつしか泣いていた」と証言している[10]。

ノアンの館で上演された人形劇に使われた農婦の人形（平井知香子氏提供）

タイトルの「棄て子（Champi）」は、当時でもすでに古い言葉で、畑、野原（champ）に由来する。小説は幼い棄て子のフランソワがマドレーヌの庇護を受けるところから始まるが、芝居では彼は成長した青年として登場するので、「棄て子」のテーマは弱く、むしろ寡婦マドレーヌの存在がクローズアップされ、病んだ不幸な女の身体的・心理的回復というテーマが前景化している。

田園劇の使命——『クローディ』の成功

サンドにとっての「田園劇」の社会的使命は、次作『クローディ』（一八五一年一月、小劇場ポルト・サン゠マルタン座で初演）でより顕著に現れる。これは未婚の母クローディの試練と幸福を描いた心理劇で、誘惑されて棄てられた田園地帯の多くの娘たちの存在が背景にある。男の一時的な欲望の犠牲となった娘たちは、法律上の救済もなく、隠れるように暮らし、社会からはふしだらという烙印を押された。サンドはこの作品で敢然と彼女たちの擁護を試みる。この芝居は喝采をうけ、批評家たちもおおむね好意的な劇評を書いたという[11]。

『クローディ』のあらすじは、現在ではかなり陳腐に見える。だがサンドはこの作品に情熱を傾け、いくつもの障壁をくぐってこれを上演した。第一に検閲をパスしなければならなかった。そのためたとえば「悪い金持ち」は「悪い心の人間」といったような漠然とした表現に変更したり、「社会主義」を想起させる言葉を使わない、などの改変を余儀なくされた[12]。われわれが心に留めておくべきは、この時代のパリには、カヴェニャック将軍による六月蜂起の弾圧[13]以来、社会主義者のみならず共和主義者すらものを言えないような雰囲気が蔓延していたことである。

物語はクローディが農場主の善良な未亡人グランローズの庇護を受け、実直な若者と結婚し、大団円となる。この芝居は観る者に「労働は人間にとって決して懲罰ではなく、喜びであるはずだ」というメッセージを与えるのみで、そこに資本家を弾劾するような社会主義の過激な思想は一切うかがわれない。むしろ甘い理想主義と見えたため、批評家たちも鷹揚に賛辞をおくったのだろう。しかし、サンドは作品から思想を消し去ったのではなかった。クローディと祖父レミ（前記のボカージュが演じた）は麦刈りを生業とする賃労働者である。レミ老人は「麦刈りの祭り」で、「古い慣習」にのっとり、農民歌を歌う。

額に汗したその末に
おまえには哀れな定めが訪れる

哀れなる農民よ、死神がやってきた

そして舞台中央に置かれた麦束の山に向かい、うやうやしく演説をする。「麦束よ、小麦の束よ、もしもおまえが話せたら！　麦束よ！　おまえはわしらの髪を白く、少なくさせ、腰を曲げさせ、膝を萎《な》えさせる」。「古い慣習」という釈明のもとで、農民・労働者の悲惨を明らかにし、かつその尊厳を描くという作家の思想をここにみてとることはさほど難しくないはずだ。この演説部分は、保守的な教会や知識人や資本家らの反発をかう危険が十分にあったろう。だが勝利はサンドの側にある。この演説が描く未来像からは、農民を描いた様々な近代・現代絵画が容易に想起できるだろう。かくしてこの芝居は、時代のドキュメントとしての価値をもつにいたった。

ところで、「田園劇」は会話から成るため、小説が有するポエジーを欠くことになる場合がある。一例を挙げよう。小説『棄て子フランソワ』のもう一つの序文（一八五二年エッツェル版小説選集に付されたもの）には、「私」がロリナと「農民の言語」をめぐって対話する数日前の出来事が描かれている。「私」は睡蓮の花咲く池のほとりで、裸馬に乗った孤児に遭遇した。それはこの世とも思えぬ光景であった。「世界で一番美しい花である睡蓮、椿より白く、百合よりかぐわしく、マリアのドレスより清純な睡蓮」が一面に咲き、あたりにカワセミが飛んでいた。小説ではその近くの洗濯場で、マドレーヌが棄て子を拾う。これは作家の母性愛とイマジネールが絶妙に融合した美しい場面なのだが、サンドはそれを芝居で惜しげもなくカットしたのである。

4　新聞小説にみるサンド的パストラルの再生

一八五二〜七〇年、第二帝政期の二十年間も、サンドの創造の力は衰えを見せず、数多くの小説や戯曲を書いた。しかしそれらの大半は次第に忘れ去られ、本書の「サンド作品の邦訳概史」で解説されるように、没後一〇〇年

（一九七六年）以降の再評価の機運に乗ってようやく近年再刊されつつある。

十九世紀後半のヨーロッパは、エッフェル塔が象徴する鉄鋼業中心の産業革命の時代を迎え、鉄道網も次々と拡張されていった。のちに世界最大の雑誌社となるアシェット社（現在はアシェット・フィリパッキ・メディア）を創業したルイ・アシェットが、鉄道旅客をターゲットに安価な「鉄道文庫」を打ち出したのは、巧みな出版戦略だったと言える。この文庫にはサンドの田園小説のほか、一八五八年に『プレス』紙に連載された新聞小説『ナルシス』も入っている。

『ナルシス』のパストラル的要素

『ナルシス』のあらすじは次のようなものである。時は一八四六年、物語は鉱山調査員の「私」が、ベリー地方の小都市エストラードでカフェを営む男に鉱山調査を依頼されるところから始まる。その男はナルシスと名乗った。彼の問わず語りを聞きながら、「私」は徐々に、悲痛な三角関係の物語を理解していく。ナルシスと彼の想い人ジュリエットは、ベリーで子ども時代をともにした幼なじみだが、ジュリエットがベリーの北西のトゥーレーヌ地方へ去ると疎遠になってしまった。一方ジュリエットはトゥーレーヌで、音楽への愛を共有できる青年アルバニーと出会い、愛を告げられるが、結婚を望まない彼女はベリーに戻り、カルメル会修道院に入ってしまう。恋しい幼なじみが帰郷したことを人づてに聞き、ナルシスの心は揺れる。傷心のアルバニーも旅回りの役者となってトゥーレーヌを去った。月日が流れ、巡業でベリーを訪れたアルバニーはジュリエットと再会し、ナルシスの新たな苦悩が始まる……。三人の告白と手紙が交互に示されることで、ナルシストジュリエット、ジュリエットとアルバニーのストーリーが巧妙により合わされ、さらにそこに「私」という第三者が介在することで、三角関係の心の複雑な機微がみごとに描かれていく。　この十九世紀の地方小都市を舞台とする小説には、羊飼いも王侯貴族も登場しない。愛を語る者は修道女とカフェ店主と旅回りの役者である。それにもかかわらず、この小説には「パストラルの現代的再生」の要素が見られる。

まず演劇的要素は明白である。カルメル会修道院の音のよく響く高い円天井、旅回りの劇団（かれらがベリーで演じるボワエルデュー作のオペラ＝コミック『白い貴婦人』[14]はサンドが通暁していた作品である）、ジュリエットとアルバニーの間で交わされる芝居談義。日暮れにベリーに着いたアルバニーは、よもや彼女がいるとはつゆ知らず、ジュリエットが身を寄せる城館に宿を求める。彼はロッシーニのオペラ『オリー伯爵』の一節を歌って、愛しい者との幸福な再会を果たす。

美しき貴婦人よ
われわれに後生だから
お宿を与えたまえ

そして田園的要素も明確に存在している。ジュリエットがトゥーレーヌ時代を偲ぶためにナルシスと「私」を連れていくのは、この土地にあるグーヴル川の渓谷、その「愉快な自然」の中にある「美しい夏のサロン」である。彼女は石を伝って川を跳び渡る。その姿はどう見ても貴族出身の淑女ではなく、野の少女そのものである。ナルシス（水仙）という名が野の花を暗示していることは言うまでもない。

愛のテーマの再生

ジュリエットの存在は「私」にとって謎である。「私」は言う、彼女のことを考えていると、「われわれはどこに行くのか自分でも知らず」、「驚きから驚きへ進む」と。そしてジュリエットのような「少女たちは、幼年期の狭い秘密のさなぎから、蜂として、蝶として、バッタとして出てくる」。「私」は、ジュリエットには「独身の本能が摂理のように」備わっているという認識にいたる。結末でジュリエットはナルシスと「宗教的な」(つまり精神のみの)結婚を遂げ、直後に死ぬ。しかし、彼女は本当にアルバニーではなく、ほかの誰でもなく、ナルシスを愛していたのだろうか。

サンドは『ナルシス』に続いて、『両世界評論』誌に小説『彼女と彼』を発表している。これは一八三四年のミュッセとの「ヴェネツィアの恋」を、初めて言語化した小説といっていい。おそらくかつてミュッセにとってサンドが永遠の謎であったように、ジュリエットは「私」、ナルシス、アルバニーいずれにとっても永遠の謎であろう。ジュリエットの形象を通じてサンドは、「羊飼いの愛の忠誠」から「現代的な愛の謎」へと、パストラルのテーマの再生を試みた。その直後の『彼女と彼』における自身の「謎」としての対象化は、そのさらなる昇華とも言えるだろう。

サンドの田園小説は、彼女が画家のパレットと同じように、田園の風景を描くための言葉のパレットを持っていたことを想像させる。そして彼女はその豊かな色彩で、「ロマン的パストラル」や「田園劇」を精力的に編み出し、パストラルに新たな生命を吹き込んだ。広がる畑、貴族の古い城館、さまざまな野鳥のさえずり、野のざわめき、「野の少女」たちが抱く遥かな荒野と渓谷への憧憬、現代の農村や地方における愛の様相。サンドはルソーと同じように自然を愛し、町中の見物のためでなく、田園と渓谷と山岳を歩くためにいくつもの地方を旅して回った。ベリーでの幼少期の体験と長じてからの旅でつちかわれた言葉のパレットは、数々の「田園のイマジネール」を生んだ。そしておそらく、いまだ十分に探究されていない彼女の作品群の中には、われわれの見知らぬ田園の風景が潜んでいるはずである。

第2章

旅と音楽の越境

『笛師のむれ』をめぐって

平井知香子

サンドの故郷であるベリー地方は、フランス中央部に位置する緑豊かな田園地帯である。歴史的に他の地域からの影響を受けることが少なく、古くからの伝承や風習が根強く残っていた。サンドが生きた時代には鉄道の開通による影響もさほど及ばず、近代化は比較的緩慢であった。なかでもヴァレ・ノワール（黒い谷）と呼ばれる地域（高台からはベリー一帯が見渡せる）は、サンドが「オアシス」と呼び、最も愛した土地であった。

このベリー地方と、その南東に位置するブルボネ地方を舞台とした『笛師のむれ』（一八五三）は、いわゆる「田園四部作」の第四作目にあたる。傑作であるにもかかわらず、四部作中最も長く、筋も入り組んでいるせいか、作家の没後はあまり注目されずにきたが、近年ではサンド再評価の機運もあいまって新たな光が当てられつつある。

前の三作『魔の沼』『棄て子フランソワ』『愛の妖精』(1)がベリーの農民のみを登場人物としているのに対し、『笛師のむれ』には他地域である「森の国」ブルボネの笛師たちが登場し、かつ第三作までで主題とされた「農民の恋愛と結婚」よりも、「旅と芸術（音楽）」のテーマが前景化する。本章では、田園四部作の完結編にふさわしいこの大作の世界を辿りつつ、そこに込められた「旅と音楽」の意味を読みとってみたい。

『笛師のむれ』の旅程

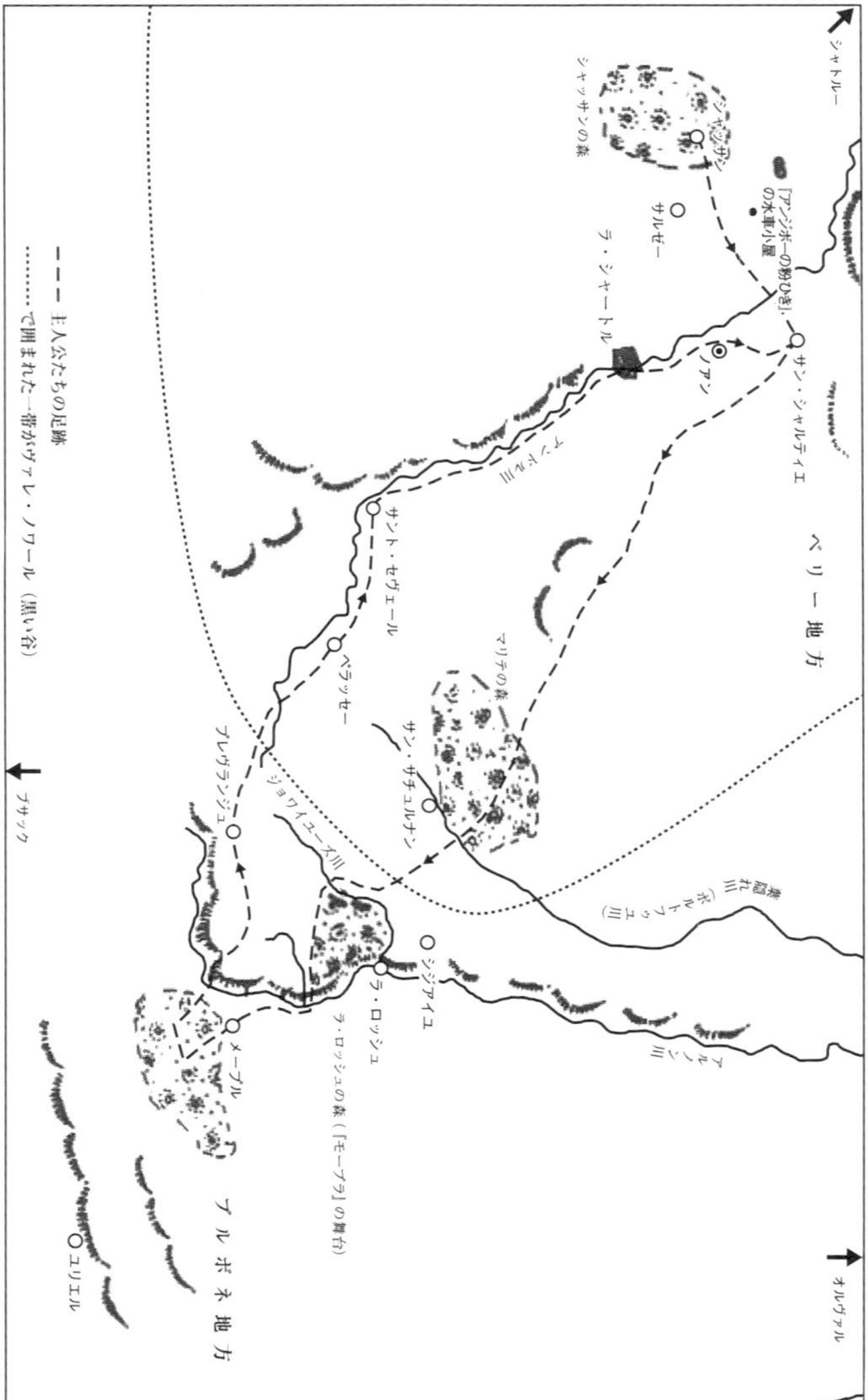
シャトルー
シャッサン
シャッサンの森
『アンジボーの粉ひき』の水車小屋
サルゼー
ラ・シャートル
ノアン
サン・シャルティエ
アンドル川
ベリー地方
サント・セヴェール
マリテの森
ペラッセー
サン・サチュルナン
ブレヴランジュ
ショワイユーズ川
ブサック
シジアイユ
ラ・ロッシュ
ラ・ロッシュの森（『モープラ』の舞台）
メーブル
アルノン川
ブルボネ地方
エリエル
オルヴァル
シェール川
モンリュソン
主人公たちの足跡
で囲まれた一帯がヴァレ・ノワール（黒い谷）

1　『笛師のむれ』成立の経緯

『母と子ども』から『笛師のむれ』へ

一八五二年十二月三一日、サンドは『母と子ども』と題する新しい小説を書き始めた。それに先立つ数年は、サンドにとって暗鬱な時期であった。娘ソランジュの不幸な結婚、九年にわたる交際を経て四七年に別れたショパンの死（四九年）など、私生活では苦悩が絶えなかった。また彼女が「平等・自由・博愛の共和国」の夢を託した四八年の二月革命は、保守派の巻き返しによってその理想を打ち砕かれた。しかし、静謐で美しいベリーの自然に立ち帰った作家は、散歩、瞑想、夢想の日々を重ねることで再びインスピレーションを育み、すでに『愛の妖精』（一八四八～四九年発表）などの名作を生み出してもいた。

『母と子ども』は、ある女性の私生児の養育を任せられた若い娘が、事実に反してその子の母とみなされ、「未婚の母」として苦労する物語として構想された（このテーマは『笛師のむれ』の後半で、ヒロインのブリュレットがシャルロという他人の私生児を養育する話として残っている）。サンドはこの主題をすでに『棄て子フランソワ』や『愛の妖精』をはじめ数多くの作品で取り上げていた。彼女自身、幼い頃に母との別離を体験しており、自伝『我が生涯の記』でも母に対する思慕の念を繰り返し綴っている。しかしこの『母と子ども』が、着手から二か月後（一八五三年二月）には『笛師のむれ』と改題され、テーマも「旅と民衆音楽」へと大きく転換したのである。

ベリー地方には独特の民俗音楽がある。コルヌミューズ（風笛と呼ばれるフランスのバグパイプ）やヴィエル（英：ハーディ・ガーディ。ヴァイオリンの祖にあたる擦弦楽器）などの楽器を用いた音楽で、冠婚葬祭などの行事では必ず演奏された。またその音楽に合わせたブーレという踊りもあり、現在もいくつかの村では祭りの際に披露されている。マルク・バロリによれば、サンドもノアンの館を訪れる客をしばしばベリーの音楽でもてなした。

（左）現在もベリーの村では祭りの際に村人たちのブーレが披露される（筆者撮影）／（右）ブーレを踊る村人たち（モーリス・サンド画）

時にはショパンがピアノで演奏し、サンドの娘ソランジュが曲に合わせてブーレを踊ることもあったという。[1]「2　交差する芸術」の第2章でみたように、サンドは音楽を「無限の言語」と呼び、感情や感動を表現するうえで最も雄弁な言葉と考えていた。サンドが「未婚の母」から「民衆音楽」へと主題を大きく転換したのには、このようにベリーの民俗音楽への強い愛着と音楽に対する考え方が影響したものと思われる。

麻打ち夜話

一八五一年版『魔の沼』に付された序文によると、サンドは当初、「田園四部作」と呼ばれている四つの作品を、「麻打ち夜話」という総題のもとに統合する計画を持っていた。この計画は実現には至らなかったが、その意図は四作それぞれにすでに反映されている。「麻打ち夜話」とは麻の産地であるベリー地方の習慣である。麻は繊維が固く、柔らかくするための「麻打ち」の作業を要し、毎年九月の終わり頃から冬にかけて「麻打ち職人」が夜通しその作業に携わる。その夜なべ仕事のかたわら、子どもたちに土地の伝説や民話を語って聞かせるのである。なかでも『笛師のむれ』は、幼少時のサンドが実際にベリーの年老いた麻打ち職人エチエンヌから聞いた話がもとになっており、「第一夜」に始まり「第三二夜」で終わる体裁も「麻打ち夜話」の伝統に則っている。

幼いサンドは麻打ち機のそばで胸を躍らせながら、狼に化けた魔法使いや墓場の預言者フクロウなど、エチエンヌ老人の語る不思議な話に耳を傾けた。また母が読み聞かせてくれたジャンリス夫人の『お城の夜のつどい』（一七八四）も、彼女の心に不思議な夢想を育んだ。四作品を「麻打ち夜話」の名で統合するという計画も、これらの体験から生まれたと考えられる。

2　二つの異なる土地

「畑の者」と「森の者」

『笛師のむれ』は、ベリー地方に住む幼なじみの三人——二人の少年エチエンヌとジョゼフ、エチエンヌのいとこの少女ブリュレット——を主要登場人物とする。物語はノアンの東方、フランス中部アンドル県の町サン・シャルティエで、三人が最初の聖体拝領をしている場面から始まる。ベリー地方の方言を取り入れ、作家自身の幼少時の宗教的体験も踏まえられている。またエチエンヌ、ジョゼフ、ブノワ（のちにジョゼフの母と結婚する居酒屋主人）といった名前は、ベリー地方に多い名前である（のちに三人と重要な関わりを持つラバ牽《ひ》きの青年ユリエルの名は、ブルボネ地方の彼の故郷の村の名に由来する）。

エチエンヌはある日、父親と馬市へ行った帰りの道で、「色白でほっそりしていて、髪の色は黒、この辺では見かけない形の帽子をかぶり、変な言葉で話す」少女に出会う。どこの国の者かと尋ねると少女は言った。「どこの国でもないわ、森の者よ。じゃあ、あんたはどこの国の人なのよ?」エチエンヌが答える。「お前が森の者なら、おら、麦畑の者だよ」。「森の者」と「畑の者」、二人のこの最初の会話に物語のテーマが暗示されている。

「畑の者」というエチエンヌの答えは、農業を主産業とするベリー地方の住民（ベリション Berrichons）のアイデンティティを表している。一方少女の故郷である「森の国」ブルボネ地方は、林業と炭焼きを主な生業とする。交通網が整っていない当時は、二つの土地は互いに隔絶され（距離にしておよそ一〇〇キロ離れている）、交流する機会はほとんどなかったはずである。しかしこの物語では、エチエンヌの幼なじみで変わり者のジョゼフ少年が、笛師の修業のためブルボネに旅立ったのをきっかけに、二つの異なる土地の民の交流が始まる。

「上の空のジョゼフ」

ジョゼフは陰気な少年で、「寝ぼけやのジョゼフ」とか「上の空のジョゼフ」と呼ばれていた。しかし彼にはある種の霊感があり、「フクロウの目」に喩えられるその目は、何か他の人々には見えないものを捉えることがあった。

「第四夜」で、ジョゼフは葦笛を作り、自作の曲を吹く。その音色はブリュレットの心を動かし、彼女の心にはベリーの自然の風物や、ジョゼフやエチエンヌとともに過ごした幼い日々がよみがえる。ジョゼフは心に浮かんだ思い出の光景を曲にして奏でることができるのだった。ジョゼフと同様にサンドも、幼い頃、母やベリーの村の子どもたちとともに、「水や風の音」から「自然の音楽」(2)を学んでいた。

サンドは『笛師のむれ』より前、すでに一八四二〜四三年の『歌姫コンシュエロ』において、これと同様の場面を描いている。アルベルトが奏でるヴァイオリンの音色が、コンシュエロに幻影を呼び覚ます光景である。さらに、アルベルトの従僕ズデンコは、ジョゼフを想起させる人物像である。彼は古いボヘミアの民衆音楽を受け継ぎ、即興で歌うのを得意とし、森の中を放浪し、純粋さと狂気をあわせもっている。そしてこの「変わり者」の少年ジョゼフが、ベリーとブルボネという二つの異なる土地を結びつける媒介者の役割を担うことになる。

ベリーとブルボネ、土地柄・世界観の違い

「第五夜」で、ブルボネからやって来たラバ引きの青年ユリエルが登場する。ある夜、エチエンヌは、知らぬ間にいなくなったジョゼフの後をつけていた。森のはずれの大きな槲《かしわ》の木のところまで来ると、不意に大きな鳴り物

の音がし、羊歯の茂みから何か獣が飛び出してきた。驚くエチエンヌにジョゼフが呼びかける。ジョゼフはユリエルと一緒にいた。大きな音はユリエルの鳴らす大笛で、獣の群れは彼が引き連れてきたラバたちだった。この闇夜の森の場面は、「麻打ち夜話」にふさわしい幻想的な雰囲気をかもし出している。

「第六夜」では、「畑の者」と「森の者」の間にいさかいが生じる。ユリエルはしばらく村に逗留することになったのだが、ある日エチエンヌの畑がユリエルのラバに荒らされてしまう。怒ったエチエンヌはユリエルと取っ組み合いの喧嘩をする。仲直りの後でユリエルはエチエンヌに言う。「お前らは蝸牛《かたつむり》みたいに、いつもおんなじ風を嗅いで、おんなじ樹の皮を吸ってるのさ。なぜって、お前らは世界ってものが、ここの四方を取り巻くあの青い丘のところでおしまいだと思ってるんだからな。ところが、あそこは俺の国である森の始まりなのさ。俺に言わせりゃ、いいかエチエンヌ、世界ってやつはあそこから始まるんだ」。ユリエルによればベリーの人間は、慣れ親しんだ生活圏から出ようとせず、新しい世界を知ろうともせず、けちな上に金を増やすことも考えない。それに対してブルボネの人間は、生まれつき旅が好きで、どこにいても自分の家のように感じることができ、頭を使って金を増やす手腕に長けている。ユリエルのこの言葉によって、穏やかな暮らしを好み変化を嫌うベリーの土地柄と、自由を愛し行動的に生きるブルボネの土地柄との違いが鮮明に打ち出される。それはひいては世界観の違いでもあるだろう。そしてユリエルは、その違いは音楽についてもあてはまると言う。「歌は俺の国のものだ。お前の国のものではない。ジョゼフはちゃんとそれがわかったんだ」。ジョゼフは「歌の国」でもあるブルボネから来たユリエルの強い影響を受け、自分に音楽の才能があることに気づいたのだ。そして、初めてもらった給料で風笛を買い、笛師になる決心をし、修業のためブルボネへと出発する。

3　旅する笛師——融和の媒介者

芸術家の天分

『笛師のむれ』の原題 *Les Maîtres Sonneurs* の原義は「笛の名人たち」である。ユリエルの父バスチャンは「大頭《おおがしら》(le grand bûcheux)」と呼ばれるブルボネの笛師組合の幹部で、ジョゼフは彼について笛師の免状を受けるべく修業を積むことになった。ベリーにもカルナ父子という笛師がおり、エチエンヌにはれっきとした音楽家に見えるのだが、ジョゼフに言わせればカルナ父子はブルボネの笛師に比べて明らかに技能が劣る。そして大頭バスチャンは、息子のユリエルとジョゼフの間にも音楽家としての才能に歴然とした差があることを見てとった。ジョゼフには息子にはない素質があると感じたバスチャンは言う。

曲を覚える人間と作る人間とじゃ、大きな違いがあるんだ。〔…〕人に習うだけじゃちっとも満足せず、しきりに新しい思いつきを探してどんどん自分一人で修業を積み、後進の笛師たち全員に自分の見つけたものを授けてやるような奴もいる。〔…〕それこそ昔いたような本当の笛師頭だ。一番腕のいい笛師連中だってそういう奴の言うことは一生懸命に聞くし、そのあげく連中にこれまでの習慣もすっかり変えさせちまうような、そういう人間さ。

これがこの物語における「芸術の天才」の定義である。ソフィー＝アンヌ・ルテリエはこれがジャン＝ジャック・ルソーに基づくものであるとし、「この時期サンドはルソー主義者であった」と断言している。(3) しかしここで、ルテリエが指摘していない次のような部分に、サンドの芸術観に関して重要な要素が見られることに注目したい。

あいつ［ジョゼフ］の身のうちには、とても立派な天分が二つもあるんだ。一つはあいつが生まれた平地が与えた天分で、内側から湧き出る落ち着いた強い静かな思いだ。もう一つは俺たちの生きている森や丘が与える天分で、ここで暮らすうちにあいつの心の中には、しだいに深い、激しい、もの哀しい思いが湧いてきたんだ。だからあいつは、ちゃんと聞く耳を持っている者が見れば、ただの田舎の笛師ふぜいとはまるで別物なんだ。

大頭によれば、ジョゼフは二つの土地から「立派な天分」を授かっている。そして後述するように、ジョゼフの中でやがてこの二つの天分――それは彼の、ベリーの音楽とブルボネの音楽双方への愛でもある――が融合し、その時初めて彼の音楽の天才が真に開花するのである。

次章で詳しくみるように、たとえば晩年の童話集『祖母の物語』の主人公たちの最初の教育は「自然」の中で行われる。この点でサンドは確かにルソーの唱えた「自然教育」の影響を受けている。しかし、『笛師のむれ』における「芸術の天才」の定義には、ルソーにはみられない「集団性」と「旅」の要素が含まれている（ジョゼフの才能は笛師たちとの旅によって初めて開花する）。ここには、単なるルソーの継承ではない、サンド独自の芸術観が見出せる。民衆に深い共感を抱き、階級や異なる文化の融合を希求していたサンドは、エリート的な芸術家像を抱かなかった。ジョゼフのように「人々の間にいて（集団性の中で）、旅を通じて才能を開花させる天才」こそが、彼女にとって芸術の普遍性の象徴であったと思われる。(4)

ベリー‐ブルボネ間の旅

サンドは『笛師のむれ』の執筆にあたり、十八世紀のブルボネ地方の地図を入手している。(5) ベリー‐ブルボネ間の主人公たちの旅を、具体的かつリアルに跡づけたかったためだろう。ピエール・ルルーがブサックに住んでいた時期、サンドはしばしば彼を訪れたので、ブルボネは彼女にとって馴染みのある土地だった。しかし小説の執筆にあたっては、地図を確認しながらあたかも自分が旅をしているような感覚で臨んだのだろう。

ブルボネのユリエルの家に到着したジョゼフは、以後昼夜をわかたず笛の修業に熱中しすぎたあまり、ついに病気になってしまう。恋しい母やブリュレットに生き別れることを嘆くジョゼフを哀れんだユリエルが道案内を買って出て、エチエンヌとブリュレットがノアンから駆けつけることになった。

一行はノアンを夜明け前に出発し、昼前にマリテの森にかかる。季節は夏、「葉隠れ川」と呼ばれる小川(ポルトフゥユ川)の水面には睡蓮の花が浮かんでいる……。この旅は三人にとって、こうした森の自然のよろこばしい恵みを満喫するだけでなく、思いもよらぬ災厄にも襲われる波乱に満ちた旅となる。

日中にサン・サチュルナンとシジアイユの間の荒れ地を通り抜け、ジョワイユーズ川を渡り、夜になってラ・ロッシュ近くの森でアルノン川のほとりに出た時だった。三人はオーヴェルニュなまりのある高地ブルボネの言葉を話すラバ牽き人の一行に因縁をつけられる。その中のマルザックという悪党が、ブリュレットを連れ去ろうとする。すわ流血の惨事というところで、ユリエルが自分は同業者であり、連れの二人はブルボネに挨拶に行くところだと説明し、ブリュレットも気丈さを見せ、ようやく事なきをえた。

ところが、三人がついにブルボネに着いて五日目の日曜日、祭りの最中にくだんのラバ牽き人の一行が再びかれらの前に現れる。ブリュレットに踊りの相手になれと強要するマルザックに、ユリエルは決闘を挑みかける。ラバ牽き人の同業組合の掟に従い、二人は柊《ひいらぎ》の短い棒を持って対峙した。息詰まる対決の末、ついにマルザックが敗れ、息絶える。勝者であるユリエルは咎めを受けなかったものの、ブリュレットは自分のせいで人が死んだことを嘆き悲しむ。

荒くれ者のラバ牽き人による暴力、女性を守るために行われる同業組合公認の決闘、その結果の殺人。この凄惨な事件は『笛師のむれ』の中でどのような意味を持つのだろうか。この作品と初期の『モープラ』(詳細は「1 男と女」第2章参照）を比べてみると、ある共通点が浮かび上がる。『モープラ』の主人公ベルナールと、彼を育てた山賊の一族が住処としている城「ロッシュ＝モープラ」は、ラ・ロッシュに今も残る中世の古城「ロッシュ＝ギルボー」がモデルではないかと言われている。そして『モープラ』の冒頭では、ヒロインのエドメが山賊たちに危うく暴行を受けそうになるところをベルナール青年が助ける。「ラ・ロッシュ」という地名と、ヒロインの危機を救うための闘い（ベルナールの場合は決闘ではなく、彼自身の内なる葛藤とヒロインとの逃亡）という二点において、二つの作品は共通項を持っている。岩を意味する「ラ・ロッシュ（la roche）」の字義通り、古城「ロッシュ＝ギルボー」はアルノン川沿いの切り立った崖の上にあり、いかにも山賊が住み着いていそうなイメージを喚起する。そして、「ラ・ロッシュ」という地名はサンドにとって「悪」のイメージと強く結びついていたのかもしれない。そして、ヒロインの危機を救うべく男が敵と闘うという筋書きは、中世以来の同業組合の封建主義的・男性中心主義的イメージとあいまって、女性の尊厳を脅かすものに対する作家の怒りを表しているとも言えるだろう。またサンドの作品において、「森」はしばしば生と死と愛のトポスとなる。『魔の沼』では、森で一夜を明かしたジェルマンとマリーの間に恋が芽生える。『モープラ』でも恋人たちの出会いの場は森である。そしてブリュレットとユリエルも、ラ・ロッシュの森を通過することで、死と隣り合わせの危険を乗り越えて愛を成就させるのである。

物語の中盤、「第十七夜」で、エチエンヌはブルボネからベリーへと戻る道中で、アンドル川がブルボネの水源からベリーに下っていることを知り、二つの土地のつながりを認識する。それまでは「よその国の樅の木より、自分の村のイラクサのほうがいいんだ」と言っていたエチエンヌだが、土地勘を得て、かつブルボネの人々と直接の交流を持ったことで、二つの土地の違いとともに親近性をも見出したのである。この旅の描写には、あらゆるものの対立がやがて融合へと向かってほしいという作家の願いが込められているように思われる。

『笛師のむれ』で展開する主人公たちのベリー－ブルボネ間の旅は、現在では当地の人気のハイキング・コースとなっている。ガイドブックによれば、全旅程を忠実に辿るには八～一〇日かかるが、三日でめぐる短縮コースも

大頭バスチャンの笛に聴き入るジョゼフ（カルマン・レヴィ版『笛師のむれ』挿絵）

ある[6]。

「三人の木樵」の歌——恋のさやあてのモチーフ

修業の間、ジョゼフは大頭バスチャンから音楽の極意について聞かされる。バスチャンは言う。「音楽には、長調と短調がある。明るい調子と暗い調子ってやつだ。平地は長調で歌い、山は短調で歌う。この二つの調子は、片方がもう片方よりもいいというようなものじゃないんだ」。大頭のこの言葉には、異なる音楽的伝統の間に優劣はないという含意が読みとれよう。そして大頭は即興で、「三人の木樵」[7]という曲を笛で吹き、歌う（括弧内はコーラスと思われる）。

木樵が三人集まって
春に谷間の草の上
（ほら、鶯の声が聞こえる）
木樵が三人集まって
娘ひとりに口説きごと

なかで若いのが口ごもり
（薔薇を手にしているやつさ）
（ほら、鶯の声が聞こえる）

なかで若いのが口ごもり
好きは好きでも言えやせぬ

兄貴分は声あらげ
(斧を手にしているやつさ)
(ほら、鶯の声が聞こえる)
兄貴分は声あらげ
好きならいやとは言わしゃせぬ

さて、三番目のが歌うよに
胸に杏《あんず》の花かざり
(ほら、鶯の声が聞こえる)
さて、三番目のが歌うよに
好きだよ、だからおいらのお嫁においで

ジョゼフは、三人の若者が一人の娘をめぐって張り合うという歌詞に魅せられ、自分たちの恋に重ね合わせてみる。これはまるで、ブリュレットの心を射止めようと、ユリエル、エチエンヌ、そして自分が競う様子を歌っているようではないか。想いを口に出せず口ごもる「若いの」は自分。声をあらげて強引に言い寄る「兄貴分」はエチエンヌ。だが黙していても、押しが強すぎても、恋は実らない。杏の花を胸に飾り、率直に、歌うように求婚する

「三番目」が娘の心を射止めるだろう、そしてそれはユリエルだ——ジョゼフはそう直感する。

ブリュレットに想いを寄せる三人の青年、エチエンヌ、ジョゼフ、ユリエルは、それぞれ全く違った個性の持ち主である。一八四四年、サンド四十歳頃の作品『ジャンヌ』にも、同様に性格の異なる「三人の青年」が登場する。そして彼らが惹かれるヒロイン、「野の少女」ジャンヌは、ベリーやブルボネに伝わる美しい歌を口ずさむ。

「春が来て半年になる……」
「年若い三人の薪割り職人がいた……」
「歌っておくれ、鶯よ、歌っておくれ……」

この歌は、ガルニエ版『笛師のむれ』（一九六八年）の注によると、「三人の木樵」と表現は多少違っているものの、「三人の青年」「鶯」など中心となる言葉が共通している。このように『ジャンヌ』と『笛師のむれ』に共通する、一人の娘をめぐって対照的な性格を持つ三人の青年が恋のさやあてをするというモチーフは、ブルボネやベリーに古くから伝わる民謡がもとになっている。そして「鶯」は、その声の美しさによって「音楽」を象徴する鳥であり、サンドは故郷で聞くその声をことに好んでいた。サンドはここでも、愛する故郷の音楽や風物を作品に織り込んでいるのである。

音楽と旅を通じた異なる文化の融和

終盤で、事態はジョゼフの直感どおりに、そして「三人の木樵」の歌どおりになる。ユリエルはブリュレットと結婚し、エチエンヌはかつて馬市からの帰りに出会ったブルボネ出身の娘テランス（実はユリエルの妹だった）を妻にする。一方ジョゼフは、愛を断念し音楽の道をとる。修業の甲斐あって誰もが認める腕前となったジョゼフは、ベリーの笛師の組合に加わり、大頭バスチャンとともに放浪の旅に出る。ところが道中、ジョゼフは芸術家気質らしい頑固さのため、ある村の笛師たちといさかいを起こし、殺されてしまう。冬の朝、ベリーから遠く離れたモルヴァン（ブルゴーニュ東部にある広大な森林山地）で、ジョゼフの遺体が発見される。乱闘で痛めつけられたはずの体には、なぜか傷が見当たらなかった。彼は人間の手で殺されたのではなかったのだろうか。「笛師になるには悪魔に魂を売らなければならない」という、モルヴァン地方に古くから伝わる言い伝えどおりのことが起こったのかもしれない。

　結末では、ブリュレットとユリエル、エチエンヌとテランスという二組（ジョゼフの母とブノワの婚礼披露も合わせると三組）のカップルの合同結婚式の様子が描かれる（場所は特定されていないがおそらくベリーのシャッサンが想定されている）。ベリーとブルボネの境界を越え、試練を乗り越えた二組のカップルの前途を祝い、地元の伝統に則り、三日三晩笛に合わせてブーレの踊りが続く。式の後、二組のカップルはベリーに居を定め、共同生活を営むことになった。ユリエルは結婚後しばらくは長旅に出ることもあったが、やがて妻のためラバ牽きの仕事をやめ、放浪と荒くれの生活から身を引き、森の木樵としてベリーに定住する。父の大頭バスチャンも、ジョゼフの死をきっかけに旅をやめ、息子夫婦と一緒に暮らすことになった。かれらの共同の住まいは、サンドがこよなく愛し、『アンジボーの粉ひき』（一八四五）の舞台ともなった「黒い谷《ヴァレ・ノワール》」を望むシャッサンの森である。

　サンドは『アンジボーの粉ひき』では、「結婚による階級の融和」を描いた。そしてその八年後の『笛師のむれ』においては、「音楽」と「旅」が可能にする「越境」と、それを通じた二つの異なる土地の文化の融和、さらに結末でその融和が二組のカップルの「結婚」と「共同生活」によってユートピアに結実するという壮大な物語を書いたのであった。一方、誰よりも芸術の天分を有していたジョゼフは、まさにその天分とひきかえに「悪魔に魂を売り」、夭逝してしまう。だが修業への出立という彼の「旅」こそがこの物語の発端でもあり、「畑の者」を「森の者」と出会わせ、結末の融和をもたらすことになった。その意味でジョゼフの「旅」もやはり、この作品における

「越境」の重要な媒介としての意味を担っていると言えよう。

＊本章は、拙論「ジョルジュ・サンドとベリー地方——『笛師のむれ』をめぐって」（『関西外国語研究論集』第九三号、二〇一一年）を改稿したものである。

第3章 物語への誘い
『祖母の物語』に託された願い

太田敦子

一八七二〜七五年にかけて執筆された童話集『祖母の物語』(1)は、サンド最晩年の作品の一つである。常に同時代に生きる人々に向けて作品を書き続けたサンドは、自分の作品が後世まで読み継がれることはないだろうとしばしば漏らしていた。しかしそれは、サンドが未来の読者を想定していなかったことを意味しない。自分の孫である幼い少女たちを第一の聞き手、読み手として書かれたこの作品集にも、作家が未来の読者に託したメッセージを読みとることができる。そしておそらく孫娘たちにとってそうであったのと同じように、『祖母の物語』は今もなお、サンドの豊穣な作品世界全体への、さらには物語の豊かさそのものへの道案内の役割を果たしうるものと思われる。本章では、この作品集のどのような特徴がこうした誘いの力となっているのかを分析してゆく。

1 『祖母の物語』の背景——十九世紀後半のフランスの社会と文学

『祖母の物語』は、幼い子どもにも読みやすいよう配慮された童話集である。全十三篇の物語の主要な登場人物は子どもであり、文章には親しみやすい話し言葉が用いられている。そして、サンドは実際にそれぞれの物語が完成すると、誰よりも先に自分の孫娘たちに読み聞かせた。しかし、だからといってこの作品集は子どもだけを対象としたものではなかった。『祖母の物語』が発表されたのは、大人向けの雑誌『両世界評論』や日刊新聞『ル・タン』紙であった。大人が読む新聞・雑誌に子ども向けの童話を掲載するという、一見矛盾するこの事実にまず焦点を当ててみよう。『祖母の物語』を取り巻く状況に目を向けることで、サンドがこの作品の執筆にあたり、十九世紀後半のフランスという社会背景にいかに意識的であったかが見えてくるはずである。

『祖母の物語』の読者とは誰か

児童文学というジャンルは、「幼年時代」を大人とは明確に区別された一時期とみなす考え方が確立したのちに誕生したものである。十八世紀、ジョン・ロックやジャン＝ジャック・ルソーの思想に基づくそうした児童観が確立し[2]、この世紀の後半以降、児童書の出版が活発化していく。そして十九世紀には、ジャンリス夫人の『お城の夜のつどい』に代表されるように大人から見た理想の子ども像を描いたものから、子どもが真に必要とし、楽しむことのできるものへと、児童書の性質に革新的な変化が起こる。以後この新しい性質が、現在に至るまで児童書の規準として受け継がれていくことになる。

フランスでは、特に七月王政の始まった一八三〇年以降、出版界にも商業主義が広がり、挿絵などを美しく再現する印刷技術の発展や初等教育制度の拡大などもあいまって、近代的なコンセプトに基づく児童書が数多く出版される。サンドと親しかった出版者ジュール・エッツェルが創刊した『新子ども』誌（一八四三〜）や『教育と娯楽』誌（一八六四〜）、さらにルイ・アシェット（世界最大の雑誌社アシェット・フィリパッキ・メディアの創業者）が創刊した『子どもたちの一週間』誌（一八五七〜）をはじめとして、子ども向けの雑誌がいくつも世に出た。そして、たとえば『教育と娯楽』という誌名が示しているように、当時の児童書・児童雑誌は「子どもたちに楽しませつつ学ばせる」ことをスローガンとしていた。サンドの『祖母の物語』も同様の目的をもっていた。それは、第一集に収められた「コアックス女王」のまえがきとして書き添えられた次のような言葉からも明らかである。

今ではあなたも読むことができるのだから、愛しい子よ、これまではあなたをできるだけ楽しませながらちょっとだけ学ぶことができるようにと語り聞かせてきたコントを、本にすることにしましょうね。

この文章からすれば、『祖母の物語』は明らかに児童書の範疇に含まれるもののようである。しかしながら先に述べたように、この作品集に収められた十三編のコント（次項参照）が発表されたのは子ども向け雑誌ではなく、十九世紀フランス文学界の権威的媒体『両世界評論』誌や『ル・タン』紙であった。とはいえ、右のような子どもに語りかける口調を見れば、サンドが『ドン・キホーテ』や『ロビンソン・クルーソー』、『ガリバー旅行記』のような「いずれは子どもにも広まるかもしれないが、さしあたり大人を対象とした読み物」を構想していたとは考えられない。するとサンドは、子どもと大人いずれにも同時に訴えかける仕掛けを作中に講じたという推測が成り立つ。

民間伝承をもとにしたコント

先に、「児童文学」の誕生には「幼年時代」に対する新しい認識が必要であったと述べたが、十九世紀前半のロマン主義において顕著となった「幼年時代に対する憧憬[3]」を、児童文学の発展と関連づけることも可能であろう。さらにロマン主義との関係という観点から、『祖母の物語』成立の背景として、同時期におけるコントという文学ジャンルの隆盛を指摘することができる。

『ロベールフランス語大辞典』によれば、コント（conte）とは「気晴らしのためにつくられた、想像上の出来事、想像上の事件の物語」を意味する。「物語る（conter）」という言葉に由来する、口承文学と深い関わりをもつ文学ジャンルでもある。そしてたとえば、シャルル・ペローが著した『赤ずきん』や『シンデレラ』など世界中で広く読まれているコント作品は、フランスの民間伝承をもとにした作品である。

ペローが民間伝承に目を向けたのは十七世紀末であったが、フランス革命後、民主化とナショナリズムの高まりを受けてヨーロッパ諸国では民間伝承が注目されることとなり、たとえばドイツではグリム兄弟が自ら採集した民間伝承をもとにコントを著した。また、スコットランドの詩人・作家であるウォルター・スコットが民間伝承をもとに創作した作品はフランスでも人気を博した[4]。さらにこの時代、近代化と都市化の進展、教育の拡充に伴う活字文化の普及などにより、それまで口承で伝えられてきた民間伝承や民話は急速に消滅しようとしていた。これに危機感を覚えた作家や詩人が郷土やゆかりの地の民話採集に乗り出し、それをもとにしたコントが盛んに発表されるようになったのである。コントにすることで、民話や伝承を子どもにも親しみやすい読み物として提供することができるとともに、ノスタルジーを誘われた大人にも大いに人気を博した。ただフランスにおける本格的な民間伝承の採集は、一八七〇年の普仏戦争での敗北後に起こるナショナリズムの高揚を待たねばならなかった。それに加えて、ここでは詳しく触れることができないが、一八二九年にドイツの作家E・T・A・ホフマンの作品が『幻想的コント集』と題されて翻訳出版されるや、フランスではコントという文学ジャンルは大きな流行となる。しかしその中心は民話などの口承文学とは関わりの薄い、このホフマンのコントにならった幻想的コントであった。

『祖母の物語』はおおよそペロー以来の伝統的なコントのスタイルに則っており、サンドは明らかにこの作品集を、都会の読み手たち（大人・子どもを問わず）の関心や要求に応えるものとして構想していたと思われる。作品の多くは農村を舞台とし、登場人物は農民たちである。作中でサンドはかれらの「迷信」に対しても、それを近代都市の価値観で判断することなく、民衆の間で語り継がれてきた逸話、不可思議な現象に対するかれらなりの解釈としてできるかぎりありのままに語ろうとしている（「ピクトルデュの城」に出没する貴婦人の亡霊、夜になると動き出す「巨岩イエウス」、「ものを言う樫の木」など）。また、たとえば「勇気の翼」には、主人公の十二歳の少年クロピネが「読み書きのできる子どもとは違っていた」とある。この記述からは、無学だが素朴で感受性の鋭い農民の子どもの姿を通して、都会の読み手に民間伝承の豊かな世界を示そうとする作家の意図がうかがえる。

サンドはこのように、都市民の民間伝承や農村に対する関心に意識的であった。彼女の代表的作品群である田園小説もその反映とみなすこともできるだろう。一八四〇年代から方言や農村独特の習慣などを取り入れ、広く読まれることとなったサンドの田園小説は、フランスにおける民話採集の動きの先駆けであったと言える。そして『祖母の物語』が大人・子どもを問わず多くの人々を惹きつけたのは、この作品集にもまた「民間伝承のコント」の仕掛けが施されていたからではないだろうか。

2　伝統的なコントとの隔たり

『祖母の物語』によってサンドは、子どもたちが「できるだけ楽しみながら学ぶことができるように」と考えていた。ではいったい、そこで子どもたちが「学ぶ」べきこととは何だったのだろうか。伝統的なコントの手法にも留意しながらこの点を見てゆこう。

モラリテの提示

当時の寓話やコントでは、物語を通じてモラリテ（moralité　道徳的結論・教訓）を示すことが定石であった。ペローなどが著した伝統的なコントでは、物語の最後に「このお話から汲みとれるモラリテ」が明示されている。(5)以下では先にもふれた「勇気の翼」を題材に、サンドが作品にどのようなモラリテを込めたのか、確認してみよう。

「勇気の翼」のあらすじは次のようなものである。フランス北部ノルマンディー地方の農家に生まれた十二歳の少年クロピネは、海に憧れている。けれども不自由な片足のせいもあり、歩いて行けるところにあるのにまだ海を見たこともない。やがて父親は農業に不向きな息子を、恐ろしい風貌と態度の仕立屋に預ける。しかしクロピネは脱出に成功し、身軽さを生かして海にほど近い断崖の中程に一人隠れ住む。半年にわたる孤独な生活の中で少年は次第に臆病さを克服し、また自然に対する目を開かれる。それまでは空を自由に飛びまわれるのが羨ましかったただけの鳥に対しても、身近に暮らすことで愛情を感じるようになった。

その後クロピネは家に戻るが、航海に出たいという希望を両親は許してくれない。そんなある日、彼は近隣の町の薬屋で鳥の剝製を目にする。感動した少年は薬屋に頼み込んで剝製の作り方を教えてもらう。腕に自信がついた頃、鳥の蒐集家として名高い男爵に請われ、城に住み込んで剝製師として働くことになった。男爵の配慮で読み書きや計算を学び、鳥に関するラテン語の本さえ読むことができるようになったが、城に閉じこもる生活は彼の望むものではなかった。およそ三年後、ようやく彼は念願叶い航海に出る。各地で鳥の生態を観察し、その記録と剝製を男爵に送るという仕事を与えられたのだ。長い航海生活ののち、死期が近づいたことを感じたクロピネは、大切な思い出の地であるノルマンディーの断崖へ赴き、そのままどこへともなく消えた。この地には、彼は鳥になったのだという言い伝えが残っているという。

この物語には、主人公クロピネの生活と心境の大きな変化を示す二つの画期が見出せる。一つ目は海辺での暮らしを通じて、臆病な少年が鳥たちに励まされ、「勇気の翼」を持つに至ったことである。二つ目は鳥に魅せられた青年が、自分にふさわしい生き方を自ら摑みとったことである。ここから、勇気をもって人生に臨むこと、自分の生き方をあきらめずに追求することが、作家が示そうとしたモラリテであるということができる。

知と職業の関わり

この二つのうち、後者の「自分の生き方を追求する」というモラリテにはサンドの独自性が表れている。クロピネは海を見ること、家や預け先の仕立屋の束縛から自由になること、臆病さを克服することを通じて一定の解放と成長を果たしたが、読み書きなどの基本的教育は欠けたままだった。そこで次の段階では、クロピネの知性や倫理観が形成されていくさまが語られる。ここには、自らの生き方を主体的に追求するには教育が不可欠であるという作家の考え方が読みとれる。

『祖母の物語』ではほかの作品でも、読み書きのできない子どもが教育によって学びを得ていくプロセスがしばしば描かれる。「巨岩イエウス」の物乞い少年ミケル、「ものを言う樫の木」の豚飼い少年エミも、物語の中で読み書き計算を学び、人生を新たな光のもとで見るようになっていく。また、クロピネの海への憧れや、「ばら色の雲」の主人公カトリーヌの豊かな好奇心が肯定的に描かれていることから、作家が「知ることへの欲求」を重視していたことがわかる。

さらに、そうした知への欲求によって獲得された教養が職業と結びつくのがサンドの特徴である。「勇気の翼」では、鳥の生態に詳しくなったクロピネがその知識と情熱を生かして剝製師となり、男爵のもとで職を得る。「ピクトルデュの城」も、主人公の少女ディアーヌが自分の才能を生かして画家になることが物語の主題であり、末尾に後日談として語られる彼女の結婚は主人公の人生の終着点ではない。

伝統的なコントの定型は、主人公が物語の最後に意中の女性ないし男性と結婚してめでたしめでたし、といったものである。教育と学びを通じて自分自身についての認識を深め、自分に最適の職業を手に入れ、自らの生き方を追求するというサンドのモラリテは、コントの伝統的定型とはかなり隔たったものであるといえよう。

道徳的教訓を超えて

ところで、サンドのモラリテは、内容だけでなく形式の上でも伝統的なコントとは異なっている。ペローなどのコントにおいては、末尾にわざわざ「このお話のモラリテ」と題して教訓が記されたが、サンドのモラリテは物語の中に織り込まれている。「犬と聖なる花」に、まさしくこの形式の違いについて述べられた箇所があるので見てみよう。「聖なる花」と謳われた白象の物語を聞き終えた少女が、いわゆるモラリテが述べられないことをいぶかって次のように言う。

だって、けっきょく、子どもたちにするお話には最後にモラリテが出てこなければいけないのでしょう。それなのに、あなたのお話には出てこなかったわ。

サンド自身が子ども時代に読んだペローやオーノワ夫人のコントの最後には、物語から学びとるべき教訓が必ず記されていた。作家は自分がそうした伝統とは異なる形式をとったことを作中で語ることによって、モラリテの垂訓を第一義とした従来のコントから距離をとっているようだ。というのも、サンドが『祖母の物語』を通じて子どもに学んでほしかったのは、道徳的教訓だけではなかったからである。

私の望みは、あなたがたがまだじぶんの知らない語彙やものごとを少しでも知りたいと思ってくれ、少しでも学んでくれることなのです。

「ばら色の雲」の末尾に添えられた語り手のこの言葉どおり、サンドは子どもの読者が物語の世界に遊びながら学ぶことができるよう、随所に言葉や自然科学の知識を散りばめた。「牡蠣の精」で列挙される牡蠣類のラテン語のいかめしい学名（オストリア・マテルキュラなど）、「赤い槌」で概観される人類の歴史、「犬と聖なる花」で語られるマレーシアやビルマなど遠い異国の風俗等々、話し言葉の文体ながら、子どもにとっては（もしかしたら少なからぬ大人にとっても）未知の語彙と知識が作中に次々と現れる。あるいは自然科学の知識が多く登場する「埃の妖精」では、地球の歴史と妖精劇（十八〜十九世紀にかけて流行した妖精物語をもとにした芝居）を重ね合わせる豊かな想像力が花開く。

その結果、一つの世界が消滅しては新しい世界が現れるのを私は見ました。その絶え間ない移り変わりは、まるで妖精劇の場面転換のようでした。

一方先にみた「勇気の翼」では、クロピネが「翼」を得る場面が幻想的に描かれている。仕立屋のもとから逃げ出したクロピネが、疲れ果て、もうろうとして海辺の砂丘をさまよっていると、「海の精霊」のささやきが聞こえてくる。その声に夢中で追いすがろうとした時、彼は自らの「勇気の翼」が羽ばたくのを感じる。やがて長ずるにしたがい、クロピネは「海の精霊」の存在を信じなくなるし、語り手も民衆が自然現象に超越的な力を見ることに対しては慎重な態度をとっている。ただここでの問題は超越的・超自然的なものの存在・非存在ではなく、読み手を楽しませるイマジネーション豊かな物語世界をいかに展開するかにあった。

サンドは『祖母の物語』を通じて、コントにおけるモラリテの拡張と刷新を図ろうとしたように思われる。伝統的なコントが示そうとする道徳的教訓は、サンドが子どもたちに最も手渡したいものではなかった。幼い読者たちに、謎めいた物語の展開を楽しみながら、自分の人生をじっくりと見つめ、未知の知識への好奇心や豊かな想像力を育んでほしい。これこそが、サンドが伝えたいモラリテの核心だったのではないだろうか。

3　物語への誘い——メルヴェイユーの力

先に挙げた「翼」の場面をはじめ、『祖母の物語』にしばしば登場する幻想的な物語表現をサンドは「メルヴェイユー」と呼ぶ。

『フランス語宝典』によれば、メルヴェイユー（merveilleux）とは「不可思議な性格によって精神を驚かせるもの」を意味し、文学ジャンルとしては「超自然的な要素を持つ妖精物語や奇譚《きたん》」を指す。『祖母の物語』において、「読者を楽しませる」ために大きな役割を果たしているのがこのメルヴェイユーである。

本章の最後にその特色を探ることにしよう。

メルヴェイユーの復権とその現代性

メルヴェイユーは十七世紀以来、ヨーロッパで人気を博していたジャンルであったが、児童文学が誕生した十八世紀後半は理性を尊ぶ啓蒙思想が普及した時代でもあり、子ども向けの本にも現れなくなっていた。しかしサンドが活躍した十九世紀半ばには、メルヴェイユーが一時的に復権する。この動きには先に触れた出版者のジュール・エッツェルが大きな役割を果たした。彼の執筆依頼から、シャルル・ノディエの『そら豆の宝とえんどう豆の花』（一八四四）、サンドの『本物のグリブイユのお話』（一八五一）といったメルヴェイユーの名作が生まれた。さらにエッツェルはギュスターヴ・ドレの挿絵が入ったペローの『コント集』（一八六二）をはじめ、メルヴェイユーの古典的名作に挿絵を付けた児童書も出版した。しかしその後はジュール・ヴェルヌの『海底二万里』（一八七〇）をはじめとするＳＦが人気を博し、メルヴェイユーは全般的に影を潜める。それゆえ同時期に著された『祖母の物語』は、いわばメルヴェイユーの最後の輝きであったともいえる。

この時代には、近代化の進展の中で、すでに書き手も読み手も伝統的なメルヴェイユーの世界をそのまま享受することはできなくなっていた。そのためサンドはこの作品集において、メルヴェイユーに新たな息を吹き込み、二つの点で現代性を付け加えようとしたように思われる。それは第一に、自然を人知を超えた驚異とみなす考え方を、科学的懐疑のまなざしによって相対化した点である。第二に、メルヴェイユーを成り立たせる基盤を妖精のような超自然的存在ではなく、どこにでもいる人間のはかりがたい内面に求めた点である。以下でこの二つの現代性の特徴をみてみよう。

第一の現代性——自然科学との共存

サンドにとって自然はメルヴェイユーの宝庫であり、「妖精の女王」であった。「ばら色の雲」「勇気の翼」などでは、自然が物語の舞台として重要な役割を果たしている。また「花々のささやき」、「赤い鎚」、「牡蠣の精」、「埃の妖精」では、花や風、石、牡蠣、埃といった自然界の事物が主人公である。

しかしながら、伝統的なメルヴェイユーとサンドのそれとを比較すると、共通点とともに相違点もあることがわかる。まず、自然の事物が声を発し、農民（『祖母の物語』では子どもたち）が特権的にそれを聞き分ける「力」をもつという点では共通している（海の精霊の声を聞くクロピネ、樫の木の声を聞くエミなど）。しかしサンドはその「力」が、第三者が実証しうる事実かどうかに対しては一定の懐疑を提示する。たとえば「ものを言う樫の木」や「勇気の翼」では、木を揺らす風や変わった鳴き声の鳥に言及し、それがあたかも自然の事物が声を発しているように感じられることを示唆している。あるいは「ピクトルデュの城」では、主人公のディアーヌが自分の見た貴婦人の姿が夢か現か判じかねている場面で、そういう場合は迷ったままの状態に留めておくことが最善だと述べている。

そして『祖母の物語』には自然科学の知識が多く取り入れられている。一見すると近代自然科学とメルヴェイユーは矛盾するように思われる。しかしサンドは両者を対立させず、不可思議な現象への人間の畏敬や驚異の念などメルヴェイユー本来の要素を残しながらも、そこに近代的な科学の視点を加えた。「地球の歴史」と「妖精劇」を重ね合わせたように、サンドはイマジネーションの力によって科学とメルヴェイユーを共存させようとしたのである。

第二の現代性——無意識の重視

第二の特徴は、いわば人間の無意識の問題である。『祖母の物語』では、登場人物たちが眠っている最中、あるいは半睡半醒の状態の時に妖精など超常的なものが出てくる夢を見る。夢の中で登場人物たちは、現実と記憶が混じり合った自分の無意識の世界に近づく。たとえば「コアックス女王」では、主人公のマルグリットが夢の中で、幼い頃に祖母が語り聞かせてくれた妖精物語や寓話の要素が入り混じった世界をさまよう。「勇気の翼」では、クロピネに翼の幻想が現れるのはもうろうとして砂丘をさまよっている時だけである。つまりこの作品集のメルヴェイユーには、登場人物の人生と深く結びついたそれぞれ固有の無意識の世界が描かれている。伝統的なメルヴェイユーのように妖精が予定調和的に登場するのではなく、それぞれの人物の無意識に応じた多種多様な不可思議を描いている点が、サンドのメルヴェイユーの特徴といえる。

メルヴェイユーの力

『祖母の物語』のメルヴェイユーは、単に非現実的・超常的な場面ではない。それは眠りや身近な自然など、登場人物たちの日常の中に現れる。そこではメルヴェイユーは現実世界から切り離されたものではなく、密接に結びついたものとして描かれる。

サンドは、現実とメルヴェイユーとのつながりを多様な形で描いている。たとえば「巨岩イエウス」では、メルヴェイユーは現実の明らかなメタファーである。主人公のミケルは幼い時、家が巨岩の転落によって土砂に埋まるという不運に見舞われるが、やがて自分の手一つで家を掘り出す作業にとりかかる。すると夜ごと、土砂でできた巨人の姿を夢に見るようになる。ミケルが作業を進めるにつれて、巨人の手や足が不自由になっていき、やがて家がすっかり掘り出された時には巨人は消える。ここでは土砂の巨人がミケルの労苦のメタファーとなっている。一方「コアックス女王」では、少女マルグリットがカエルになってしまった女王を夢に見る。女王はかつての美しさを取り戻そうと躍起になった果てに恐ろしい死に方をする。ここではカエルの女王が、虚飾を捨てあるがままの自分を受け入れるべしという少女への戒めの象徴となっている。

さらにサンドは、メルヴェイユーを通して登場人物たちが成長する過程を描いている。「ばら色の雲」では、「気まぐれ」の象徴である「ばら色の雲」を後生大事にしていた主人公のカトリーヌが、夢の中で雲をほどいて糸にすることで、自身の気まぐれな性質を克服する。「勇気の翼」のクロピネも、やはり夢うつつの状態の時に翼＝勇気を手にする。

「ピクトルデュの城」に見られる「詩と感情と想像力を通して見出された現実」という言葉も、こうしたサンド特有のメルヴェイユーの意義を端的に表していて示唆的である。主人公のディアーヌは「詩に親しんだ、したがってメルヴェイユーに親しんだ少女」で、幼い時にピクトルデュの城で話しかけてきた頭のない彫像に魅入られ、その欠けた頭部を長いあいだ探し回る。だがようやく探し出した彫像の顔は、彼女が物心つく前に亡くなった母の顔であった。ディアーヌのこの体験は、人間にはメルヴェイユーを経なければたどり着くことのできない現実もあるということを語っている。

サンドはこうして、『祖母の物語』においてメルヴェイユーに大きな力があることを強く打ち出した。それは何よりも、子どもたちがメルヴェイユーの世界に生きているからであった。サンドは自伝『我が生涯の記』で次のように述べている。

子どもの暮らしからメルヴェイユーを取り去ること、これは自然の掟に反する行為である。

そしてサンドは、メルヴェイユーこそ、未来の理想の世界へと子どもたちを導くものであるとも考えていた。

現実の世界から夢の世界へ、あなたたちを解き放つだけで十分なのです。夢見て、想像して、メルヴェイユーをつくり出しなさい。いくらやってもやりすぎるということはありません。私たちが信じるべき未来の理想世界は、臆病で不完全な私たちの魂のあこがれをはるかに超えるだろうから。

「犬と聖なる花」を締めくくるこの言葉には、作家の思想がそのまま現れている。サンドにとって、物語とは現実を写しとるだけのものではなかった。ときに「理想主義的作家」と呼ばれるように、サンドは作品の中でしばしば理想の人間像や世界像を描いた。彼女は自身が常にメルヴェイユーに導かれ、物語の力によって人間や世界のあるべき姿を描き続けることを作家の使命と考えていたのである。

いわばサンドの現代的コント、現代的メルヴェイユーの集大成である『祖母の物語』は、いつの世も古びることなく、子どもたちを物語の世界へと誘うだろう。そして十三篇の作品のどれをとっても、そこには子どもたちに自らの詩と感情と想像力を自由に駆使して未来の世界へとはばたいてほしいという、作家の心からの願いが込められている。

受容の歴史

ジョルジュ・サンドと日本

和田傳訳『森の笛師』表紙（ポプラ社，1951年／梁川剛一画／©梁川美恵子）

現在わかっている限りで、サンド作品の翻訳書（完訳）が日本で最初に出版されたのは一九一二年（大正元年）であり、以来、わが国におけるサンド受容の歴史はちょうど一世紀を経たことになる。このセクションでは、日本におけるサンドの翻訳・研究の歴史と現状を概観し、二世紀目に入ろうとしている「サンドと日本」の関係の今後を展望することにしたい。その際、一九八九年に開かれた「ジョルジュ・サンド展」と、二〇〇四年に日本ジョルジュ・サンド学会が開催した国際シンポジウム（いずれも東京開催）を、受容・研究史を画する出来事と捉えることになるだろう。

明治維新以来、大々的に西洋の文物・思想を取り入れて、欧米の近代的価値観がある意味で血肉となっている私たち日本人は、近代西洋的な歴史観・社会観・政治観・芸術観といったものもいまやなかば自明のものとして共有している。このような前提のもとで、十九世紀フランスを代表する女性作家であるサンドの人と作品が日本にいつどのように紹介され、どのように受容されてきたのかを考えることは、西洋的価値観を問い直すこと、さらには他文化の受容とはそもそもどのような行為であるのかを再考することにもつながるであろう。

日本では、西洋の先進国に追いつくために、ひたすらかの地の科学・芸術・学問を輸入した時期があった。十九世紀半ばの開国後および第二次大戦での敗戦後の時期である。しかし一九五〇年代の高度経済成長期になると、日本人は経済的発展とともに自らの文化に対する自信を取り戻し、西洋崇拝の思潮は沈静化していく。このことは、ある意味では西洋文学の紹介・翻訳にブレーキをかけることになり、サンド作品もその大きな波をかぶることになった。これについては第1章「サンド作品の邦訳概史」で述べることになろう。

ところで、これまで「解釈の新しい視座」のセクションで詳しく見てきたようなサンドの多面性に関しては、フランス本国における評価もさまざまであった。また、彼女の伝記上のエピソードのみが人々の興味を引き、作品があまり顧みられない時期もあった。日本においても事情はほぼ同様である。さらに、サンドに限らずある作家の全容を知ろうと思えば、一般的にはまずは作品翻訳の充実が求められるが、サンドに関してはわが国の現状はその点で必ずしも十分とは言えない。第2章では、このような状況下で彼女の日本での知名度、評価、イメージなどを決定してきた「伝記の出版動向と文学史上の位置」について考察する。そして「研究史」を扱う第3章では、日本のフランス文学研究者たちがサンド作品のどのような要素に注目し、どのような分析視角をもって研究してきたかを概観する。（坂本千代）

第1章 サンド作品の邦訳概史

坂本千代・平井知香子

本章では、まずサンド作品の邦訳史の全体像を把握するため、最初の邦訳以降二〇一〇年までの流れを概観したあと、これまでわが国で特に親しまれてきた彼女の田園小説と童話の翻訳について詳しく検討し、サンド作品の日本における受容の状況を考えてみよう。

1 邦訳史概観

初期の邦訳（大正時代）

二〇〇年以上の長きにわたる鎖国の眠りを黒船によって覚まされ、明治維新の世となってから、日本人はがむしゃらに西洋の文物を取り入れて欧米の先進国に追いつこうとした。文学の分野においても、最初は西洋人の価値観やものの見方を勉強するため、後には「一般民衆を啓蒙する」ために、古典・現代文学を問わず積極的に外国作品を輸入した。

このような風潮のもと、初めて邦訳されたフランス文学作品は、一八七八年（明治十一年）刊行のジュール・ヴェルヌ作『八十日間世界一周』であると言われている。[1] サンドの作品はと言えば、ヴェルヌや彼と同様に当時日本で人気の高かったヴィクトル・ユゴー（原題『九三年』の邦訳『修羅の衢《ちまた》』が一八八四年に雑誌に連載された）

と比べるとだいぶ遅い。『ある旅人の手紙』および『歌姫コンシュエロ』のごく一部がそれぞれ『旅人の書簡』（一八九九年）と『旅役者』（一九〇三年）という題名で邦訳されてはいるものの、最初の本格的な作品全訳が現れたのは一九一二年（大正元年）、田園四部作（詳細は次節参照）の第一作の渡邊千冬《ちふゆ》による訳書『魔ヶ沼（*La Mare au Diable*）』である。(2) 原著者名を「ヂョルジュ・サンド」と表記したこの本は、当時の翻訳ものの傾向を反映して内容を「日本化」したいわゆる翻案であった（次節で詳説）。その七年後の一九一九年に二番目の邦訳として、同じ作品が生田春月《しゅんげつ》・中村千代子によって『少女マリイ』の題で邦訳されているが、これは英語版からの重訳であった。

三冊目の邦訳書は福永渙《きよし》による『モープラア（*Mauprat*）』であり、これも英語版からの重訳で一九二三年（大正十二年）に出版された（一九三六年には仏語オリジナルからの大村雄治の新訳『モープラ』が登場する）。翌一九二四年には田沼利男が、*La Petite Fadette*（原題「小さなファデット」。田園四部作の第三作で、のちに『愛の妖精』という邦題が定着する）を翻訳、『鬼火の踊り』という邦題で出版した。

昭和一〇～二〇年代の活況

昭和に入ると、サンドのデビュー作*Indiana*が一九三七年（昭和十二年）に『アンヂアナ』という題名で出版され、岩波文庫であったことも手伝って多くの読者を獲得した。同じ年に田園四部作の最後の作品*Les Maîtres sonneurs*の前半が、『笛師のむれ　上巻』としてやはり岩波文庫から出た（下巻は一九三九年刊）。一九四三年と四四年には晩年の童話集『祖母の物語（*Les Contes d'une grand-mère*）』中のいくつかの童話が出版された。以後、終戦の一九四五年（昭和二十年）までの傾向としては、『アンヂアナ』と『モープラ』を除けば、サンドの膨大な作品群の中で邦訳されたのは田園小説と童話だけであった。これは、同時代のフランスにおいても、サンドが一般的には「田園小説作家」としてしか認識されていなかったことが原因であろう（第2章参照）。

終戦後に出版された邦訳でまず目につくのは『彼女と彼（*Elle et Lui*）』である。暗い戦争の時代が終わって、新たな知識に飢えた日本人はむさぼるように翻訳文学を読んだ。フランス文学関係の邦訳も多く、その中にはロマン派の大詩人で作家でもあるアルフレッド・ド・ミュッセの作品もあった。この大詩人とサンドの恋――イタリア旅行、ヴェネツィアでの破局――は「世紀児の恋」として日本でも有名であり、『彼女と彼』はその顚末を小説化した作品ということで特に注目されたのであろう。一九四八年に宇佐見英治訳と小林龍雄訳、五〇年に川崎竹一訳、翌五一年に吉野耕一郎訳と、四冊がほとんど同時期に出版されている。

一九四八年には水谷謙三が中編小説『ジェルマンドル一家（*La Famille de Germandre*）』を邦訳出版した。原作は一八六一年の発表だが、フランスでも二十世紀中はほとんど読まれることのなかったマイナーな作品である。そうしたものも邦訳出版されるほど、当時の日本は翻訳文学の一大ブームだったのである。さらにこの年には、田園四部作の第一作 *La Mare au Diable* の新訳が二点、『ジェルマンの恋』と『魔の沼』という邦題で出ている（以後、この作品は『魔の沼』という邦題が定着していく）。田園四部作の第二作 *François le Champi* も同時期、一九四九年（昭和二四年）に斎藤一寛訳『捨子フランスワ』、五二年に長塚隆二訳『棄子のフランソワ』と二種類の訳書が刊行された（本書では『棄て子フランソワ』と表記）。

一九五〇年には、*Le Marquis de Villemer*（原題『ヴィルメール侯爵』）が、井上勇と小松ふみ子によって『秘められた情熱』という邦題で刊行された。十九世紀ヨーロッパの小説にはこのように登場人物の名前を題名にしたものが非常に多く、日本人にとっては内容をイメージしづらいところがあった。その点この邦題は、「身分違いの恋に悩み、互いに想いを隠し合う男女」という作品の内容を巧みに表現していると言えよう。

邦訳熱の減退から「ジョルジュ・サンド展」まで

このように昭和二十年代にはサンドの作品が次々と邦訳され、作家の知名度も上がったが、この状態は長くは続かなかった。その原因のひとつとして、サンドの多彩な作品群の全貌が十分に紹介されて日本の読書界に根付く前に、翻訳ブームの中で既訳作品が次第に埋もれてしまい、田園小説作家の面しか周知されなかったということが挙げられよう。もうひとつの理由としては、一九五四年（昭和二九年）以降の高度経済成長期を迎えると、日本人が自国の文化への自信を取り戻し、それまでの西洋崇拝熱が冷めてしまったため、翻訳文学の人気も下がってしまったことがある。そのようなわけで、昭和三十年代以後は、児童文学として受容された『愛の妖精』といくつかの童話を除き、サンドの邦訳書はほとんど絶版となってしまった。

一九六〇～八〇年代にかけては、サンドはもっぱら「ショパンの恋人」として知られていた。ショパンは日本でも人気が高く、その音楽だけでなく、恋愛も含めた劇的で短い生涯も有名だった。日本におけるサンドは、ショパンとの恋愛がらみでなければ、たいてい「ズボンをはいてタバコをふかす男装の麗人」といったイメージ（これは主として彼女が作家として知られる前の装いだったのだが）でのみ捉えられていた。

十九世紀のヨーロッパではバルザックやユゴーと並ぶ大作家であったサンドだが、没後は本国フランスでも急速に忘れられていき、その後は長らく「過去の田園小説作家」としてのみ記憶されていた。だが一九七六年の没後一〇〇年を機に作品の再評価が急速に進み、絶版となっていた作品も本国で次々と再刊されるようになった。しかし、日本では同様にはいかなかった。フランスでの関心が高まるにつれて、サンドに注目するフランス文学研究者も徐々に増えてきてはいたが、もともと限られた作品しか翻訳されていなかったうえ、ほとんどの邦訳書が絶版となっていたため、一般読者は再評価どころかサンドの作品に触れること自体望むべくもない状態であった。そのような中で一九八八年、篠田知和基《ちわき》が『フランス田園伝説集（*Légendes rustiques*）』を岩波文庫の一冊として邦訳出版した。「訳者あとがき」によれば、篠田は民間伝承のすぐれた採集者としてのサンドに注目したのであった。

日本のサンド研究にとって第一の大きな転機となったのは、一九八九年九月にフランス革命二〇〇周年を記念して東京の西武美術館で開催された「ジョルジュ・サンド展」であろう。この展覧会を機に、日本中のサンド研究者や愛好家が集まり、絶版になっていた邦訳書の復刻や新たな研究計画などが次々に生まれたのである（詳しくは第3

章2節参照)。だが、サンド作品の新しい翻訳の登場にはまだ時間が必要であった。

一九九六年、持田明子が、マヨルカ島旅行(一八三八年十一月から翌年二月まで)をめぐるサンドとショパンの往復書簡を編纂した『ジョルジュ・サンドからの手紙』を藤原書店から刊行した(こののちサンドに関する多くの書籍が藤原書店から出版されることになる)。続く九七年には、マヨルカ旅行記(*Un hiver à Majorque*)が小坂裕子訳で『マヨルカの冬』として出版された。九八年には持田がフロベールとの書簡集『往復書簡 サンド=フロベール』を刊行する。晩年のサンドはこの年下の作家と非常に親しく交わり、二人の書簡はフランスでもいまだに広く読まれ研究されている。持田はまた二〇〇〇年には、フランスの歴史家ミシェル・ペローがサンドの政治評論などのテクストを編集した『サンド 政治と論争』の邦訳も刊行している(いずれも藤原書店刊)[3]。

邦訳の新たな動向

サンド生誕二〇〇年にあたる二〇〇四年には、フランスで多くの記念行事が行われ、日本を含む世界各地でもサンドに関するシンポジウム等が開催された。それと同時に、作品の新たな翻訳や研究書の出版の機運も高まった。まず持田と大野一道の責任編集による「ジョルジュ・サンド セレクション」(全九巻・別巻一、藤原書店、二〇〇四〜、既刊一〜八巻)の刊行が始まった。この選集では、『モープラ』、『魔の沼』、『ちいさな愛の物語』(『祖母の物語』)が新訳で生まれ変わった。さらに、それまで抄訳しか出ていなかった『スピリディオン』[4]や、『歌姫コンシュエロ』(上・下)、『ジャンヌ』、『黒い町』など未邦訳だった作品が新たに訳出された。また、一族の歴史を含め、サンドが自分を語った膨大な自伝 *Histoire de ma vie* も、加藤節子訳により『我が生涯の記』という邦題で二〇〇五年に三分冊で出版されている。二〇〇四年以降はまさに、日本のサンド・ルネッサンスとも言える時期となった。

2　田園小説の邦訳

本節では、サンドの田園四部作（『魔の沼』『棄て子フランソワ』『愛の妖精』『笛師のむれ』）の邦訳について見てみよう。まず第二作と第四作について簡単に述べ、続いて最も早く訳された第一作、最後に日本で最も有名なサンド作品といえる第三作を詳しく検討する。

『棄て子フランソワ』と『笛師のむれ』の邦訳

『棄て子フランソワ』は、本国フランスでは一八四七〜四八年にかけて『ジュルナル・デ・デバ』紙に連載され、五〇年に単行本として刊行された。孤児フランソワと、彼のめんどうを見る村の粉ひきの若妻マドレーヌとの交流がやがて恋に育っていく物語である。邦訳は、先に見たように一九四九年と五二年に二種が出版された。

四部作最後の作品『笛師のむれ』（原作一八五三年刊）は、ベリーとブルボネの二つの地方を舞台とする少年少女の青春の物語で、邦訳は前述のように一九三七年と三九年に完訳が出版されたほか、五一年には和田傳《つとう》訳による子ども向けの抄訳『森の笛師』（ポプラ社・世界名作物語11）も刊行されている（扉図参照）。

『魔ヶ沼』における「日本化」

『魔の沼』（原作一八四六年刊）は、ベリー地方を舞台にやもめの農夫ジェルマンと少女マリーの恋を描いたもので、町と農村の風俗の違いがコントラスト豊かに描写されている点も特徴である。

一九一二年の渡邊千冬訳『魔ヶ沼』から二〇〇五年の持田明子訳『魔の沼』まで、この小説の邦訳は全部で十一種出版されている。わが国での人気や知名度では『愛の妖精』に一歩譲りはするが、以下に述べるように、原作の複雑な構成に起因する邦訳の問題には非常に興味深い点がある。

渡邊訳を手に取ると、まず訳者による「自序」、続いて二二ページにわたる訳者の「緒言」がある。それらの文中にはサンドの肖像の他に、ホルバインの版画《農夫》、そして国籍不明の若い農婦を描いた絵（作者は日本人）が添えられている。そして渡邊訳の最大の特徴は、小説の舞台を日本の田舎（地名は書かれていない）に移し換え、固有名詞はすべて日本人の名に変え、風俗習慣なども日本の文脈に合わせて翻案されているという点である（ただし、文章自体はかなり原文に忠実に訳されている）。主人公のジェルマンとマリーは善吉と毬《まり》、ジェルマンの息子ピエールは石坊《いしぼう》（Pierre と同じ綴りの pierre の語義が「石」であることから）という名になっている。また、たとえば「教会」は「お寺」に、六月二四日の「サン・ジャン（聖ヨハネ）祭」は「お盆」にといった具合に、キリスト教関連事項は仏教の風習に置き換えられている。この「日本化＝翻案」によって、サンドの時代のベリー地方と、十九世紀あるいは二十世紀初頭の日本の地方の風景が、実に興味深い形で融合することになった。

冒頭の「緒言」によれば、訳者はこの邦訳書の読者として、農民を含む一般大衆を想定していた。そのため、文章に関しては原作に忠実な訳出を心がけながらも、内容を日本人にとってなじみやすいものにするために、固有名詞などの「日本化」を行ったのである。しかし、当時すでに日本の翻訳界において、このような西欧の書物の翻案の習慣はすたれつつあり、この作品も二番目の邦訳以降はごく普通の翻訳がなされた。

『魔の沼』の芸術・社会論の扱い

『魔の沼』の原作の最初の二章は、物語の背景として語り手が芸術や社会を論じている部分で、主題である主人公たちの恋愛に直接の関係はない。この二つの章を邦訳はどのように扱ってきたのだろうか。最初の渡邊訳、三番目の田沼利男訳（『悪魔が淵』一九三二年）および十番目の谷村まち子訳（『魔の沼』一九六四年）は最初の二章を省いている。渡邊訳ではそのかわりに、訳者による「緒言」で最初の二章の内容を要約解説している。田沼訳は、春陽堂の「世界名作文庫」の一冊として刊行され、序文に作家の小伝が付されており、訳者はそこでサンドの作品がわかりやすく肩の凝らないものであることを強調している。おそらく田沼は、サンドが最初の二章において語り手の口を借りて述べている芸術や社会への考察が、日本の読者には難解すぎ、興味をひかないと判断して、これらの章を割愛したのであろう。偕成社の「少女世界文学全集」の一冊として刊行された谷村訳も、割愛の理由は同様であったと考えられる。

『魔の沼』の「付録」

また、原作の最後には、ジェルマンとマリーの結婚に言寄せてベリー地方の婚礼の風習について述べた「付録」がついている。しかし、最初の三つの邦訳（渡邊、生田・中村、田沼）、七番目の川崎竹一《たけいち》訳（一九四九年）、および十番目の谷村訳にはこの「付録」は訳載されていない。

先に述べたように、渡邊は最初の二章については「緒言」で要約を示したが、「付録」には何も触れていない。彼は最初の二章で述べられているような、失われゆく田園に対するサンドの危機感には共感したものの、ベリー地方の慣習にはあまり関心がなかったようである。それは彼が物語の舞台を日本に移し替えたことからも明らかである。一方、生田と中村が英語版から重訳した二番目の邦訳は、底本とした英語版にはこの「付録」がついていたにもかかわらず訳出していない。おそらく田沼も含め、第二次世界大戦前に出版された最初の三つの邦訳の訳者らは、『魔の沼』の民俗的な要素には興味をひかれなかったし、日本の読者に紹介する価値を見出さなかったのではないかと推測される。

しかしながら、一九四五年の第二次世界大戦終戦によって、わが国の知的世界も一新することになった。翻訳の分野でも、西欧の文学作品を自国の都合に合わせてとりいれることもしばしばだった戦前とは違い、翻訳者たちは原作の形式と内容をできる限り忠実に読者に伝えることに精力を注ぐようになった。『魔の沼』についても、戦後に出た八つの邦訳のうち、先に挙げた川崎訳・谷村訳を除く六つは「付録」を訳載している。川崎は巻末の解説の中で、「この作品の純粋な魅力を保つために、地方の婚礼風俗のただの物語的記録である」付録は省いたと説明している。[5] 一方、谷村訳には割愛の理由は示されていないが、「少女」にターゲットを絞ったシリーズの一冊であることから、戦前の三つの邦訳と同じ方針をとったものと思われる。しかし、このように訳者が自らの価値判断によって原作の一体性を改変し、割愛や抄訳を行う翻訳の方針は当時でもすでに例外的なものであり、子ども向けの抄訳・改作を除けば、戦後の翻訳界の主流からは明らかに外れていた。

翻訳とは、たんにあるテクストを別の言語に移すだけの行為ではなく、あるテクストを解釈し、それに基づいて別の言語で書き直す行為である。とりわけ文学作品の場合、逐語訳・直訳ではかろうじて文意が伝わるのみで、その作品がどのような世界を展開しようとしているのかは見えてこない。だから、「別の言語」の語法で原作の表現を言い直す（＝作品世界を再現する）にあたり、必然的に原文を改変せざるを得ない場合があり（いわゆる「意訳」）、時には訳者による作品・作家解説が必要ともなるのである。しかしこれらの「改変」や「付加」は、あくまでも原作の作品世界を再現する目的で行われるものであり、割愛や抄訳によって作品世界そのものの構成を変えてしまうこととは全く別のことである。戦後はわが国の翻訳界でも、原作を丁寧に解釈し、その作品世界を忠実に再現し、かつ日本の読者がそれを理解するうえで有益な参考資料をできるだけ付加するといった翻訳の方針が主流となった。この傾向は『魔の沼』の最新訳（十一番目、二〇〇五年）である持田訳にも確実に継承されており、作品の舞台であるベリー地方の地図や原作と同じ挿絵が収録されているほか、サンドが雑誌などに寄稿した二つのベリー地方関連記事までもが参考資料として付け加えられている。

最も有名なサンド作品『愛の妖精』

次に、わが国で最も有名なサンド作品である『愛の妖精』（一八四八〜四九年に『ル・クレディ』紙に発表、四九年刊）に目を向けてみよう。その最初の邦訳が一九二四年の田沼訳『鬼火の踊り』であり、サンドの邦訳四作目であったことは先に述べた。その後、二〇〇九年までに五種類の完訳（一九三六年の宮崎嶺雄訳、五三年の小林正訳、六二年の田中倫郎《みちお》訳、六六年の篠沢秀夫訳、七三年の権守操一《ごんもり》訳）が出版されている。この他に十種類ほどの抄訳や、子ども向けの改作も出ている。これらを全部合わせると三十点ほどになり、その中には少なくとも二点のコミック版が含まれている。

ところで、前述の通り、日本では昭和三十年代以降長い間、一般の読者が入手しうるサンドの小説はこれのみであった。他の作品が忘れ去られていた時期にも『愛の妖精』が根強い人気を持ち続けていた理由のひとつは、宮崎のつけたこの邦題にあるのではなかろうか。原題そのままに『小さなファデット』としたのでは、普通の日本人にはいったいどんな話なのか、作品のイメージを抱きにくかっただろう。このミステリアスで詩的な邦題は日本の読者を大いに惹きつけ、以後ほとんどの邦訳がこの題名を踏襲することになった。この小説が人気を集めた二つめの理由は、十八世紀末のフランスの農村という、われわれにとってエキゾチックで、同時に一種のノスタルジーを呼び起こす世界を舞台としていること、さらに主題が若者たちの初恋物語であったことに、普遍性と魅力があったからであろう。そして最後に、『魔の沼』と違って作品の構成がかなりシンプルでわかりやすいことも、青春文学としての人気を保ち続けた理由に加えることができる。

3　童話の邦訳――『祖母の物語』の受容

児童文学作家としてのサンドをわが国に定着させたのは、彼女が晩年に孫のオロールとガブリエルのために語り聞かせていたコント（［架空の］短い物語、小話、おとぎ話、童話。「3　田園のイマジネール」第3章参照）をもとにした童話集『祖母の物語』（持田・大野責任編集の「ジョルジュ・サンド セレクション」では『ちいさな愛の物語』に改題）

『祖母の物語』各話の邦題・原題・発表時期［新聞・雑誌での発表順。太字は本書内での表記］

邦　題	原　題	発表時期
①かえるの女王／**コアックス女王**／女王コアックス	*La Reine Coax*	1872年 6 月
②薔薇色の雲／**ばら色の雲**	*Le Nuage Rose*	1872年 8 月
③**勇気の翼**	*Les Ailes du courage*	1872年12月
④ピクトルデュの館／**ピクトルデュの城**／母のおもかげ	*Le Château de Pictordu*	1873年 3 月
⑤**巨岩イエウス**	*Le Géant Yéous*	1873年 4 月
⑥**巨人のオルガン**	*L'Orgue du Titan*	1873年12月
⑦東洋の薔薇／**花のささやき**／花たちのおしゃべり／薔薇と嵐の王子／そよかぜとばら	*Ce que disent les fleurs*	1875年 7 月
⑧赤槌／赤い槌／**赤い鎚**	*Le Marteau rouge*	1875年 7 月
⑨塵姫さん／**埃の妖精**／ほこりの妖精	*La Fée Poussière*	1875年 8 月
⑩**牡蠣の精**	*Le Gnome des huîtres*	1875年 8 月
⑪**ギョロ目の妖精**	*La Fée aux gros yeux*	1875年 9 月
⑫エンミとものいふ樫／ものいうカシの木／エンミとカシの木／**ものを言う樫の木**／エミとナラの木	*Le Chêne parlant*	1875年10月
⑬白象物語／犬と神聖な花／**犬と聖なる花**／白犬物語／犬――ルシアンさんのおはなし	*Le Chien et la fleur sacrée*	1875年11月

＊⑬は，原作が「*Le Chien*（犬）」と「*La fleur sacrée*（聖なる花＝白象の名前）」の二部に分かれているのを，邦訳ではそれぞれ単独の作品として訳すことが多かった。

である。十三篇の物語からなるこの作品集は『ル・タン』紙と『両世界評論』誌に作品ごとに発表された後、『ピクトルデュの城（*Le Château de Pictordu*）』（一八七三年）、『ものを言う樫の木（*Le Chêne parlant*）』（没後の一八七六年）の上下二巻にまとめられ、出版された。わが国でこの童話集の一部が初めて紹介されたのは、一九四三年に出版された麻上俊夫編訳による『白象物語』（表題作含め六篇収録）で、一九一二年の初邦訳『魔ヶ沼』から三一年後、第二次世界大戦の最中のことであった。

大人にも広く読まれた作品

そして翌一九四四年には杉捷夫《としお》訳『薔薇色の雲』（表題作含め二篇収録）が出版されている。これは十三篇からなる『祖母の物語』のうち、表題作と「ピクトルデュの館」の二篇を訳出したもので、杉は五年後の一九四九年には、上記二篇に「ものいうカシの木」を加え、『祖母のものがたり』という題で出版している。さらにその後これを『ばら色の雲』と改題したものが、一九五四年に岩波少年文庫として刊行される。一九八〇年には二三刷を数えたこの文庫版は大人にも広く読まれ、かなりの読者を得たと思われる。

一九四九年には中平解《さとる》訳注『花のささやき』、一九五八年にも同訳注『赤槌』が出版された。この二冊はフランス語を学ぶ学生向けのテキストとして編集されたもので、左ページに原文と文法解説、右ページに翻訳を載せた対訳本であった。

子ども向けの作品

一方、もっぱら児童向けに出版されたものの最初が、壺井栄訳『ばら色の雲』(講談社・世界絵童話全集3、一九六二年、ペロー『シンデレラ姫』併録)である。壺井はサンド作品を、小学校低学年向きのほとんど絵本に近いものとしてまとめることに苦慮したようである。

一九七一年には、小学五年生用の教材『五年の学習』(学習研究社)に生源寺春子訳『エンミとカシの木』(「ものを言うカシの木」)が付録として付けられている。サンドのコントが教材に用いられた珍しい例である。

一九七二年に刊行された山主敏子訳・編著『母のおもかげ』(偕成社・世界少女名作全集38)は、「ピクトルデュの城」を子ども向けに編訳したものである。訳者によれば、題名の「ピクトルデュ」という地名がなじみにくいので、日本の子どもたちにもイメージがつかみやすい邦題を付けたという。なお、小学校中・上級生を対象とした偕成社のこの全集には、『赤毛のアン』や『若草物語』、『ポールとヴィルジニー』といった児童文学を代表する作品が含まれており、サンドのこの作品が児童文学の古典として受け止められていたことがうかがわれる。

一九七三年に出版された石沢小枝子訳『ばら色の雲』(講談社・こどもの世界文学12)は、表題作と「かえるの女王」(原題「コアックス女王」)の二作品を収録している。訳文がわかりやすく、挿絵も豊富で、小学校低学年から読むことができる。

近年の新しい動向

二十世紀末には、ピエール・G・カステックスをはじめとする批評家による優れた幻想文学論が輩出した。その動向を受けて出版された白水社の『フランス幻想文学傑作選3』（一九八三年）には、大矢タカヤスによる「巨人のオルガン」の本邦初訳が収録されている。また一九九二年に出版された平井知香子訳『コアックス女王』では、フィリップ・ベルチエやマックス・リュティによる同作品の最新の解釈をもとに、精神分析や形態論の視点から作品分析が行われている。二〇〇四年刊行の『薔薇と嵐の王子』（ニコル・クラヴルー画、田中真理子訳）は「花々のささやき」を絵本化したものである。この作品には、子どもだけが生命の神秘に触れることができるというサンドの児童観がよく現れている。クラヴルーの絵の圧倒的な存在感もあいまって、サンドの童話を現代に生き生きと蘇らせている。また、「花々のささやき」はほかにも絵本化作品がある（『そよかぜとばら』鶴見雅夫訳、深沢邦朗画）。

二〇〇五年に前述の「ジョルジュ・サンド セレクション」の一冊として刊行された小椋順子訳『ちいさな愛の物語』は、『祖母の物語』十三篇の中から十篇を選んで訳出したものである（ピクトルデュの城、女王コアックス、ばら色の雲、勇気の翼、巨岩イエウス、ものを言う樫の木、犬と神聖な花、花のささやき、埃の妖精、牡蠣の精）。二〇〇八年には樋口仁枝訳『花たちのおしゃべり――『おばあさまの物語』より』が出版された。収録されているのは『祖母の物語』から選ばれた四篇「花たちのおしゃべり」「エミとナラの木」「ギョロ目の妖精」「犬――ルシアンさんのおはなし」と、「風――ほこりの妖精」である。最後の「風――ほこりの妖精」は未発表作品である。サンドはその内容の一部を改稿した「埃の妖精」を『祖母の物語』に収録し、その土台となった「風」の方は出版の機会を失い、手書き原稿のまま長らくパリ歴史図書館に保管されていた。したがってこの邦訳が世界初の公刊となった。

『白象物語』の挿絵より，象使いのアオルを背に乗せた白象（柿原輝行画，麻上俊夫訳編『白象物語』アルス，1943 ©柿原真也）

忘れられた邦訳——『白象物語』

最後に、一九四三年に出版された『祖母の物語』の最初の邦訳である麻上俊夫編訳『白象物語』について検討しておきたい。この本の出版の二年前（昭和十六年）に大東亜戦争が勃発、「日本少国民文化協会」が創立され、「児童文学」という呼称は「少国民文学」と改称された。児童文学全般が厳しく統制されるにともない、出版事情も次第に悪化していった。なぜこの邦訳書はこのような戦争まっただ中の時期に出版されたのだろうか。

『白象物語』は、表題作「白象物語」（⑬「犬と聖なる花」の第二部のみを訳出し、「聖なる花」という名の白象のことをタイトルにしたもの）のほか、「エンミとものいふ樫」、「東洋の薔薇」（「花のささやき」。やはり作中に登場する花の女王の名をタイトルとした）、「塵姫さん」（「埃の妖精」）、「赤い槌」、「白犬物語」（⑬の第一部）の計六篇を収録している。「白犬物語」の語り手であるルシアン氏を「犬蔵《いぬぞう》さん」としている（フランス語の Lechien と le chien［犬］をかけた言葉遊び）のは、渡邊訳『魔ヶ沼』の固有名詞の日本語化と同様ユーモラスである。

「白象」が表題とされたのは、第一に動物園での象の人気と関係がある。上野動物園が一八八二年に開園されて以来、全国の子どもたちは動物に夢中になり、とりわけ象は人気を博していた。第二に、この表題には、日本軍の東南アジア侵攻が行われている状況下で、子どもにもアジアへの関心を持たせるという意図があった。「少国民文学」の分野では、東南アジアやハワイに題材をとった物語や絵本が啓蒙的な役割を担っていたのである。「白象物語」の主な舞台はビルマであり、インド、タイ、バンコク、マレー半島、イラワジ河などの国名や地名が出てくる。また「東洋の薔薇」もまさにこの目的にうってつけの題名であった。

そして何より、「白象物語」のあらすじが戦争賛美に利用された点は無視できない。主人公の幼い白象が人間による象狩りにあったとき、母象は子象を身を挺して守ろうとし、投槍で殺されてしまう。戦時中、子どものために犠牲を払う母のイメージは「銃後の母」として推奨されるべきものであり、母象はまさにそのシンボルとなりえた。さらに、物語には戦いの場面も多く、ビルマと隣国との戦争や、象使いの少年アオルと悪漢との戦いが描かれる。結末ではアオルが悪漢に受けた傷がもとで死に、その後を追うように白象も彼の墓の上で息絶える。まさに「戦いの中の友情」を描いた作品として、戦時中の日本人の心に訴えるものがあったのである。以上のように、象の人気、アジアへの関心、子を守る母親像、死をもいとわず敵と戦う勇者と象の友情、これらが神聖な「白象」のイメージの中に凝縮されたことで、この時期における『白象物語』の出版が可能となったのである。

『白象物語』が収められている「新日本児童文庫」（アルス）[6]は、外国や日本の童話、童謡だけでなく、歴史や動植物、科学など幅広いジャンルにわたる作品を収めた百科事典的シリーズである。有名挿絵画家が絵を添え、小川未明や北原白秋など著名な文学者たちが執筆・編纂したもので、定価は一円と低く抑えられ、当時の円本ブームの一端を担った文庫であった。『白象物語』の巻末にも、この文庫が「広く少国民の知識趣味の向上に必須」であるという広告文が掲載されている。しかし戦争の影は色濃く及んでおり、巻末には同時に、関東軍報道部長を務めた陸軍大佐長谷川宇一の『戦線美談　軍旗の下に』といった戦争賛美の書もシリーズ既刊として列記されている。文庫に収められた小川未明、百《もも》田《た》宗《そう》治《じ》ら児童文学の大家たちの作品にも、戦争を鼓舞するような内容の童話が多いのには驚かされる。サンドがこの事実を知ったならば何と言っただろうか。

晩年、サンドはノアンの館で孫娘たちに『祖母の物語』を読み聞かせていた。『白象物語』＝「犬と神聖な花」を読み終わって感想を聞くと、孫娘たちは感動のあまり泣き崩れたという。この作品が、わが国では『祖母の物語』の最初の邦訳として、『白象物語』というタイトルで、美しい装丁で世に出た。しかし、それを可能にしたのは戦争賛美の情況であった。小さな物語で子どもたちの心を豊かにしたいと願った作家の思いとかけはなれたところで、戦時中の「少国民の啓蒙」の役割を担わされたこの作品は、戦後すっかり忘れ去られた。物語の存在自体、二〇〇五年の「ジョルジュ・サンド セレクション」での『ちいさな愛の物語』刊行まで、多くの人が知らなかったことだろう。

以上のように、戦争賛美と「少国民の啓蒙」に利用されるという最初の不幸な経緯はあったが、サンドの『祖母の物語』はその後も新たな邦訳が生み出され、現代にいたるまで読み継がれてきている。それはこの童話集が、わが国の子どもたちに夢や愛、希望、自然の美しさへの憧憬、空想の豊かな力など、計り知れない財産を手渡してくれるからにほかならない。

第2章

伝記の出版動向と文学史上の位置

坂本千代・髙岡尚子

本章ではサンドの日本における受容について、日本語で書かれた伝記・評伝（翻訳を含む）や、彼女の生涯に題材をとった創作（フィクション作品）、また、フランス文学史に占めるサンド作品の位置などから見ていくことにしよう。

1　伝記と文学作品

日本語で出版されたサンドの伝記・評伝や、彼女の生涯にテーマをとった創作がこれまでにどれくらい出版されているかを正確に言うのは難しい。というのは、ミュッセやショパンとの恋愛だけに焦点をあてているものや、彼らの視点に立ってサンドを描いているものなどもあり、それらを「サンドの伝記」「サンドの生涯をテーマとする作品」と呼べるかどうかには異論もあるからである。だが、一応の目安として、初の伝記刊行の一九四八年から二〇一〇年までの間に発表されたものとして、伝記・評伝が十五冊（うちフランス語からの翻訳が六冊）、戯曲が二作品（うち一つはポーランド語からの翻訳）という数をあげておきたい。以下、この十七作品の内容を概観する。

初期の伝記から最初の本格的評伝まで

まず伝記・評伝を見てみよう。右に述べた十五冊のうち、サンドの生涯と作品を比較的網羅的に扱ったものは十一冊である。ただしこれらは、かなり学術的なものから若い読者向けの「偉人伝」ふうのものまで、内容に大きな幅がある。その他の四冊は、有名なミュッセやショパンとの恋愛に焦点をあてたものがそれぞれ二冊ずつである。

第1章で見たように、サンドは明治時代から日本人に名前やイメージが知られていたのであるが、日本人著者による単行本の伝記としては、終戦間もない一九四八年に出版された近藤等《ひとし》著『情焔の作家ジョルジュ・サンド』がおそらく最初であろう。これは著者の言葉を借りれば「彼女の心を咬《か》んでいた情欲の悪魔」に突き動かされたサンドの恋愛を中心に描いた伝記である。

一九五四年には、作家アンドレ・モロワの『ジョルジュ・サンド』の邦訳が河盛好蔵・島田昌治訳で出版された。これは当時まだ本国でも公刊されていなかった一次資料なども駆使してサンドの全生涯を詳しく描いた労作であり、これによってジョルジュ・サンドという人物の全体像がかなり正確かつ詳細にわが国の読者に知られるようになった。

このあと、日本のサンド研究を大きく前進させる本格的な評伝が出るまでに二十年余が必要であった。それが一九七七年刊の長塚隆二著『ジョルジュ・サンド評伝』である。一九五二年に『棄子のフランソワ』を訳してもいる長塚は、サンドの生涯を「先祖のエピソードと彼女の幼年時代まで」「娘ソランジュの誕生まで」「ショパンと出会う頃まで」「ショパンとの恋から彼女の死まで」という四つの時期に分けて、本名「アマンティーヌ・オロール・リュシル・デュパン」に関わる新事実などを含め、伝記的事象と作品を詳しく解説している。また、巻末資料としてほとんど全作品を網羅した「ジョルジュ・サンド略年譜」や、著者が所蔵する未発表資料を含む詳細な参考文献リストも付されており、日本のサンド研究者必携の一冊となった。

一九八〇年代以降の活況

一九八八年になると、池田孝江が『ジョルジュ・サンドはなぜ男装をしたか』を出版する。表題ともなっている問いに関して、著者はサンドの子ども時代にその原因を探している。男装をテーマとしてはいるが、作家の全生涯に言及した伝記である。

一九九〇年代以降はサンド研究が活況を呈し、多くの評伝が出版された。手頃な入門書の役割も担っているものとしては、九七年刊行の坂本千代著『ジョルジュ・サンド』、二〇〇四年刊行の持田明子著『ジョルジュ・サンド一八〇四－七六』があげられる。いずれもサンドの生涯をたどりながら、主要作品をコンパクトに紹介・解説している。坂本の九二年刊『愛と革命　ジョルジュ・サンド伝』、詩人こやま峰子の九四年刊『ノクターンの恋人たち』は、主にティーンエイジャーの読者を対象に書かれた親しみやすいサンド伝である。九八年には音楽美学研究者で『マヨルカの冬』の訳者でもある小坂裕子が『自立する女ジョルジュ・サンド』を出版した。これはサンドの生涯の画期となったいくつかの出来事（ショパンとの恋など）にスポットをあて、それが反映されたと思われる作品を解説したものである。

フランス人が書いた伝記の邦訳としては、一九八一年にマリー＝ルイーズ・ボンシルヴァン＝フォンタナ著『ジョルジュ・サンド』が持田明子訳で出ている。これは資料としてサンドの書簡を駆使し、できるだけサンド自身に語らせるというスタイルの伝記である。九一年にはユゲット・ブシャルドー著・北代美和子訳『ジョルジュ・サンド』が刊行される。教育学者でフランスの環境問題担当大臣を務めたこともある著者は、サンドの生涯から「八つの日付」（一八二一年九月十七日、一八二八年一月二二日など）を選び出して、そこから話を広げていくというユニークな手法をとっている。

「ヴェネツィアの恋」をテーマとする著作

日本でも早くから有名だったサンドと詩人ミュッセの「世紀児の恋」については、これまで多くの本が出ており、映画化などもされている。日本で最初に出た本は一九七二年のシャルル・モーラス著『ヴェネチアの恋人たち ジョルジュ・サンドとミュッセ』の邦訳である。モーラスは第二次世界大戦中、対独協力路線をとったヴィシー政府（一九四〇～四四年、中部の町ヴィシーに首都が置かれたことから）を擁護したため、終戦後に終身禁固刑に処せられた文筆家であった。彼はこの本で、恋人たちのイタリア旅行の終点ヴェネツィアのホテル・ダニエリでの一八三四年二月の出来事（病気のミュッセを看病していたサンドがパジェロ医師と恋仲になる）に焦点をあてている。二人の作品や書簡、知人たちの証言など多数の資料を引証に用いた説得力のある著作だが、サンドに対しては「まったくなんとみごとな怪物だろう」などと厳しい目が向けられている。

二〇〇〇年に持田訳で出たベルナデット・ショヴロンの『赤く染まるヴェネツィア サンドとミュッセの愛』もまた、この有名な恋のいきさつを、当事者たちの書簡、日記、紀行文、自伝、作品などを駆使して詳細に描いている。著者はグルノーブル大学教授でサンド研究者であり、他にもサンド関係の著作を発表している。

ショパンとの恋愛をテーマとする著作

ショパンとの恋愛については、まず一九八二年に小沼ますみが『ショパンとサンド 愛の軌跡』を発表した（二〇一〇年に新版刊行）。ショパンとの間でかわされた手紙は、彼の死後にサンドが大部分を焼いてしまったが、二人から他の人々への書簡や、知人たちの手紙で彼らへの言及があるものなどは残されている。小沼は主にそれらの一次資料をもとに、可能なかぎり客観的に二人のロマンスの歴史をたどろうとしている。もちろん、サンドの紀行文や自伝からも彼ら二人の生活をうかがい知ることはできるが、それらも作家の「作品」であるかぎり、事実とかなり隔たった記述がなされている場合もあるわけで、作家の評伝を著す際にはその点を注意深く見きわめる必要があるのである。

一九九二年には、サンド研究者シルヴィ・ドレーグ＝モワンの『ノアンのショパンとサンド』が小坂裕子により翻訳された。二人が七回の夏を過ごしたノアンのサンド邸での日々が描かれている。巷に流布した紋切り型の伝説やイメージを超えて、彼らの関係や生活が実際にはどんなものだったかを知りたい読者には非常に有益な本である。

戦前のことになるが、一九三六年、「ノアン滞在中のショパン」を題材に、ポーランドの作家ヤロスワフ・イワシキェヴィチが書いた『ノアンの夏』という戯曲がワルシャワで上演された。舞台袖ではショパンの名曲が演奏され、大いに人気を博したようである。それから六〇年以上経った一九九八年、この戯曲の邦訳が出版された。

また一九九九年初演（出版は翌年）の斎藤憐《れん》による『ジョルジュ』は、舞台上にサンドと、彼女を支える弁護士ミッシェル、その傍らでショパンの曲を演奏するピアニスト（黒子的存在として物語の外にいる）の三人だけを配し、サンドとミッシェルの往復書簡の朗読を通してショパンとのなれそめから破局までを描いた戯曲である。なお、その他のフィクション作品として、サンドを主役としたものではないが、二〇〇二年に作家の平野啓一郎が発表した長編小説『葬送』がある。三年後に死を控えたショパンと旧知の画家ドラクロワとの関係を主軸にした物語で、サンドとの愛の確執も詳しく描かれている。

ミュッセやショパンとの恋愛を主題とした作品を通観してみると、前述のモロワの邦訳（一九五四）以降の伝記・評伝の貢献もあって、さすがに「男を食い物にする妖婦」のごときイメージは影を潜めている。しかし「恋愛沙汰」に注目することによって、これらの創作がサンドの作家としての真価を等閑視していることは否めないであろう。

2　文学史上の位置

ある作家について知りたいと思った時、伝記や評伝だけでなく、「文学史」の分野の書物をひもとく場合も多い。作家が「文学史上」どのように扱われてきたかは、作家自身および作品への評価の反映でもある。以下では、日本で出版された「フランス文学史」関連の書物の中で、サンドがどのように紹介されてきたか（あるいは紹介されずにきたか）を概観し、評価の変遷を見てみることにしよう。

伝記的要素の扱われ方

文学史における作家についての記述は、伝記的要素への言及と、作品の紹介および評価に大別される。サンドの場合、前者に関しては①ベリー地方で幼年期を過ごしたこと、②不幸な結婚の末に夫と別居し、パリに出て作家となったこと、③ミュッセやショパンなどとの華やかな恋愛を経験したこと、④晩年には「ノアンの奥方」として過ごしたこと、という四つの画期に絞られ、これ以外の経歴が言及されることはほとんどない。

また、右の四つの画期は、それぞれの時期の作品の特徴と対応するとみなされることが多い。①の経験は彼女の自然に対する親和性を育み、それが後の「田園小説」へと結実していく、といった具合である。②については、結婚の失敗があったからこそ作家ジョルジュ・サンドが誕生したと言われることも多く、『アンディヤナ』などで「女流作家が不幸な結婚を描いたこと」が、彼女の成功の直接の要因だとする認識も根強い。

③については、「モデル探し」のように多くの作品の中に彼らとの交際の細部を読みとる研究者もいれば、彼女の恋愛経験それ自体を揶揄ないし攻撃するような言及も見受けられる。この傾向は、もっぱらミュッセやショパンとの恋愛だけに焦点をあてたり、彼らの視点からサンドを描いている伝記やフィクション作品におけるサンド批判

と似通っている。あるいは、たとえば一部の文学史事典などで、「ジョルジュ・サンド」の項目は設けられていないが、「アルフレッド・ド・ミュッセ」の項目にはサンドへの言及がある、というようなこともしばしば見られる。

執筆時期ごとの作品の特徴をどう扱うか

次に、サンドの執筆活動に関する見方を検証しておこう。筆名「ジョルジュ・サンド」での第一作『アンディヤナ』(一八三二)以来、死の直前まで、サンドはほぼ途絶えることなく執筆を続けた。文学史上では本国フランスの研究成果に基づき、その全執筆期間をおおむね次のように四つに分けるのが一般的である。

◎**第一期……感傷的ロマン主義の時代**(一八三二〜三七)　主に初期の、女性にとっての不幸な結婚や恋愛の情熱をテーマにした作品群(『アンディヤナ』『レリヤ』など)が書かれた時期である。一八三七年の『モープラ』までを含むことが多い。

◎**第二期……神秘主義的社会主義の時代**(一八三八〜四五)　ラムネーやルルーら社会主義思想家の影響のもとに、ときに神秘主義的な作風を通じて理想の社会像を描いた作品群の時期である。『スピリディオン』のような作品を含むが、そうした神秘主義的作品を除外し、「人道主義的社会主義の時代」、あるいは「社会主義小説の時代」(『フランス遍歴職人たち』『アンジボーの粉ひき』など)とする場合もある。

◎**第三期……田園小説の時代**(一八四六〜五三)　田園四部作(1)(『魔の沼』『棄て子フランソワ』『愛の妖精』『笛師のむれ』)が執筆された時期を指す。

◎**第四期……牧歌的な恋愛小説の時代**(一八五四〜七六)　死去までの二十年以上にもわたる長い期間であるにもかかわらず、「その他の時期」といったように付随的に扱う文学史家も少なくないが、「牧歌的恋愛小説」を特徴とみなすのが一般的である。『ボワ・ドレの美男たち』や『ヴィルメール侯爵』(『秘められた情熱』)がこの時期の代表作とされる。

この時期区分において、作品が最も高く評価されているのは第三期「田園小説の時代」である。ベリー地方を舞台に、当地の農民だけを登場人物とするこれら四つの作品は、素朴な詩情や自然への親しみに溢れている点と、その繊細さや筋立てが称賛され、サンド作品の中で最も多くの読者を獲得しているとされる(2)。それ以外の時期については、いくつかの書物が第一期の重要性を指摘しているものの、「田園小説以外は今日色褪せてみえる(3)」との厳しい評価もある。

サンドの「代表作品」とは?

では、文学史において一般にサンドの「代表作品」とされているのは何であろうか。最もよく挙げられるのは、最初の作品である『アンディヤナ』と、田園小説の中でも群を抜いて評価の高い『魔の沼』である。次いで、同じく田園小説の『愛の妖精』と『棄て子フランソワ』が続き、初期の『レリヤ』や『モープラ』がその後を追う。第一期と第三期に対する高評価がそのまま反映されていると言えるだろう。第二期の『アンジボーの粉ひき』や『フランス遍歴職人たち』を挙げる研究者も少なくはないが、あまりに理想主義に傾きすぎており、今日ではもはや読むに値しない、と切って捨てられることもある。一方で第四期については、本書の「解釈の新しい視座」のセクションでもたびたびとりあげられている『我が生涯の記』や『祖母の物語』など重要な作品を含んでいるにもかかわらず、ほとんど黙殺されてきた。

再評価の動向

しかし、こうした文学史におけるサンド評価の傾向は見直されつつある。日本でもとりわけ第1節でふれた一九八九年の「ジョルジュ・サンド展」以降、新たな視点でサンドを読み直そうという再評価の機運が高まり、特に第二期と第四期の作品に注目する文学史研究が増えてきている。また従来サンドの作品は、早書きと多作を理由に

「あらすじや構成が安易で軽薄なものが多い」と指摘されることが多かったが、作品や資料の丁寧な読解と解釈によってこうした一面的な見方も克服されつつある。以下、一九九〇年代以降の評価をいくつか引用しておこう。

「作者の理想主義ゆえに子ども向けの小説と見なされてきたサンドの作品には、同時代の多様な潮流が見られることが明らかになり、今日では、ピエール・ルルーやフリーメーソンなどの神秘主義的思想が色濃く現れている作品『スピリディオン』、とりわけ『[歌姫]コンシュエロ』とその続編『リュドルスタット[ルードルシュタット]伯爵夫人』が彼女の傑作と認められている」(田村毅・塩川徹也編『フランス文学史』[4])。

「フロベールをはじめ多数の文学者と交わした膨大な書簡は、時代の証言であるとともに彼女の豊かな感性と鋭い洞察力を示している。思想的にも社会的にも幅広い活動をしたことから、今後も神秘思想、社会主義、人道主義、フェミニスムなどさまざまな角度からのアプローチが可能な作家である」(朝比奈美知子・横山安由美編『はじめて学ぶフランス文学史』[5])。

「民間伝承の採取など意欲的な創作態度で多様な題材の小説や孫たちへの童話を執筆、劇作にも情熱を注いだ。記念碑的な自伝『わが生涯の歴史[我が生涯の記]』と並んで、一万八千通近くを収録する膨大な『書簡集』(全二十五巻)[邦訳はそのごく一部しかなされていない]は、十九世紀を映し出す貴重な証言である」(田辺保編『フランス文学を学ぶ人のために』の「ジョルジュ・サンド」の項、執筆は持田明子[6])。

これらの指摘は、従来の文学史ではとらえられていなかった側面に注目している。文学史研究も他の学問分野と同様、常に時代の思潮の影響を受けるのであってみれば、一人の作家の創作活動をあらゆる時代的文脈から離れて「客観的に」評価することはほとんど不可能に近い。それはひるがえせば、作家の文学史上の位置が不変ではないということでもある。サンドの作品にも、いまだ研究や分析の対象とされていない未開拓の領域が存在するはずであり、研究の発展が文学史上の位置をさらに変動させる可能性もあるだろう。

第3章　研究史

坂本千代・西尾治子・村田京子

わが国においてサンドの本格的な伝記・評伝や研究論文が現れるのは、フランス文学研究の体制と方法が確立する太平洋戦争後のことである。本章ではその研究史の沿革を、第1章でもふれた一九八九年九月の「ジョルジュ・サンド展」と、生誕二〇〇年を記念して二〇〇三年に刊行された『ジョルジュ・サンドの世界』を節目として、全体を三つの時期に分けて概観する。

1　サンド研究の曙（一九四六～八九年）

三つの「人気テーマ」

終戦直後の一九四六年から一九八九年の「ジョルジュ・サンド展」の前までに、サンドをテーマとした研究論文がどのくらい発表されたか、正確な数は把握しがたく、およそ八十という漠然とした数字しか示すことができない（ちなみに一九四六～二〇〇九年までの期間でみると、雑誌記事なども含めその数は約三〇〇となる）(1)。前章で述べた「伝記・評伝」の場合と同様、ショパンやミュッセを主題とする論文の中にサンドが登場するようなものを含めるべきか、また、何度かに分けて雑誌や紀要に発表された論文を全体で一本と数えるか、もしくはそれぞれの回を一本の論考とみなすか、といった問題があるからである。

これら約八十の論文をテーマ別に分類すると、①田園小説、②宗教思想・社会思想、③二月革命への関与という三つが、多くの論文が書かれた「人気のあるテーマ」であることがわかる。

まず①の田園小説をテーマとする論文は少なくとも十一本あり、そのうちの四本は山方達雄による（一九五九〜六四年にかけて発表）。うち一九五九年発表の「ジョルジュ・サンドの『田園小説』における社会的意義」[2]は、『魔の沼』と『棄て子フランソワ』に表現されている田園生活と農民像を分析したもので、山方は十九・二十世紀の農学者、経済学者、法学者らの研究や統計も参照しつつ、サンドが当時のベリー地方とその周辺地域の現実を正確に描いたことを実証している（その後山方の関心は、③の二月革命期のサンドに移っていった）。

②の宗教思想・社会思想では、まず深谷哲《あきら》の「ジョルジュ・サンドの初期の作品群における宗教的感情と社会主義思想」（一九六六〜七一年発表）[3]に触れておかねばならない。深谷はこの三本の論文で、ミュッセとの関係を決定的に終わらせて、その理想主義を新しい領域に向け始める一八三五年までのサンドの宗教観や思想を精査するため、『アンディヤナ』から『アンドレ』までの初期作品を分析している。②のテーマを扱った論文はそのほかに少なくとも五本ある。なお、この②のテーマは、次の③のテーマと密接に関わっている。

③の「二月革命への関与」については少なくとも八本の論文が書かれており、おそらくその最初は一九五四年発表の松田穣《みのる》「ジョルジュ・サンドノート　一八四八年とサンド１」[4]であろう。その二〇年後には、前述の山方が「一八四八年のジョルジュ・サンド」と題する一連の研究を始め、その成果は五本の論文にまとめられた[5]。山方は二月革命期の『共和国公報』にサンドが寄稿した記事や当時の書簡などを綿密に調査している。

取り上げられた作品の傾向

次に研究論文で取り上げられた作品のほうに注目してみよう。前述のように最も多く論じられている作品群は田園小説である。次に目を引くのが『アンディヤナ』で、作中に現れるフェミニスト的主張のため、サンド作品における女性の問題が議論される際には必ず言及される作品である。石橋美恵子は「『アンディヤナ』の中の恐怖(6)」などいくつかの論文で、この小説を多角的に論じている。

また、第1章で述べたように翻訳者としてもサンド作品の受容に多大な貢献をしている持田明子は、「George Sandはフェミニズムを標榜したか(7)」で『アンディヤナ』と『マルシーへの手紙』をとりあげて考察し、サンドの思想が現代的な意味でのフェミニズムとは別物であったと結論している。

ところで、いわゆる研究論文だけがサンド研究を牽引してきたわけではない。作品の邦訳を除いて、日本のサンド研究史上最も重要な役割を果たした書物は、前章で挙げた長塚隆二の『ジョルジュ・サンド評伝』であると言って過言ではないだろう。

以上見てきたように、わが国におけるサンド研究は太平洋戦争直後からそれなりの発展を見せたものの、この時期にはまだ邦訳が少なかったこともあり（現代でも十分とはとうてい言えないが）、フランス文学研究者を除けばサンド研究そのものがあまり注目されていなかった。この状況に少なからぬ変化をもたらしたのが、次節で述べる「ジョルジュ・サンド展」である。

2　女性サンド研究者たちの力（一九八九〜二〇〇三年）

日本初のサンド展と九〇年代以降の研究の活況

一九八九年九月、東京・池袋の西武美術館（のちセゾン美術館に改称、一九九九年閉館）で、日本で最初の、しかも大規模なサンドの展覧会「ジョルジュ・サンド展」が開催された（主催：西武美術館、会期九月八日〜二十日(8)）。身の回りの品々や装飾品など、フランスから空輸されたサンドの貴重な遺品を展示し、後継者として遺品や作品の保存に多大な貢献をしてきたクリスチャンヌ・サンド（同姓だが作家の縁戚ではない）をフランスから講演者に迎えて行われたこの展覧会は、当時の日本の主なサンド研究者が総力を結集して企画したものであった。開催に合わせて発行された図録『ジョルジュ・サンド展——愛と真実を追い求めたロマン派を代表する女流作家』（企画：池田孝江、編集：西武美術館）には、展示・講演会のプログラム詳細や作家の略歴・作品解説のほか、杉捷夫、長塚隆二、持田明子、池田孝江、小沼ますみらによる論考も収録されている。

特筆すべきことは、この展覧会を契機として、それまで主に男性研究者が主導していた日本のサンド研究が女性研究者によって積極的に担われるようになっていったことであろう。これにはより大きな背景として、女性の国内外の大学院などへの進学率上昇が寄与していると推測される。サンド展が開かれた一九八九年から『ジョルジュ・サンドの世界』出版の二〇〇三年までの間に書かれたサンドに関する論文のうち、男性研究者によるものが十二本であったのに対し、女性研究者の論文は九七本にのぼり、それ以前の研究動向とは著しい対照を示している。

また、一九九〇年代以降には、サンドの恋愛や私生活を興味本位に取り上げて揶揄する傾向が影を潜め、ジェンダーの視点から作品を読解したり、当時の社会状況・思潮と関連させた上で作家の思想と実践を分析するなど、サンド研究は深化と多角化をみせていく。フランスへの留学経験をもつ女性研究者の増加に伴い、この傾向はさらに強まり、九〇年代から二〇〇〇年代にかけて、海外の研究成果を視野に入れた本格的なサンド研究が開拓されていった[9]。この時期に書かれた二本の博士論文の内容は、そうした研究の深化と多角化を如実に語っている。秋元千穂の博士論文 *Le Merveilleux dans l'œuvre de George Sand*（『ジョルジュ・サンドの作品にみるメルヴェイユウ』一九九五年、パリ第八大学）は、サンドがベリー地方で採集した説話や民話をもとに書いた『田園伝説集 *Légendes rustiques*』や戯曲を、ガストン・バシュラールの「詩的想像力」の概念を用いて分析したものである。秋元はそこで、スコットランドの作家・詩人ウォルター・スコットやフランスの作家シャルル・ノディエらが先鞭をつけた民話・説話文学を、サンドが独自の手法でメルヴェイユー（奇譚。詳細は「3　田園のイマジネール」第3章参照）というジャンルに結晶させたことを指摘し、民俗学や心理学の視点も踏まえつつその独自性を論じている。

一方高岡尚子の博士論文『ジョルジュ・サンドの「小説のユートピア」における廃墟、庭園、隠れ家』(二〇〇三年、大阪大学)は、サンドの田園小説や中期作品群の主人公たちにとって自己省察と自己再生の場である「廃墟」、人格形成の場としての「隠れ家」、そして都会において田園地帯を象徴する「庭園」との関連性に着目したものである。高岡によれば、一見するとユートピアとは何ら共通性をもたないこれらの「場」が、作品を深く読み込むことで、実は作家の信じる「進歩の可能性を秘めた理想のユートピア」へと収斂していくものであり、それぞれの「場」の間に有機的な連関が見出せることがわかる。高岡はこうした視点から、サンド固有の物語世界の重層的な構図を丹念に論証している。

テーマの多様化

愛、ジェンダー、社会・政治、思想など　サンドは生涯に一〇〇編近い著作を発表した多作な作家であった。またそれらの作品を通じて、多様な主題を豊穣な想像力で描き分けた。本来ならばそれに呼応して研究のテーマも多種多彩であって当然だったのだが、その多様性がようやく開花したのが一九九〇年代だったといえる。この時期以降、サンド研究はテーマが際立って多様化し、サンドの「愛」(人間愛・友愛・母性愛・恋愛・夫婦愛)に関する見方、ジェンダー観、社会・政治観、思想・宗教観、芸術観など多岐にわたるようになった。また、九〇年代以降の文学界では「クレオール」のテーマが注目されるようになっており、たとえば平井知香子の「『アンディヤナ』におけるクレオール」[10]は、結婚制度の矛盾を生きる「奴隷としての女性」と、作品世界に通底するクレオール性との緊密な関係を明らかにしたものである。「愛」に関するテーマでは、持田明子が邦訳『ジョルジュ・サンドからの手紙』の巻末に付した解説「新しいジョルジュ・サンド」が着目される。また、『モープラ』に反映された作家の愛と教育に関する考え方を分析した西尾治子の四本の論文[11]は、ルルーから受けた思想的・文学的影響についても論じており、新鮮な視点を提供している。

ジェンダーのテーマに関して注目しておきたいのは、『我が生涯の記』の訳者でもある加藤節子による『一八四八年の女性群像』[12]である。加藤はサンドのフェミニズムや、フランス最初のフェミニズム運動を推進したとされる女性サン=シモン主義者たちの群像を、綿密な調査に基づいて実証的に描き出している。このほかにも九〇年代前後には、主に女性研究者たちによって、フェミニズム、女性作家のエクリチュール、「第三の性」といった多様なテーマに沿ってサンド研究が展開されている。[13]

社会・政治観のテーマでは、二月革命や国民議会選挙への関与およびジャーナリズムの問題を取り上げた持田明子の一連の研究がある。なかでも「バクーニンに見るジョルジュ・サンド受容――『新ライン新聞』事件の周辺」[14]は独自性の高い研究である。思想に関しては、西尾治子の「ジョルジュ・サンドの初期作品群と当時の思想家たち」[15]が、ルソー、ラムネー、ミシェル・ド・ブールジュ、ルルー等の思想家たちとサンドとの影響関係を初期作品群や書簡の中に探っている。他方、間野嘉津子の「フランス二月革命とフェミニズム　ジョルジュ・サンドとダニエル・ステルヌ」[16]は、リストの愛人マリー・ダグーとサンドの関係を二月革命を媒介にして取り上げたものである。

芸術観、宗教観、旅、民話、書簡　サンドの芸術観・宗教観に関しては、坂本千代が「宗教的コミュニケーションに関する一考察　サンドの『コンスエロ』におけるコミュニオンをめぐって」[17]において、『歌姫コンシュエロ』に登場する秘密結社「コミュニオン」を題材に、サンドが芸術と宗教の連関性をどのように捉えていたかを考察している。なお一九八九年以降は、とりわけサンドと音楽の関わりに研究者の関心が集まり、ショパンとサンドに関する書籍の邦訳が多く出版された。さらに絵画芸術との関わりも注目され始め、サンド自身がダンドリット手法と呼ばれる特殊な風景画技法で描いた水彩画や、サンドの作品のためにトニー・ジョアノが描いた挿絵も紹介されるようになっていった。渡辺響子が研究テーマとする「十九世紀の芸術家像」もまた、芸術家が登場するサンドの小説作品を題材としている。[18]

「旅」のテーマに関しては、当時のフランス社会で流行していた「イギリス趣味」と作品との関係を精査した石橋美恵子の一連の論文「ジョルジュ・サンドとイギリス」が注目される。[19]田園小説や民話の分野では、吉田綾の「農村風俗を描くサンドの社会的視線――信仰、女性、ダンスについて」[20]、樋口仁枝の「自然は語る――ジョルジュ・サンドの民話世界」[21]が挙げられる。民話（コントや童話）は、サンドの作品の中でもとりわけ読者層が厚く、第1章でふれたこの時期の『コアックス女王』『母のおもかげ』などの邦訳も、このテーマの研究の進展に寄与したといえよう。

ここで、日本のサンド研究にも多大な影響を及ぼしたジョルジュ・リュバン編纂の書簡集（全二五巻、一九九一年完結）について触れておこう。サンドの膨大な手紙を集成したこの書簡集は、作家の人間関係や独自の思想・文学観を明らかにし、サンド研究に不可欠の一次資料となった。書簡に関しては、第1章で挙げたように持田明子がその一部を邦訳している。

なお、この時期に研究論文で最も多く取り上げられた小説は『愛の妖精』であり、次いで『アンディヤナ』『モープラ』『魔の沼』が続く。ほかに『スピリディオン』『アントワーヌ氏の罪』『ジャック』『テヴェリノ』『公爵夫人』、あるいは『ピクトルデュの城』『巨人のオルガン』『勇気の翼』『祖母の物語』など児童文学作品を取り上げた論文が目を引く。

3　サンド研究の飛躍にむけて（二〇〇三年以降）

『ジョルジュ・サンドの世界』の出版

二〇〇三年に出版された『ジョルジュ・サンドの世界』は、サンド生誕二〇〇年（二〇〇四年）を記念して、本書の編者である日本ジョルジュ・サンド学会（当時の名称は「日本ジョルジュ・サンド研究会」）の八名の会員（秋元千穂、石橋美恵子、坂本千代、髙岡尚子、西尾治子、平井知香子、吉田綾、渡辺響子）が共同執筆したものである。参加者は執筆・編集にあたり、単なる研究論文集ではなく、「サンドの主要作品を時系列に沿って取り上げ」、「多彩なテーマを分析し作品を読み解く」ことで、サンドの豊かで多様な物語世界を浮き彫りにすることを目指した。これにより、小説や戯曲、児童文学など様々なジャンルの作品を取り上げ、アプローチの角度もジェンダー、イギリス・異国趣味、社会主義思想、芸術観、教育観、恋愛・結婚観、自然観や物語構造の分析など、多彩なものとなっている。作家の恋愛遍歴や田園小説が偏ってクローズアップされる傾向が強かった日本のサンド研究に一石を投じるとともに、一般の読者にも新しいサンド像を提示しようとする試みだったといえる。

国際シンポジウムの開催など

サンド生誕二〇〇年の二〇〇四年には、本国フランスだけでなく日本各地でも様々な講演会やコンサートが開催された。また一〇月一六日・一七日の二日間にわたり、「ジョルジュ・サンド生誕二〇〇年国際シンポジウム」(主催:日本ジョルジュ・サンド研究会[22])が東京で開催され、日仏のサンド研究者十六名が研究発表を行った。

その成果をまとめたフランス語による論集 *Les héritages de George Sand aux XXe et XXIe siècles*(『ジョルジュ・サンドの二十・二十一世紀への遺産』二〇〇六年)は、「政治」と「芸術」をメインテーマとしている。サンドの政治性・政治観について石橋美恵子、西尾治子、フランソワーズ・ヴァン・ロスム＝ギュイヨンが、民衆観について稲田啓子、渡辺響子が、社会哲学についてブリュノ・ヴィヤールが論じている。また秋元千穂、村田京子はジェンダーの視点からサンドの作品に表現されている女性像を探り、ジョゼ＝ルイス・ディアスは「政治と芸術の統合」に向けたサンドの試みを明らかにした。芸術に関しては、平井知香子とアンヌ＝マリ・バロンがそれぞれ挿絵と映画を、ニコル・サヴィがサンドの絵画手法(先にふれたダンドリット手法など)を、髙岡尚子、坂本千代、ベアトリス・ディディエが芸術小説を論じている。日本ではフランス語によるサンド研究書の出版はこれが初めてであり、国内で学術的価値が評価されただけでなく、海外のいくつかの雑誌にも書評が載るなど話題を呼んだ。

二〇〇五年十月には、日本フランス語フランス文学会において、日本ジョルジュ・サンド学会の会員三名（髙岡、渡辺、西尾）によるワークショップが開催された。そこではサンドの創作活動、芸術家像および「第三の性」についての発表が行われ、サンドを専門としない研究者をもまじえた活発な意見交換・議論がなされた。

生誕二〇〇年記念行事としてはほかに、二〇〇四年から刊行が始まった藤原書店刊「ジョルジュ・サンド セレクション」（全九巻＋別巻一）を挙げておかなければならない（第1章参照）。主に未邦訳の作品を取り上げたこの選集は、「時代の思想家」としてのサンド像を浮き彫りにし、研究者だけでなく広く一般読者にもサンド作品にふれる機会を提供する上で画期的な役割を果たしている。

二〇〇三年以降の新たな研究動向

『ジョルジュ・サンドの世界』の出版以降、二〇〇三年から二〇〇九年までの期間に、サンドをテーマとする五十本を超える論文が発表されている。研究者の数も年々増加し、従来の文学研究の枠組みを超えた幅広い視点が提示されるようになり、研究の裾野が広がりつつある。

たとえば新實五穂の博士論文「一八三〇年代フランスにおける異性装――女性サン＝シモン主義者とジョルジュ・サンド」（二〇〇六年、お茶の水女子大学）は、サンドとサン＝シモン主義との関わりを服飾史の視点から分析したものである。研究の題材も、それまでいわば「定番」であった『アンディヤナ』などの初期作品や田園小説ではなく、これまであまり注目されてこなかった『イジドラ』『デゼルトの城』『ファヴィラ先生』『マテア』『オラース』などが取り上げられるようになっている。研究の視角としては、とりわけ作品を通してサンドの現代性を探る考察が増えているのが最近の特徴である。

また、研究のグローバルな広がりも二〇〇〇年代以降顕著となっている。海外で開催されるフランス文学関連の国際学会に日本のサンド研究者が参加して研究発表を行ったり、フランスとアメリカのサンド研究誌（仏：*Les*

Amis de George Sand, Lettres d'Ars, 米：*George Sand Studies*）に論文が掲載されるなど、[23] 日本のサンド研究もいまや国内に留まらず、研究成果を世界に発信していく段階にまで発展を遂げている。

あとがき

本書の編者である日本ジョルジュ・サンド学会（前身は「日本ジョルジュ・サンド研究会」）は、二〇〇〇年の発足後、年二回開催される研究会を中心に活動を続けてきた。そして二〇〇三年にサンド生誕二〇〇年を記念して『ジョルジュ・サンドの世界』（第三書房）を出版し（その後現在の会名に改称）、二〇〇六年に *Les héritages de George Sand aux XXᵉ et XXIᵉ siècles*（慶應義塾大学出版会、表題を訳すと『ジョルジュ・サンドの二十・二十一世紀への遺産』）を出版したあと、次なるプロジェクトを模索していた。

二〇〇八年五月の研究会で、サンド初邦訳一〇〇周年にあたる二〇一二年を機に新プロジェクトを立ち上げることを西尾氏と筆者が提案して承認され、本書の企画がスタートすることとなった。「サンド作品の翻訳・研究史」と「日本のサンド研究の最前線」を本の二つの大きな柱とすることが決まり、執筆希望者を募ったところ、海外在住者二人を含め十二名の会員が参加することとなった。その後、主にメールを使って執筆者同士が何度もやりとりし、二〇〇八年十二月と翌年五月の二度、日本にいる執筆者が集まってコンセプト、構成、内容について議論を重ねた。

その後も各自の執筆プランを互いに検討しあい、年二回の研究会では原稿の骨子を発表して会全体で議論するなどして、内容を練り上げていった。当初のプランからの大きな変更もあった。「初邦訳一〇〇周年」プロジェクトの骨子であり、はじめは本の冒頭に置く予定だった「サンド作品の翻訳・研究史」を、「受容の歴史」と題して末尾に配置することにしたのである。これによって、まずは「解釈の最前線」でサンドの作品世界の魅力や作家の思想の深度、その背景となった十九世紀フランス文化や社会を理解してもらい、続いて翻訳・研究史を通して「日本でサンドとその作品はどのように受容されてきたか」という問題にふみこんでいただくという構成となった。

私たちがめざしたのはサンド作品についての「論文集」ではなく、各部分がゆるやかにではあっても有機的につながることで、「サンド生誕から二〇〇年余、初邦訳から一〇〇年の節目に、サンドの解釈の現在と受容の歴史を提示する」という主題を表現する本であった。そこでセクションごとの編集責任者（「解釈の最前線」――1高岡、2村田、3平井、「受容の歴史」――坂本）と西尾の五人が中心となって、各セクション内での統一性や全体の連関に目を配り、多くの人に手にとっていただけるようなわかりやすい本をめざして編集に努めた。この目標がどれだけ果たされたかは、読者の皆様の判断に委ねたい。

スタートから三年以上かけたこのプロジェクトが、さまざまの困難を経て最終的に出版までこぎつけることができたのは、執筆参加者以外の当学会員の方々が寄せてくださった専門的な助言や、物心両面にわたるご支援のおかげである。また、出版を引き受けて下さった新評論編集長の山田洋氏と編集部の吉住亜矢氏の的確なアドヴァイスによって、私たちは本書をなんとか形にすることができた。執筆者一同を代表して感謝を申し上げたい。

二〇一二年四月

坂本千代

(13) 工藤庸子「フェミニテを問う女たち――フランス文学の新しいヒロイン」，川本静子・北条文緒編『ヒロインの時代』国書刊行会，1989年。上野和子「マーガレット・フラー：イタリア・リソルジメントへの軌跡3――マーガレット・フラーとジョルジュ・サンド」，『学苑』，1999年。
(14) 持田明子「バクーニンに見るジョルジュ・サンド受容――『新ライン新聞』事件の周辺」，『九州産業大学教養部紀要』1990年，61-94頁。
(15) 西尾治子「ジョルジュ・サンドの初期作品群と当時の思想家たち」，島利雄先生退官記念論集『フランス文化のこころ――その言語と文学』駿河台出版社，1993年，31-50頁。
(16) 間野嘉津子「フランス二月革命とフェミニズム　ジョルジュ・サンドとダニエル・ステルヌ」，『大阪経大論集』，1993年，161-179頁。
(17) 坂本千代「宗教的コミュニケーションに関する一考察　サンドの『コンスエロ』におけるコミュニオンをめぐって」，『国際文化学研究』10，神戸大学，1998年，43-59頁。
(18) 渡辺響子 « Images et représentations de l'artiste dans les romans français au XIXe siècle»，『明治大学教養論集』2002年，1-19頁。
(19) 石橋美恵子「ジョルジュ・サンドとイギリス　7-VI『彼女と彼』」，『筑紫短期大学紀要』1990年ほか11本の論文。
(20) 吉田綾「農村風俗を描くサンドの社会的視線――信仰，女性，ダンスについて」，『人文論集』49（3），関西学院大学，1999年，138-149頁。
(21) 樋口仁枝「自然は語る――ジョルジュ・サンドの民話世界」，『Caritas』2001年，1-19頁。
(22) 共催：京都大学，慶應義塾大学，関西学院大学，上智大学，学習院大学，東京大学，日仏音楽友の会（AFJAM）。協賛：日仏女性研究学会。後援：日仏会館，東京日仏学院，在日フランス大使館，第三書房，駿河台出版社，いなほ書房，日本フランス語振興会（APEF），朝日出版社，藤原書店。
(23) 詳細は本章注1で掲げた日本ジョルジュ・サンド学会のデータベース参照。

るかはいまだ流動的であり，今後の研究の進展によって変更が加えられる可能性がある。

(2) 渡辺一夫・鈴木力衛『増補 フランス文学案内』岩波文庫別冊①，1961年，163頁。

(3) 河盛好蔵編『フランス文学史ノート』駿河台出版社，1976年，147頁。

(4) 田村毅・塩川徹也編『フランス文学史』東京大学出版会，1995年，204頁。

(5) 朝比奈美知子・横山安由美編『はじめて学ぶフランス文学史』ミネルヴァ書房，2002年，189頁。

(6) 田辺保編『フランス文学を学ぶ人のために』世界思想社，1992年，164頁。

●第3章 研究史

(1) 研究論文等の書誌情報の詳細については，日本ジョルジュ・サンド学会のサイト（http://web.cla.kobe-u.ac.jp/staff/sakamoto/2008/05/post-3.html）内の「日本で出版されたサンド関係文献のデータベース」で検索することができる。

(2) 山方達雄「ジョルジュ・サンドの『田園小説』における社会的意義」，『フランス文学研究』日本フランス文学会，1959年，59-74頁。

(3) 深谷哲「ジョルジュ・サンドの初期作品群における宗教的感情と社会主義的思想」(1)，『愛知学芸大学研究報告』人文科学編15，1966年，49-63頁：同 (2)，『愛知教育大学研究報告』人文科学編17，1968年，93-107頁：同 (3)，『愛知教育大学研究報告』人文科学編20，1971年，131-144頁。

(4) 松田穣「ジョルジュ・サンドノート 1848年とサンド 1」，『埼玉大学紀要』人文科学篇3，1954年，34-46頁。

(5) 山方達雄「1848年のジョルジュ・サンド」(1) 〜 (4)，『「1848年」共同研究会研究報告集』1〜4，愛知県立大学，1974-78年（1：6-26頁，2：1-24頁，3：1-32頁，4：1-15頁）：(5)，『「1848年」共同研究会研究報告集』7，愛知県立大学，1982年，21-32頁。

(6) 石橋美恵子「『アンディヤナ』の中の恐怖」，『フランス文学論集』21，九州フランス文学会，1986年，61-68頁。

(7) 持田明子「George Sandはフェミニズムを標榜したか」(1) 〜 (3)，『九州産業大学教養部紀要』1988-89年（1：24巻2号，105-122頁，2：25巻1号，169-191頁，3：25巻3号，33-58頁）。

(8) 1998年9月8日〜20日まで西武美術館（講演等は同館内ホール「スタジオ200」で開催）で行われたのち，10月6日〜17日には大阪高槻市の西武高槻店内セゾン・フォーラムでも開催された。

(9) 本書の編者である「日本ジョルジュ・サンド学会」の母体「日本ジョルジュ・サンド研究会」も，この頃に誕生した女性研究者有志による研究グループであった。同研究会は2000年の発足以来，定期的に研究発表を重ね，2004年に「日本ジョルジュ・サンド学会」と改称し現在に至っている。

(10) 平井知香子「『アンディヤナ』におけるクレオール」，『フランス語フランス文学研究』79，日本フランス語フランス文学会，2001年，25-35頁。

(11) Haruko NISHIO, « Genèse et sources de *Mauprat* de George Sand »，『洗足論叢』18，洗足学園音楽大学，1989年，89-100頁；« L'Amour et l'Education dans *Mauprat* de George Sand (1) »，『洗足論叢』19，1990年，29-42頁，ほか。

(12) 加藤節子『1848年の女性群像』法政大学出版局，1995年。

れ，「三人の木樵の歌」の合唱が披露された。その模様の一部はフランスの動画共有サービス「Dailymotion」で見ることができる（http://www.dailymotion.com/video/xebbsr_music）。YouTubeに投稿されたテレビ映画『笛師のむれ』の一場面にも演奏場面がある（YouTubeで「Les maitres sonneurs」と検索）。この曲の楽譜は注（6）に掲げたガイドブックの79頁に掲載されている。

●**第3章　物語への誘い**

（1）1873年刊行の第1集には「ピクトルデュの城」「コアックス女王」「ばら色の雲」「勇気の翼」「巨岩イエウス」の5作品，1876年刊行の第2集には「ものを言う樫の木」「犬と聖なる花」「巨人のオルガン」「花のささやき」「赤い槌」「埃の妖精」「牡蠣の精」「ギョロ目の妖精」の8作品が収録されている。

（2）ロックは『教育に関する考察』（1693），ルソーは『エミール』（1762）において，児童観と教育論を展開した。

（3）「幼年時代」はロマン主義において理想化され，子どもは純潔であり，大人が失ってしまった自然さや想像力，不思議なものごとに対する驚嘆の念を保持している存在とみなされた。

（4）スコットが1820年に発表した12世紀のイングランドを舞台とする歴史小説『アイヴァンホー』は，架空の主人公を史実の中に登場させる歴史小説の手法の嚆矢といわれる。

（5）たとえばペローは『長靴をはいた猫』のモラリテを，「若者にとって遺産以上の価値をもつのは器用さと知恵である」と記している。

受容の歴史　ジョルジュ・サンドと日本

●**第1章　サンド作品の邦訳概史**

（1）富田仁『フランス小説移入考』東京書籍，1981年，15-16頁。訳者は川島忠之助，邦題は『新説八十日間世界一周』。原作が発表された1872年の6年後に（当時としては）早くも邦訳が出ていることからも，ヴェルヌの人気がうかがわれる。

（2）川戸道昭・榊原貴教編著『世界文学総合目録』第5巻，大空社，81-91頁。

（3）この時期にはほかにも，1999〜2001年にかけて桑原隆行がサンドの初期作品『侯爵夫人』『ラヴィニア』『メテラ』『マテア』『ポーリーヌ』の翻訳を福岡大学の紀要に発表している。

（4）『スピリディオン』はそれまで，P・G・カステックスの編著を内田善孝が訳した『ふらんす幻想短篇精華集』（透土社，1990）にごく短い抄訳が収録されていたのみだった。

（5）川崎竹一訳『魔の沼』大学書林（ジョルジュ・サンド選集2）1949年，訳者による「ジョルジュ・サンド評伝」194頁。

（6）母体は1927〜30年にかけて出版された「日本児童文庫」（全76巻）で，『白象物語』を含む「新日本児童文庫」はその続編シリーズ。なお，アルスは北原白秋の実弟北原鐵雄が創始した出版社である。

●**第2章　伝記の出版動向と文学史上の位置**

（1）研究者によって見方が異なり，アルベール・ティボーデなどは『笛師のむれ』を外して「田園三部作」としている（鈴木信太郎他訳『フランス文学史』上巻，ダヴィッド社，1952年，361頁）。また，そもそもサンドのどの作品を「田園小説群」とす

(13) ルイ=ウジェーヌ・カヴェニャック（1802-57）は共和派の軍人，のち首相。アルジェリア制圧で名を馳せ，1848年二月革命で陸軍大臣に就任。4月の総選挙で社会主義勢力が大敗したことで，失業者を雇用していた国立作業場が閉鎖され，これに反発したパリの労働者が蜂起すると（六月蜂起），議会はカヴェニャックを行政長官に任命し全権を委ねた。将軍は戒厳令を敷いて蜂起を徹底弾圧，死者は政府側1600人，労働者5000人に及んだといわれる。カヴェニャックは以後首相を務めるも，11月，第二共和政下の大統領選挙でルイ・ナポレオンに大敗，政界を去る。

(14) François-Adrien BOIELDIEU, *La Dame blanche*, opéra-comique en trois actes, livret d'Eugène Scribe (création : Opéra-Comique, Paris, décembre 1825), *L'Avant-Scène Opéra*, 1997.

●第2章　旅と音楽の越境

(1) Marc BAROLI, *La Vie quotidienne en Berry au temps de George Sand*, Hachette, 1982, p. 165.

(2) 『歌姫コンシュエロ』には次のような記述がある。「自然の音楽と呼べるような音楽がある。それは学問や考察から生み出されたものではなく，規則や約束事を免れた発想から生み出されたものである。それが民衆音楽，とりわけ農民たちの音楽だ」。

(3) Sophie Anne LETERRIER, « Arts et Peuple dans *Le Compagnon du tour de France de George Sand* », in *Le Compagnon du Tour de France de George Sand*, Etudes réunies par Martine WATRELOT et Michèle HECQUET, Université Charles-de-Gaulle-Lille 3, 2009, p.130.

(4) ルソーは『エミール』の中で，「職業の選択」について次のように述べている。芸術家の従僕が，自分も芸術家になりたいと望んでいるとしよう。しかしどれほど欲しても，彼に芸術家の素質がなければ無理である。かりに素質が現れていないとすれば，教育者には眠っている素質を見出す技術が求められる。またルソーは知育と同時に体育も重視し，作中で教師にエミールに対して「病弱であってはならない」と諭させている。サンドはルソーに比べ，「従僕」のような庶民や病弱な人々に対して寄り添う心をより多く持っていたように思われる。

(5) 1853年2月25日付の息子モーリス宛の手紙には次のようにある。「もしあれば，カッシーニのブルボネの古い方の地図［イタリア出身のカッシーニ家は4代にわたりパリ天文台所長を務めた家系で，代々フランスの地形図作製に貢献した。「古い方」とは1744年に2代目と3代目が作製したものを指す］を送ってちょうだい。[…] 今書いている小説に役立てたいから，急いで必要なの」。

(6) ハイキングはフランス語では一般にランドネ（randonnée 遠出・遠足）と呼ばれる。ベリー－ブルボネ間のランドネの詳細は，フランス・ハイキング連盟発行のガイドブック（*Au pays de George Sand. Sur les pas des Maîtres Sonneurs, entre Berry et Bourbonnais*, Fédération Français de la Randonnée Pédestre, 2006）もしくはウェブサイト（http://sentiermaitressonneurs.com/）を参照。

(7) サンドはノアンで行われたある婚礼で，サン・シャルティエからやって来たコルヌミューズ（フランスのバグパイプ）奏者が「三人の可愛い木樵のバラード」を演奏するのを聴き，故郷の民謡に浸れた喜びを語っている。この体験は『母と子ども』から「民衆音楽」への主題転換の直接的な要因ともなった。ショパンや旧知のオペラ歌手ポーリーヌ・ヴィアルドも，この民謡が気に入っていたという（シルヴィ・ドレーグ=モワン／小坂裕子訳『ノアンのショパンとサンド』音楽之友社，1992年，136-137頁）。なおベリーでは1975年以来毎年，「弦楽器と『笛師のむれ』の国際音楽祭」という催しが開催されている（http://www.rencontresdeluthiers.org/fr/accueil.php）。また2010年にはモルヴァンとベリーの民謡をとりあげたコンサートが催さ

(9) サンドに『アルバーノの娘』の着想を与えた絵画はもう一つある。彼女がリュクサンブール美術館で見たオラース・ヴェルネの《イタリアの若い娘の肖像》である。そこに描かれた「甘美で燃えるような女性」が，物語では「ローランスの肖像」とされている。

(10) ヘレン・ランドン／安井亜弓訳『ホルバイン』西村書店，1997年，58頁。

(11) 道に迷い「魔の沼」のほとりで一夜を過ごさなければならなくなった時，マリーはまるで「夜の魔法使いの娘」のように火を起こし，食べ物を供してジェルマンとその息子ピエールの窮地を救う。

(12) 動物画をよくしたローザ・ボヌール（1822-99）は，サンドと同様，男装の芸術家として有名であった。《ニヴェルネー地方の耕作》は，当時の美術評でしばしばサンドの『魔の沼』と関連づける形で論じられた（Cf. Sophie MARTIN-DEHAYE, *George Sand et la peinture*, Royer, Mayenne, 2006, pp. 186-190）。

解釈の新しい視座３　田園のイマジネール

●第1章　パストラルの挑戦

(1) パストラルは英国の詩人ミルトンのような場合，国教会への批判を含むこともあったが（平凡社大百科事典［1985］「牧歌」の項より），サンドが愛した18世紀の劇作家スデーヌ（Michel-Jean Sedaine）の戯曲や多くのオペラ=コミックでは一般に，音楽の力を借りた趣味のよい優雅な芝居にすぎなくなっていた。以後パストラルは，歴史意識の発生につれて解体の道をたどる。そして物語を具体的な時空間（バフチンの言うクロノトポス）に置く教養小説および写実小説が，現実への批判や風刺の役割を果たしていくことになる（バフチン「小説における時間と時空間の諸形式」，『ミハイル・バフチン全著作 第5巻』水声社，2001を参照）。

(2) Cf. SAND, « Quelques réflexions sur Jean-Jacques Rousseau », *Revue des Deux Mondes*, 1er juin, 1841.

(3) 1843年10月1日付ポーリーヌ・ヴィアルド宛書簡（*Correspondance*, t. VI, Garnier, 1969, p. 239）など。

(4) 『ジャンヌ』は，体制的な立憲派ブルジョワジーを主な購読者とする新聞『コンスティテュショネル』紙に，1844年4月から6月にかけて連載された。この作品がこのような読者層に正当に受容される余地は初めから乏しかった。サンドは当時『両世界評論』誌とは縁を切っていたので，生活の資を得るため『コンスティテュショネル』のような商業紙に文を売る多くの職業作家たちと同じ立場にあった。

(5) 『ジャンヌ　無垢の魂をもつ野の少女』持田明子訳，藤原書店（ジョルジュ・サンド セレクション5），2006年。

(6) Julien TIERSOT, *La Chanson populaire et les écrivains romantiques*, Plon, 1931, p. 141.

(7) *Ibid.*, p. 187.

(8) 「われわれはなぜわれわれの羊たちのもとへ帰るか」という言葉自体は，ラブレー『パンタグリュエル物語』の登場人物パニュルジュの口癖で，「本題に戻ろう」の意である。

(9) Olivier BARA, *Le Sanctuaire des illusions. George Sand et le théâtre*, PUPS, 2010, « Theatrum mundi », pp. 33-39.

(10) *Ibid.*, pp. 165-166, 189 sq.

(11) Aline ALQUIER, « Les Malheurs de *Claudie* », in *Les Amis de George Sand*, 1978-2, p. 5.

(12) *Ibid.*, p. 8.

●第3章　演劇，この「最も広大で完璧な芸術」

(1)　ユゴーの韻文悲劇『エルナニ』は，「ひとつの劇の中では筋・場所・時間が単一でなければならない」とする「三単一の法則」などの古典演劇の原則に故意に反することで，束縛から解放された自由な演劇表現を実現した挑発的な作品だった。1830年，コメディー・フランセーズでの初演に際しては，批判者たちによる妨害を危惧したテオフィル・ゴーチエら若い作家や批評家が「親衛隊」として前席を買い占め，古典演劇を支持する保守派を牽制して，劇場は両者のあげる喝采と怒号でたいへんな騒ぎとなった。この『エルナニ』初演の大成功によって，ロマン派の勝利が社会的に認められた。

(2)　ドイツの作家E.T.A. ホフマンは，1830年代のフランス文学に大きな影響を与えた。サンドも例外ではなく，ホフマンに倣ったという作品もある。ホフマンは，本職の判事のかたわら絵も描けば，作曲・音楽批評・劇場監督にもすぐれた人物で，1812年の『ドン・ジュアン』もその斬新さで高い評価を得た。デゼルトの城での上演では，アンナが意に反してドン・ジュアンに惹かれていく予感が繊細に描かれ，その貞淑や美徳が他の『ドン・ジュアン』以上に強調されているが，語り手はこれをホフマンの影響だと評している。

●第4章　絵画に喩えられた女性たち

(1)　Annarosa POLI, *L'Italie dans la vie et dans l'œuvre de George Sand*, Armand Colin, 1960, p. 13.

(2)　1838年1月28日付の夫デュドゥヴァン男爵宛書簡。

(3)　Danielle OGER, Commentaire de *La vierge de Saint Sixte*, in *Balzac et la peinture*, Musée des Beaux-Arts de Tours, 1999, p. 210.

(4)　バルザックの女性像とラファエロの聖母像との関連については，村田京子「隠喩としての図像――『人間喜劇』におけるポルトレ」，柏木隆雄教授退職記念事業会『テクストの生理学』朝日出版社，2008年を参照のこと。

(5)　ブランシュの生い立ちにはある秘密があった。数年前，オラースは出航を控えた船乗りのラザールから，彼の白痴の娘ドゥニーズを預かり，ボルドーの修道院に送り届けることになった。ところが出発前夜，オラースは少女の美しい肉体に欲情し，彼女を犯してしまう。ボルドーに着いたドゥニーズは医者の治療を受けて理性を取り戻すが，それと引き換えに以前の記憶を失い，修道院でブランシュと名づけられたのだった。やがてオラースは修練女ブランシュがかつて自分が辱めた少女であったことを知り，良心の呵責に苛まれ，信心に凝り固まった姉の勧めで，罪を償うには彼女と結婚するしかないと考えるようになる。

(6)　バルザックは『ウジェニー・グランデ』の中で，「弱者」としての女性を次のように描いている。「あらゆる状況において，女は男よりも苦悩の種を余分に持ち，男より余計に苦しむ。男には持ち前の力があり，権力を行使できる。[…] けれども女は，紛らわしようもない悲しみに向き合ったまま，一つ所にじっとしている。悲しみがうがった深淵の底に降りたち，その広さを測り，しばしば祈りや涙で底を満たす。[…] いつの世も，女の一生が従うテクストは，感じ，愛し，悩み苦しみ，わが身を捧げることに尽きるらしい。」

(7)　『イジドラ』に関しては，村田京子『娼婦の肖像――ロマン主義的クルチザンヌの系譜』新評論，2006年を参照のこと。

(8)　Annarosa POLI, *op. cit.*, pp. 17 et 31.

(10) サンドは死の前年の1875年，生存中最後の出版となった『歌姫コンシュエロ　ルードルシュタット伯爵夫人』の第9版の第1頁に，ポーリーヌへの献辞を記している。
(11) Nicole BARRY, *Pauline Viardot L'élégie de George Sand et de Tourgueniev*, Flammarion, 1990, pp. 53-115.
(12) 山方達雄『サンドわが愛』山方達雄先生遺稿集刊行会，1996年；西尾治子「ジョルジュ・サンドの初期作品群と当時の思想家達」，島利雄先生退官記念論集『フランス文化のこころ——その言語と文学』駿河台出版社，1993年。
(13) 『歌姫コンシュエロ』は当初，『両世界評論』誌に掲載される予定であったが，同誌編集部との意見の相違などから，サンドがルルーやポーリーヌの夫ヴィアルドと共に1841年に創刊した『独立評論』誌に1842年2月1日から44年2月10日にかけて連載された。

解釈の新しい視座2　交差する芸術

●第1章　文学・絵画・音楽の越境

(1) Eugène DELACROIX, *Ecrit sur l'Art*, Séguier, 1988, pp. 20, 33-49.
(2) *Ibid.*, p. 43.
(3) 1856年4月9日のドラクロワの日記（DELACROIX, *Journal (1822-1863)*, Plon, 1980, pp. 574-576）。
(4) 1853年5月14日のドラクロワの日記（*Ibid.*, p.344）。
(5) Étienne Pivert de SENANCOUR, *Oberman*, Arthaud, Grenoble, 1947, t. 1, Lettre XXI, pp. 94-95 ; 1857年3月22日のドラクロワの日記（*Ibid.*, pp. 651-652）に引用。
(6) 1838年5月12日付のドラクロワ宛書簡。
(7) 1838年9月5日付のサンド宛書簡。
(8) 1842年5月28日付のドラクロワ宛書簡。
(9) 1842年5月30日付のサンド宛書簡。
(10) 1847年7月20日のドラクロワの日記（DELACROIX, *op. cit.*, p. 161）。
(11) 1849年1月29日のドラクロワの日記（*Ibid.*, p. 173）。
(12) 1847年2月21日のドラクロワの日記（*Ibid.*, pp. 133-134）。
(13) 1861年1月12日のドラクロワの日記（*Ibid.*, pp. 797-798）。

●第2章　音楽の力・芸術の自由

(1) 『アドリアニ』の成立については，グレナ版（*Adriani*, Gléna, Grenoble, 1993）のユゲット・ブシャルドー（Huguette BOUCHARDEAU）の解説が参考になる。
(2) 第1部第1章の注3を参照のこと。
(3) 坂本千代『マリー・ダグー』春風社，2005年，40-41頁。
(4) 1837年12月18日付のフェリシテ・ド・ラムネー宛書簡。傍点部分はリスト自身の強調。Franz LISZT, *Correspondance*, Editions Jean-Claude Lattès, Ligugé, 1987, p. 96.
(5) 坂本千代「きたるべき社会と芸術家の役割——サン・シモン主義者たち，ラムネ，ルルーの芸術論」，『国際文化学研究』第31号，神戸大学国際文化学研究科紀要，2008年。
(6) たとえば第1部20章など。
(7) 坂本千代「ジョルジュ・サンドにおけるprogrès continuの思想の研究」，『フランス語フランス文学研究』第49号，日本フランス語フランス文学会，1986年。

(7)　*Ibid.*, p. 136.

(8)　ジョージ・L・モッセ／細谷実・小玉亮子・海妻径子訳『男のイメージ―男性性の創造と近代社会』作品社，2005年，89頁以降を参照。

●第5章　変装するヒロインたち

(1)　「異性装」がサンドの創作活動の初期から後期まで全般にわたり登場する（『七弦の琴』『マテア』『ロルコ』『リュスコック』『ガブリエル』『歌姫コンシュエロ』『ナノン』など）のに対し，「同性装」は初期から中期にかけて，1830年代から40年代の作品に多く見られる（『ローズとブランシュ』『アンディヤナ』『レリヤ』『イジドラ』『ジャンヌ』）。このほか，宮廷の夜会の参加者が昆虫に変装する『腹心の秘書』や，登場人物が仮装するカーニヴァルの場面のある『レオネ・レオニ』における変装は，ジェンダーに直接的な関係をもたない「娯楽装」である。

(2)　大半の和洋の辞書・辞典は，「変装」を「衣装などを変えること，またその姿」，「隠すこと，見せかけの概念」としている。『ラルース19世紀大百科事典』は変装の項目をかなり詳細に記しており（*Le Grand Dictionnaire universel du XIXe siècle*, 1866-1890, t. 6, pp. 312-313），当時のフランス社会で変装が重要な概念であったことがわかる。一方，『日本大百科全書』（小学館）は，変装は「人間存在の本質に根ざす複雑な営為である」と踏み込んだ解説をしている。

(3)　サンドはシェイクスピアを敬愛していた。『アンディヤナ』では，男の裏切りに絶望し入水自殺するヌンのほかにも，荒波の中を女主人を追って泳いで船に追いつこうとし，船乗りに撲殺されるアンディヤナの愛犬「オフェリア」が登場し，『ハムレット』のヒロインに仮託された女たちの悲惨が象徴的に描かれている。

(4)　ナポレオン民法典の213条，1421条，1428条がこれに該当する。

(5)　モリエールの戯曲『タルチュフ』（1664発表）が好例である。

(6)　1879年，「実験心理学の父」と称されるヴィルヘルム・ヴントが，ドイツのライプツィヒ大学に世界初の心理学実験室を創設した。心理学史ではこれをもって「心理学が新しい学問分野として成立した時点」とすることが多い。

(7)　欧米語では日本語と異なり，一般に兄弟姉妹の上下を明示しない。『レリヤ』においても，ピュルケリがレリヤの姉なのか妹なのかは明記されていない。そもそもロマン主義的傾向の強い『レリヤ』は，1830年代の世紀病，懐疑主義，ニヒリズム，絶望やペシミズムといった抽象的テーマを中心に置いた作品であり，全体に現実味のなさが特徴となっている。物語の舞台も僧院の名前からイタリアと推測されるだけで明確ではなく，時代背景も判然としない。

(8)　西尾治子「ジョルジュ・サンドの『コンシュエロ　ルードルシュタット伯爵夫人』における変装の主題（1）」，『フランス語フランス文学』慶應義塾大学日吉紀要，2010年，29-45頁参照。

(9)　コンシュエロの物語の原作（*Consuelo La Comtesse de Rudolstadt*, Classique Garnier, 1959）は全3巻から構成されているが，邦訳の『歌姫コンシュエロ　愛と冒険の旅』（上・下，持田明子・大野一道監訳，藤原書店，ジョルジュ・サンド セレクション3・4）は上巻が第1巻，下巻が第2巻にあたり，第3巻は未邦訳である（1・2巻のあらすじは巻末の邦訳書誌などを参照）。第3巻では，ベルリンにたどりついたコンシュエロの活躍と波瀾万丈の日々が描かれる。結末でコンシュエロと仲間たちは，真の芸術を広めるという強固な信念と使命感を胸に，新たな旅へとたくましく踏み出していく。その姿には，人間の明るい未来への作家の希望が込められている。

者に恐怖と戦慄をもたらす。ゴシック・ロマンスともいう。

(5) 『美女と野獣』は，もともとフランスに伝わる民話で，ガブリエル＝シュザンヌ・ヴィルヌーヴがアメリカ旅行中に小間使いから聞いた話をもとに物語にまとめ，1740年に出版したのが初めとされる。1756年，ボーモン夫人（1711-80）が『子どもの雑誌』にその簡約版を発表したことにより広く読まれるようになった。

(6) このベルナールによるルソー解釈は，ルソー自身の人間観（自然状態の人間を肯定し，それが歴史や社会の中で堕落していくと主張する）と必ずしも一致しない。ここにサンドにおけるピエール・ルルーの影響を見る批評家もいる。

(7) Yves CHASTAGNARET, « *Mauprat*, ou du bon usage de *L'Émile* », *Présence de George Sand*, n° 8, mai 1980 他参照。

(8) Préface de Jean-Pierre LACASSAGNE, *Mauprat*, Gallimard (Folio Classique), 1981, p. 25.

●第3章　異身分結婚への挑戦

(1) Georges DUBY, Michelle PERROT, *Histoire des femmes en occident, Le XIXe siècle*, Plon, 1991, p. 102.

(2) Alexis de TOCQUEVILLE, « L'Ancien Régime et la Révolution », in *Œuvres*, III, Gallimard (Bibliothèque de Pléiade), 2004, pp. 72-74.

(3) Béatrice DIDIER, *George Sand écrivain « Un grand fleuve d' Amérique »*, Presses Universitaires de France, 1998, p. 612.

(4) Walter LIPPMANN: with a new introduction by Michel CURTIS, *Public Opinion*, Transaction Publishers, 1991, p. 93.

(5) 古代ギリシアの演劇において，事態（筋立て）が錯綜し，解決困難な局面に陥ったとき，突如神を出現させ，混乱した状況を解決して物語を収束させる手法を指した。ご都合主義的な解決法として，古代ギリシアの時代にすでに批判の対象となっていた。

(6) 「リーブル」は1795年まで使われていたフランスの通貨。大革命後はフランとサンチームに統一されたが，リーブルはその後もしばらくフランの俗称として使われた。1リーブル＝1フラン＝100サンチーム＝20スー。革命前後の庶民1人1日分のパン代は1スーか2スーであった。

●第4章　「男らしさ」のモデル

(1) Judith SURKIS, « Histoire des hommes et des masculinités: passé et avenir », introduction pour *Hommes et masculinités de 1789 à nos jours*, Autrement, 2007, pp. 16-17.

(2) *Ibid.*, p. 16.

(3) Deborah GUTERMANN, « Le désir et l'entrave. L'impuissance dans la construction de l' identité masculine romantique: première moitié du XIXe siècle », in *Hommes et masculinités de 1789 à nos jours*, p. 55.

(4) Judith SURKIS, *op. cit.*, p. 16.

(5) 例外的に，サンドの初期作品における男性登場人物を分析したものとして，高岡尚子「『男らしさ』はどう描かれているか――ジョルジュ・サンド『アンディヤナ』を題材に」（『外国文学研究』第28号，奈良女子大学文学部外国文学研究会，2009年，39-62頁）を参照。

(6) Anne-Marie SOHN, « *Sois un homme !* » *- la construction de la masculinité au XIXe siècle*, Seuil, 2009, p. 83.

注

解釈の新しい視座１　男と女

●第1章　性を装う主人公

（1）　Wladimir KARÉNINE, *George Sand sa vie et ses œuvres 1804-1876*, t. 1-4, Librairie Plon, 1899-1926；アンドレ・モロワ／河盛好藏・島田昌治訳『ジョルジュ・サンド』新潮社，1964年；池田孝江『ジョルジュ・サンドはなぜ男装をしたか』平凡社，1988年。

（2）　新實五穂『社会表象としての服飾――近代フランスにおける異性装の研究』東信堂，2010年，67-76頁。

（3）　鹿島茂の試算に基づく。19世紀と1990年代のパリの物価，および1990年代のフランと日本円の換算レートを勘案して，鹿島は19世紀の1フランを約1000円としている。鹿島茂『新版　馬車が買いたい！』白水社，2009年，189頁。

（4）　サンドの政治活動に関しては，ミシェル・ペロー編／持田明子訳『サンド　政治と論争』（藤原書店，2000年）に詳しい。

（5）　1834年4月9日から12日にかけて，労働環境の改善を求めるリヨンの絹織物工たちが暴動を起こした。これに対する政府の厳しい弾圧がさらなる反発を呼び，フランス各地で暴動が続発，多数の逮捕者が出た。翌1835年4月から始まる「巨大裁判」ないし「四月裁判」は，この一連の暴動で逮捕された労働者および反体制派の指導者など100人以上を一斉に裁いた裁判である。

（6）　ミシェル・ペロー／持田明子訳『歴史の沈黙――語られなかった女たちの記録』藤原書店，2003年，441頁。

（7）　George SAND, trans. Gay MANIFOLD, *George Sand's Gabriel*, Greenwood Press, Westport, 1992, pp. xii, xix.

（8）　Françoise MASARDIER-KENNEY, *Gender in the fiction of George Sand*, Rodopi, Amsterdam, 2000; Françoise GENEVRAY, " "Aurore Dupin", épouse Dudevant, alias George Sand: de quelques travestissements sandiens", *Travestissement féminin et liberté(s)*, L'Harmattan, 2006, pp. 253-263; Françoise GHILLEBAERT, *Disguise in George Sand's Novels*, Peter Lang, New York, 2009.

（9）　Isabelle Hoog NAGINSKI, *George Sand L'écriture ou la vie*, Éditions Champion, 1999, pp. 33-52; Martine REID, *Signer Sand: l'œuvre et le nom*, Belin, 2003, p. 112.

（10）　ペロー，前掲『歴史の沈黙』，392，452-453頁。

●第2章　変身譚に読み取る平等への希求

（1）　サンドはその後1840年代から50年代にかけて，一般に「田園小説（romans champêtres）」と呼ばれる四部作を発表するが，その構想とは別物である。

（2）　険しい山々はそれまで人びとにとって漠然とした恐怖の対象だったが，18世紀末に始まるロマン主義の時代になると，崇高さを喚起する存在に変わった。詳しくはM・H・ニコルソン／小黒和子訳『暗い山と栄光の山』国書刊行会，1994年，他参照。

（3）　ドイツで生まれた教養小説（Bildungsroman）は，主人公の若者がさまざまな体験を経て人間的に成長してく過程を描く小説のジャンルである。

（4）　暗黒小説（roman noir）は，18世紀末から19世紀初頭にかけてヨーロッパで流行した小説ジャンル。中世風の城や廃墟などを舞台に，悪魔や亡霊などを登場させて読

- 小沼ますみ『ショパンとサンド——愛の軌跡』音楽之友社，1982年
- 池田孝江『ジョルジュ・サンドはなぜ男装をしたか』平凡社，1988年
- ユゲット・ブシャルドー／北代美和子訳『ジョルジュ・サンド』河出書房新社，1991年
- 坂本千代『愛と革命——ジョルジュ・サンド伝』筑摩書房，1992年
- シルヴィ・ドレーグ=モワン／小坂裕子訳『ノアンのショパンとサンド』音楽之友社，1992年
- 山方達雄『サンドわが愛』山方達雄先生遺稿集刊行会（非売品），1996年
- 坂本千代『ジョルジュ・サンド』清水書院，1997年
- 小坂裕子『自立する女ジョルジュ・サンド』NHK出版，1998年
- ベルナデット・ショヴロン／持田明子訳『赤く染まるヴェネツィア——サンドとミュッセの愛』藤原書店，2000年
- 秋元千穂・石橋美恵子・坂本千代・髙岡尚子・西尾治子・平井知香子・吉田綾・渡辺響子『ジョルジュ・サンドの世界』第三書房，2003年
- 持田明子『ジョルジュ・サンド 1804-76』藤原書店，2004年
- 平井知香子『日本におけるジョルジュ・サンド』いなほ書房，2004年
- 樋口仁枝『ジョルジュ・サンドへの旅』いなほ書房，2005年

(5) 『ばら色の雲』杉捷夫訳，岩波少年文庫，1954年（「ピクトルデュの館」「ものいうカシの木」併録）
(6) 『赤槌』中平解訳注，大学書林，1958年
(7) 『ばら色の雲・シンデレラ姫』壺井栄訳，講談社（世界絵童話全集3），1961年
(8) 『母のおもかげ』山主敏子編著，偕成社，1971年
(9) 『ばら色の雲』石沢小枝子訳，講談社（こども世界文学），1973年（「かえるの女王」併録）
(10) 「巨人のオルガン」大矢タカヤス訳，窪田般彌・滝田文彦編『フランス幻想文学傑作選3』所収，白水社，1983年
(11) 『コアックス女王』平井知香子訳，青山社，1992年
(12) 『薔薇と嵐の王子』ニコラ・クラヴルー画，田中真理子訳，星雲社，2004年（ジョルジュ・サンド生誕200年記念出版，絵本）
(13) 『そよかぜとばら』鶴見正夫訳，世界文化社，1999年
(14) 『ちいさな愛の物語』小椋順子訳，藤原書店，2005年（ジョルジュ・サンド セレクション8）
(15) 『花たちのおしゃべり――『おばあさまの物語』より』樋口仁枝訳，悠書館，2008年

解説▶▶▶サンドが晩年に孫のオロールとガブリエルのために語り聞かせていたコントをもとにした，13篇からなる童話集（第2集は没後の刊行）。

Ⅱ――邦訳・編訳された書簡集・論集（書誌と内容解説）

◎『ジョルジュ・サンドからの手紙　スペイン・マヨルカ島，ショパンとの旅と生活』持田明子編訳・構成，藤原書店，1996年

解説▶▶▶1838～39年にかけてのショパンとのマヨルカ島滞在の話題を中心に，サンドが友人や出版社に書き送った手紙を編纂した書簡集。マヨルカでの暮らしぶりや心の軌跡をたどることができる。

◎『往復書簡　サンド=フロベール』持田明子編訳，藤原書店，1998年

解説▶▶▶1863年からサンドが没する76年まで，晩年の親友だった年下の作家ギュスターヴ・フロベールとの間にかわされた手紙を収録。

◎『サンド　政治と論争』ミシェル・ペロー編／持田明子訳，藤原書店，2000年

解説▶▶▶第1部「政治に関与した女性」は，編者ペローが二月革命参加を中心とするサンドの政治活動を論じたもの。第2部「政治と論争（1843-1850）」は『共和国公報』に寄稿した文章など，サンドの政治的テキストを年代順に編纂したもの。

Ⅲ――サンドに関する日本語で書かれた本（刊行年順）

- 近藤等『情焔の作家ジョルジュ・サンド』用力社，1948年
- アンドレ・モロワ／河盛好蔵・島田昌治訳『ジョルジュ・サンド』新潮社，1954年
- シャルル・モーラス／後藤敏雄訳『ヴェネチアの恋人たち――ジョルジュ・サンドとミュッセ』弥生書房，1972年
- 長塚隆二『ジョルジュ・サンド評伝』読売新聞社，1977年
- マリー=ルイーズ・ボンシルヴァン=フォンタナ／持田明子訳『ジョルジュ・サンド』リブロポート，1981年

して相思相愛となるが，その幸福は長続きしない。気分の移り変わりが病的に激しいローランは，献身的なテレーズをたびたび裏切って苦しめる。彼女を愛するアメリカ人パーマーの登場は二人の関係をさらに紛糾させる。テレーズはパーマーの求婚をことわりローランとよりを戻すが，彼女はもはや嵐のような愛憎に疲れ果てていた。そんなテレーズのもとに，幼くして外国で死んだと聞かされていた息子が現れ，母子はローランを置いてドイツへ去る。

◎**La Ville Noire**（**1861年刊**）

（1）『黒い町』石井啓子訳，藤原書店（ジョルジュ・サンド セレクション7），2006年

解説▶▶▶「黒い町」と呼ばれる山間の刃物工業の町を舞台に，刃物工セテペと製紙工場の女工トニーヌの恋を中心に，工場労働者をとりまく厳しい環境（自然災害，劣悪な労働環境，ブルジョワ階級との対立など）を描く。セテペは独立への野心のために，一度はトニーヌへの想いを断ち切る。彼女のほうも，聡明で献身的な青年医師の求婚に心動かされる。多くの試練ののち，職人としての遍歴修行を終えて町に戻ったセテペは，思いがけず富裕な身分になったトニーヌが自分の設立した模範工場でさまざまな改革に取り組んでいることを知る。互いに成長した二人は愛を再確認し，結婚して仲間たちとともに共通の理想に向かって歩み出す。

◎**Le Marquis de Villemer**（**1861年刊**）

（1）『秘められた情熱』井上勇・小松ふみ子訳，北隆館，1950年

解説▶▶▶没落貴族の娘カロリーヌは，生活のためヴィルメール老侯爵夫人の秘書となる。夫人の息子ユルバン（ヴィルメール侯爵）はカロリーヌに想いを寄せるが，打ち明けることができない。彼女の方もユルバンに心惹かれるが，身分違いを理由に自分の恋心を認めまいとする。一方夫人は，カロリーヌに嫉妬するある女性の讒言を信じて彼女を侮辱する。失意の娘は侯爵家を去り，オーヴェルニュの山村に住む乳母の家に身を隠すが，ユルバンはあらゆる手を尽くして彼女を捜し出す。互いの愛情を確かめ合った二人は，誤解の解けた老侯爵夫人の祝福を受けて結婚する。

◎**La Famille de Germandre**（**1861年刊**）

（1）『ジェルマンドル一家』水谷謙三訳，第三書房，1948年

解説▶▶▶ 19世紀初めのブルボネ地方の大富豪ジェルマンドル侯爵家。侯爵は死に臨んで，「この不思議な小箱を開けることができた者に全財産を与える」と遺言する。親族は4人。素朴で高潔だが貧しい騎士とその妹，皮肉屋だが根は純情な若い軍人，裕福な美貌の未亡人。4人が一堂に会した3日間の出来事を，小箱の秘密と二組のカップルの成立を軸に描く。

◎**Les Contes d'une grand-mère**（**第1集：1873年刊，第2集：76年刊**）

（1）『白象物語』麻上俊夫編訳，アルス（新日本児童文庫25），1943年（「エンミとものいふ樫」「東洋の薔薇」「塵姫さん」「赤い槌」「白犬物語」併録）

（2）『薔薇色の雲』杉捷夫訳，青磁社，1944年（「ピクトルデュの館」併録／1948年「ロマンチック叢書」の1冊として再刊）

（3）『祖母のものがたり』杉捷夫訳，山の木書店，1949年（「ものいうカシの木」「ばら色の雲」「ピクトルデュの館」）

（4）『花のささやき』中平解訳注，大学書林，1949年

何くれとなくめんどうをみてやっていた。二人の間には実の母子以上に強い心のきずなが育まれていった。17歳になった頃，マドレーヌの放蕩者の夫のせいでフランソワは村を追い出され，働き口を探して遠方へ旅立った。3 年後，マドレーヌの夫が死に，彼女も病に倒れたことを知ったフランソワは，彼女のもとにかけつける。そして荒れはてていた水車小屋をたてなおし，幼い頃から自分のすべてであったマドレーヌを妻にする。

◎**Les Maîtres Sonneurs**（1853年刊）
（1）『笛師のむれ』上・下，宮崎嶺雄訳，岩波書店（岩波文庫），1937・39年
（2）『森の笛師』和田傳訳，ポプラ社，1951年
解説▶▶▶ベリー地方の小村に住む2人の少年エチエンヌとジョゼフ，エチエンヌのいとこブリュレットは，仲良しの幼なじみであった。成長したエチエンヌはブリュレットに恋するようになり，ジョゼフは，ブルボネ地方からやってきたラバ牽《ひ》きの青年ユリエルのおかげで，自分に音楽の才能があることに気づく。ジョゼフはブルボネのユリエルの家に住み込み，笛師になるための修行に励むが，病気になってしまう。知らせを聞いたエチエンヌとブリュレットが駆けつけると，ジョゼフはユリエルの妹でしっかり者のテランスに看病されていた。やがてブリュレットはユリエルと，エチエンヌはテランスと結婚する。一方ジョゼフは，強引にベリーの笛師組合に入会し，流しの笛師として気ままな放浪生活を送っていたが，ある村で地元の笛師たちといさかいを起こし，殺されてしまう。

◎**Histoire de ma vie**（1854-55年刊）
（1）『我が生涯の記』加藤節子訳，水声社，2005年（3分冊）
解説▶▶▶サンドが曾祖父の時代以来の家族の歴史から語り起こす長大な自伝・回想録。世人が最も注目したショパンとの関係については，具体的ないきさつは何も書かれていない。この膨大な作品は作家とその家族のみならず，18世紀から19世紀にかけての激動のヨーロッパに生きた人々の歴史（国王から小鳥屋まで）を物語るものであり，同時にサンドの芸術観，歴史観，社会観，人生観などが生き生きとした文体で綴られている。

◎**Légendes rustiques**（1858年刊）
（1）『フランス田園伝説集』篠田知和基訳，岩波書店（岩波文庫），1988年
解説▶▶▶狼使い，森の妖火，いたずら小鬼，夜の洗濯女など，サンドが自身で収集したベリー地方の伝承を文章化したものに，息子モーリスが挿し絵をつけたもの。彼女は自分の住む土地の伝承をできるかぎり生の形で記録している。邦訳では初版にはない4編と「田舎の夜の幻 Les Visions de la nuit dans les campagnes」を併録。

◎**Elle et Lui**（1859年刊）
（1）『彼女と彼』宇佐見英治訳，河原書店（西洋文芸思潮叢書），1948年（1953年に角川文庫として再刊）
（2）『彼女と彼』小林龍雄訳，大学書林（ジョルジュ・サンド選集1），1948年
（3）『彼女と彼』川崎竹一訳，岩波書店（岩波文庫），1950年
（4）『彼女と彼』吉野耕一郎訳，世紀書房，1951年
解説▶▶▶若き天才画家ローランは，謎めいた年上の女性テレーズ（同じく画家）に恋

どおりの生活を始めるが，ジェルマンはマリーをあきらめることができない。やがて，一人で悩む彼をみかねた姑の忠告に従って，彼は再びマリーに求婚し，今度は彼女も承知する。実はマリーも「魔の沼」のほとりの一夜以来，彼に惹かれていたのだった。

◎**La Petite Fadette（1849年刊）**

＊下記のうち（1）（2）（3）（6）（10）（11）以外は抄訳。コミック版や，下記の邦訳を子ども向けに書き直したものは挙げていない。それらを含めると，2010年までに30冊ほどが刊行されている。

（1）『鬼火の踊り』田沼利男訳，改造社，1924年
（2）『愛の妖精』宮崎嶺雄訳，岩波書店（岩波文庫），1936年
（3）『小妖女』小林正訳，新少国民社，1948年（1953年に『愛の妖精』と改題，角川文庫で再刊）
（4）『愛の妖精』横山美智子訳，偕成社（世界名作文庫），1952年（抄訳）
（5）『愛の妖精』桜井成夫訳，講談社（世界名作全集），1953年（抄訳）
（6）『愛の妖精』田中倫郎訳，学習研究社（世界青春文学名作選4『ヘルマンとドロテーア，愛の妖精，田園交響楽』），1962年
（7）『愛の妖精』足沢良子訳，岩崎書店（世界少女名作全集），1963年（抄訳）
（8）『愛の妖精』谷村まち子訳，偕成社（少女世界文学全集『愛の妖精・魔の沼』），1964年（抄訳）
（9）『愛の妖精』西条八十・三井嫩子訳，講談社（少年少女新世界文学全集『フランス古典編3』），1964年（抄訳）
（10）『愛の妖精』篠沢秀夫訳，旺文社（旺文社文庫），1966年
（11）『愛の妖精』権守操一訳，評論社（ニューファミリー文庫），1973年
（12）『愛の妖精』山下喬子訳，集英社（マーガレット文庫），1976年（抄訳）
（13）『愛の妖精』末松氷海子訳，ぎょうせい（少年少女世界名作全集），1982年（抄訳）
（14）『愛の妖精』そややすこ訳，小学館（フラワーブックス），1983年（抄訳）
（15）『愛の妖精』南本史訳，ポプラ社（ポプラ社文庫），1985年（抄訳）
（16）『愛の妖精』窪村義貫訳，明治図書（明治図書中学生文庫），1986年（抄訳）
（17）『愛の妖精』金山富美訳注，大学書林（語学文庫），2000年（仏語学習用の抄訳・対訳）

解説▶▶▶村の裕福な農家に生まれた双子の兄弟シルヴィネとランドリーの幼少時代から青年時代までを田園を舞台に描く。弟ランドリーは，ふとしたきっかけで，利発だが不器量で村の嫌われ者の少女ファデットと親しくなり，彼女の本当の優しさを知って愛するようになる。ファデットは，恋人ランドリーの愛と忠告のおかげで，次第に美しい娘に成長していく。弟を誰よりも愛していたシルヴィネは，はじめはそんなふうに弟の心を奪ったファデットへの嫉妬に苦しむが，いつしか彼自身も彼女に惹かれていく。弟と愛する女性の双方を慮り，潔く身を引いて村を出たシルヴィネは，ナポレオン軍の兵士となって戦いに身を投じ，大尉にまで出世する。

◎**François le Champi（1850年刊）**

（1）『捨子フランスワ』斎藤一寛訳，大学書林（ジョルジュ・サンド選集3），1949年
（2）『棄子のフランソワ』長塚隆二訳，角川書店（角川文庫），1952年

解説▶▶▶村の粉ひきの若い妻マドレーヌは，幼い孤児フランソワと知り合って以来，

支配するウィーンになじめないコンシュエロとポルポラは，芸術に造詣の深いフリードリヒ大王（プロイセン王フリードリヒ2世）の治めるベルリンに行くことにする。しかしその途上，アルベルトが重病であることを知ったコンシュエロはボヘミアに引き返す。彼女を待っていたアルベルトは，結婚式をあげた直後に息をひきとる。こうしてルードルシュタット伯爵夫人となった彼女は，再びベルリンをめざして出発するのだった（その後の物語は未邦訳の続編『ルードルシュタット伯爵夫人 *La Comtesse de Rudolstadt*』1845-47で展開される）。

◎**Jeanne（1844年刊）**

（1）『ジャンヌ　無垢の魂をもつ野の少女』持田明子訳，藤原書店（ジョルジュ・サンド セレクション5），2006年

解説▶▶▶ベリー地方クルーズ県のひなびた農村に住んでいた無垢で素朴な羊飼いの少女ジャンヌは，村を出てブサック城の女中となる。彼女は若い城主ギヨームとイギリス貴族のアーサーから想いを寄せられるが，亡き母親の影響で生涯純潔を守る誓いをたてていて，彼らの愛にこたえようとしない。物語の終わり近く，ジャンヌはしつこく言い寄ってきていた放蕩者レオンから逃れるため塔から飛び降りる。その際のけががもとで，彼女は自分を愛した男たちに見守られながら安らかに死んでいく。主人公ジャンヌには，15世紀の英雄ジャンヌ・ダルクと，古代ガリア地方の女祭司のイメージが重ねられている。

◎**La Mare au Diable（1846年刊）**

（1）『魔ヶ沼』渡邊千冬訳，警醒社，1912年（翻案，作者名ヂョルジュ・サンド）
（2）『少女マリイ』生田春月・中村千代子訳，越山堂，1919年（英語版からの重訳）
（3）『悪魔が淵』田沼利男訳，春陽堂（世界名作文庫），1932年
（4）『魔の沼』杉捷夫訳，酣灯社，1948年（1952年に岩波文庫に収録）
（5）『ジェルマンの戀』畠中敏郎訳，養徳社（養徳叢書），1948年
（6）『魔の沼』浅見篤訳，晃文社（フランス文学選集5），1948年
（7）『魔の沼』川崎竹一訳，大学書林（ジョルジュ・サンド選集2），1949年
（8）『魔が沼』宇佐見英治訳，角川書店（角川文庫），1952年
（9）『魔の沼』宮崎嶺雄訳，河出書房新社（世界文学全集『サンド，メリメ』），1958年
（10）『魔の沼』谷村まち子訳，偕成社（少女世界文学全集『愛の妖精・魔の沼』），1964年
（11）『魔の沼』持田明子訳，藤原書店（ジョルジュ・サンド セレクション6），2005年（論文「マルシュ地方とベリー地方の片隅　ブサック城のタピスリー」「ベリー地方の風俗と風習」併録）

解説▶▶▶3人の子を持つ若いやもめの農夫ジェルマンは，亡き妻の親のすすめでよその村に住む富裕な寡婦と見合いをすることになった。ちょうど同じころ，村の貧しい娘マリーは，別の村で羊番の仕事を見つけて村を離れることになり，ジェルマンの馬に同乗させてもらって出発する。ジェルマンの長男ピエールを加えた3人は，道中，森の奥にある「魔の沼」のそばで道に迷い，野宿する。その晩マリーがかいま見せた優しさとけなげさに感動したジェルマンは彼女に求婚するが，マリーは年齢や境遇の違いを理由に彼を思いとどまらせる。翌朝ジェルマンは見合い相手に会うが，それは見栄っ張りで鼻持ちならない女性だった。マリーのほうも，新しい雇い主が好色で危険な男であることがわかり，村に帰ることにした。こうして二人はともに村に戻って元

っていくが，エドメはすでに婚約していた。恋心を持て余したベルナールはアメリカ独立戦争に志願兵として身を投じ，6年後に帰国する。その間エドメは婚約を解消しひっそりと暮らしていた。ベルナールは再会したエドメに求婚するが，些細なことで口論になる。その直後エドメが狙撃されて重体に陥り，ベルナールはその嫌疑をかけられる。裁判で不利な証言が次々に出てきて，彼の死刑が確定しそうになったとき，やっと意識の戻ったエドメが出廷する。ベルナールの嫌疑が晴れ，真犯人が明らかになったあと二人は結婚し，フランス革命で揺れ動く時代をともに乗り切っていく。

◎**Spiridion**（**1839年刊**）
（1）『ふらんす幻想短篇精華集　冴えわたる30の華々』上巻，P.G. カステックス編，内田善孝訳，透土社，1990年（抄訳）
（2）『スピリディオン 物欲の世界から精神性の世界へ』大野一道訳，藤原書店（ジョルジュ・サンド セレクション2），2004年
解説▶▶▶舞台は18世紀後半の北イタリアのベネディクト派修道院。物語の語り手である若い修練者アンジェロはある日，100年ほど前に死んだ修道院の設立者スピリディオンの幽霊を見る。アンジェロがそのことを師である博学な老修道士アレクシに報告すると，師は自分と幽霊の生涯について語りだした。スピリディオンは裕福なユダヤ人の家庭に生まれたが，ドイツ留学中にルター派の新教に改宗した。しかし数年後にはカトリックに回心してこの修道院を建て，院長となった。臨終にあたって彼は，自分の遺言を誰にも見せぬまま棺の中に一緒に入れさせた。師の話を聞いたあと，アンジェロは不思議な声に促されて地下埋葬所に降り，スピリディオンの棺を開けて遺言をとりだす。そこには人生の最後に彼がついに到達した真理，つまり，キリスト教の時代は終わり，新しい宗教の時代が始まるのだということが書かれていた。

◎**Un hiver à Majorque**（**1842年刊**）
（1）『マヨルカの冬』小坂裕子訳，藤原書店，1997年
解説▶▶▶サンドは1838年11月から翌年の2月まで，息子，娘およびショパンとともにスペイン領マヨルカ島に滞在した。ショパンとの恋愛をあれこれ取り沙汰するパリ社交界の好奇の目から逃れて，しばし異国で愛の生活を営もうとしたサンドであったが，島での暮らしは快適なものではなかった。その経験を綴った紀行文。

◎**Consuelo**（**1842-43年刊**）
（1）『英文譯註　みさを物語』田中酉熊訳注，英学新報社，1903年（*Consuelo*の英語版からの部分訳を「旅役者」と題し，ラム作「みさを物語」，ホーソーン作「雪人形」とともに収録）
（2）『歌姫コンシュエロ　愛と冒険の旅』上・下，持田明子・大野一道監訳，藤原書店（ジョルジュ・サンド セレクション3・4），2008年
解説▶▶▶18世紀中葉のヴェネツィアで大作曲家ポルポラに見出された少女コンシュエロは，オペラ界にデビューするが，テノール歌手アンゾレートとの恋の試練を経てイタリアを去る。師ポルポラの養女となった彼女はボヘミアのルードルシュタット伯爵邸に招かれ，伯爵の姪の音楽教師となる。やがて伯爵の息子アルベルトから想いを寄せられるが，音楽への志なかばであった彼女は伯爵邸を去る。旅の途中，大作曲家となる前の少年時代のハイドンと出会ったコンシュエロは，彼の手助けで少年の扮装をし，二人でウィーンに向かい，ポルポラと再会する。だが，女帝マリア・テレジアの

サンド作品等の邦訳書誌

Ⅰ ——邦訳されたサンドの作品（書誌と作品解説）　＊原題の後ろの（　）は単行本刊行年

◎Indiana（1832年刊）

（1）『アンヂアナ』上・下，杉捷夫訳，岩波書店（岩波文庫），1937年
（2）『アンディアナ』松尾邦之助訳，コバルト社（コバルト叢書），1948年（抄訳，作者名ヂョルジュ・サンド）

解説▶▶▶主人公はインド洋に浮かぶブルボン島生まれのクレオールの娘アンディヤナ。16歳になると，親の決めた許婚である退役軍人デルマール大佐と結婚してフランス本土にわたる。粗野で思いやりのない夫との結婚生活で身も心も衰弱しつつあった彼女の前に，情熱的な美青年レイモンが現れて誘惑する。だが，つかのまの激しい恋のあとレイモンは彼女を捨てる。島に戻ったアンディヤナは，レイモン恋しさのあまり病気の夫を残して再びフランス本土へ向かう。しかし，恋人はすでに結婚していた。そこへ夫の死の知らせが届き，絶望と後悔にさいなまれるアンディヤナは，昔から彼女を愛していた従兄のラルフと再会し，島へ戻って心中を計画する。しかし作品の「結論」では，二人がブルボン島の森の中でひっそりと寄り添いながら暮らしている様子が描かれる。

◎Lettres d'un voyageur（1837年刊）

（1）『天地有情』土井晩翠，博文館，1899年（一部訳）

土井の第一詩集であるが，付録としてサンドの『ある旅人の手紙』のごく短い断章が翻訳・収録されている（土井の邦題は『旅人の書簡』）。『ある旅人の手紙』は，サンドが1834年から雑誌等に発表したエッセイや公開書簡など12編をまとめたもの。フランツ・リスト（第7信）やマイアーベーア（第11信）に宛てた手紙もある。旅行先のイタリアやスイスなどから政治，芸術，人間等について語った詩情豊かな散文集となっている。

◎Mauprat（1837年刊）

（1）『モープラア』福永渙訳，新潮社（世界文藝全集），1923年（英語版からの重訳）
（2）『モープラ』大村雄治訳，改造社（世界大衆文学全集），1931年（1950年『道は愛と共に』と改題され再刊）
（3）『モープラ　男を変えた至上の愛』小倉和子訳，藤原書店（ジョルジュ・サンドセレクション1），2005年

解説▶▶▶時代は18世紀後半。田舎貴族のモープラ一族は，没落して館にこもり山賊に落ちぶれていた。館の主で祖父のトリスタンにひきとられ，野獣のように育てられた青年ベルナールは，身内である山賊たちの手におちた美しい娘エドメに恋をする。二人は山賊の館を逃げ出し，エドメの父の家で暮らすことになった。彼女にふさわしい人間になりたいと願うベルナールは少しずつ教養を身につけ，次第に立派な青年とな

西暦	年齢	出来事・作品	歴史的事件・社会情勢・文学作品など
1864	60	『ノアンの劇場』	1864　トルストイ『戦争と平和』／ヴィニー『運命』
1865	61	『ローラ』 パリ近郊パレゾーの館でマンソー死去	
1866	62	『シルヴェストゥル氏』 ブルターニュ地方に旅行 モーリスの長女オロール誕生	1866　ドストエフスキー『罪と罰』／『19世紀ラルース百科事典』刊行開始
1867	63	『最後の愛』	1867　女子教育に関するデュリュイ法／ゾラ『テレーズ・ラカン』／マルクス『資本論』第1巻
1868	64	『マドモワゼル・メルケム』 モーリスの次女ガブリエル誕生 クロワッセにフロベールを訪問	
1869	65	『愛の妖精』パリで上演 フロベール，クリスマスにノアン滞在 ミッシェル・レヴィ社，サンドの作品55点を再刊	1869　スエズ運河開通／フロベール『感情教育』／ロートレアモン『マルドロールの歌』／ボードレール『パリの憂鬱』 1871　民衆蜂起によりパリ・コミューン樹立
1870	66	『転がる石』，『マルグレ・トゥー』	
1872	68	『情けは人のためならず』，『ナノン』	1872　ドーデ『アルルの女』
1873	69	『祖母の物語』（第1集） フロベールとツルゲーネフ，ノアン滞在 オーヴェルニュ地方に旅行	1873　ランボー『地獄の季節』／ヴェルヌ『八十日間世界一周』 1874　ユゴー『九三年』
1875	71	『フラマランド』 最後のパリ旅行	
1876		6月8日ノアンにて死去（71歳11か月） 『ペルスモンの塔』，『祖母の物語』（第2集）	1876　マラルメ『牧神の午後』

西暦	年齢	出来事・作品	歴史的事件・社会情勢・文学作品など
1840	36	『ガブリエル』，『七弦の琴』，『コジマ』，『フランス遍歴職人たち』 息子モーリス，ドラクロワに師事	1840　ギゾー内閣成立／児童労働法／メリメ『コロンバ』
1841	37	『ポーリーヌ』，『ムーニー・ロバン』 ピエール・ルルーらと『独立評論』誌発刊	
1842	38	『マヨルカの冬』，『オラース』，『歌姫コンシュエロ』（1・2巻）	1842　スタンダール没／コント『実証哲学講義』
1843	39	『歌姫コンシュエロ』（3〜8巻），『ルードルシュタット伯爵夫人』（1・2巻），「ファンシェット」	
1844	40	『ルードルシュタット伯爵夫人』（3巻），『ジャンヌ』	1844　デュマ『モンテ・クリスト伯』
1845	41	『アンジボーの粉ひき』 子どもたちとシュノンソーの城に滞在	
1846	42	『イジドラ』，『テヴェリノ』，『魔の沼』	1846　全国的農業・工業不況
1847	43	『アントワーヌ氏の罪』，『ルクレチア・フロリアニ』 娘ソランジュ，ジャン=バティスト・クレザンジェと結婚	1847　ブロンテ姉妹『ジェーン・エア』『嵐が丘』
1848	44	二月革命勃発後の臨時革命政府に協力 『共和国公報』に数々の記事を寄稿	1848　二月革命勃発，ルイ=ナポレオン・ボナパルト大統領就任／デュマ・フィス『椿姫』
1849	45	『愛の妖精』 二月革命の結果に失望，ノアンにとどまる 戯曲『棄て子フランソワ』オデオン座初演	1849　パリにてショパン没
1850	46	恋人アレクサンドル・マンソー，ノアンに移住 『棄て子フランソワ』（小説） ノアンの劇場で戯曲『クローディ』上演	1850　バルザック没
1851	47	『クローディ』，『モリエール』，『デゼルトの城』 「ベリー地方の習慣」「田舎の夜の幻」など，新聞・雑誌に精力的に記事を発表	1851　ルイ=ナポレオンのクーデター／ネルヴァル『東方紀行』
1852	48	政治犯として投獄された知人らの釈放のためにルイ=ナポレオンに謁見，恩赦を認められる 挿し絵入り著作集の刊行開始	1852　皇帝ナポレオン3世即位／ルコント・ド・リール『古代詩集』
1853	49	『モン・ルヴェッシュ』，『笛師のむれ』 戯曲『モープラ』オデオン座初演	1853　コレラ流行で全仏で約15万人死亡／ミシュレ『ジャンヌ・ダルク』
1854	50	『アドリアニ』，『我が生涯の記』（1〜4巻）	1854　クリミヤ戦争／ネルヴァル『火の娘たち』
1855	51	『我が生涯の記』（5〜20巻） 孫娘（ソランジュの子）ジャンヌ死去 イタリア旅行	1855　パリ万博／ネルヴァル『オーレリア』
1856	52	パリでいくつかの戯曲上演	1856　ミシュレ『鳥』
1857	53	ノアン近郊のガルジレスにマンソーとともにたびたび滞在するようになる	1857　フロベール『ボヴァリー夫人』／ボードレール『悪の華』／シャンフルーリ『レアリスム』
1858	54	『ボワ・ドレの美男たち』，『フランス田園伝説集』	
1859	55	『雪男』，『ナルシス』，『彼女と彼』，『緑の貴婦人たち』	1859　ユゴー『諸世紀の伝説』／ダーウィン『種の起源』
1861	57	『黒い町』，『ヴィルメール侯爵』，『ジェルマンドル一家』，『ドラック』	1860　リンカーン，アメリカ大統領就任／ツルゲーネフ『初恋』
1862	58	『テーブルを囲んで』，『タマリス』 息子モーリス，リーナ・カラマッタと結婚	1862　ユゴー『レ・ミゼラブル』／ミシュレ『魔女』
1863	59	『マドモワゼル・ラ・カンティニ』，『クリスマスの夜』	1863　ルナン『キリスト教起源史』第1巻／リトレ『フランス語辞典』刊行開始

ジョルジュ・サンド年譜

西暦	年齢	出来事・作品	歴史的事件・社会情勢・文学作品など
1804		6月5日，父モーリス・デュパンと母ソフィ・ドラボルド結婚 7月1日，オロール・デュパン（ジョルジュ・サンド），パリにて誕生	1804　ナポレオン法典発布／ナポレオン1世即位／セナンクール『オーベルマン』
1808	4	7月末，父方の祖母の住むベリー地方のノアンに到着 9月，父モーリスが落馬事故にて死去	1810　スタール夫人『ドイツ論』 1814　王政復古（ナポレオン，エルバ島に追放）
1818	14	1818-20年，イギリス系女子修道院で寄宿舎生活を送る	
1820	16	ステファーヌ・アジャソン・ド・グランサーニュと知り合う	1820　ベリー公暗殺／ラマルチーヌ『瞑想詩集』
1821	17	祖母，ノアンにて死去	1821　ナポレオン没
1822	18	カジミール・デュドゥヴァンと結婚	1822　スタンダール『恋愛論』
1823	19	パリにて息子モーリス誕生	
1825	21	オーレリアン・ド・セーズと知り合う	1827　ユゴー『クロムウエル』
1828	24	ノアンにて娘ソランジュ誕生	1830　七月革命，ルイ=フィリップ即位／ユゴー『エルナニ』／スタンダール『赤と黒』
1831	27	ノアンを出て，恋人ジュール・サンドーのいるパリに滞在 『ローズとブランシュ』（ジュールとの共著，筆名J. サンド）	
1832	28	『アンディヤナ』，『ヴァランティーヌ』，『祝杯』	1832　サン・メリー修道院事件／コレラ大流行／仏最初の鉄道開通／ゲーテ『ファウスト』第2部
1833	29	『レリヤ』，『メテラ』 6月 ミュッセと知り合う 12月 ミュッセとともにイタリアに出発	1833　初等教育を義務化するギゾー法
1834	30	『腹心の秘書』，『ジャック』 ヴェネツィア滞在，スイスを経てパリに戻る ドラクロワ，サンドの肖像を描く	1834　出版・結社の規制法／ミュッセ『ロレンザッチオ』
1835	31	『アンドレ』，『レオネ・レオニ』，『マテア』 ミュッセと決別	1835　バルザック『ゴリオ爺さん』
1836	32	夫との別居協定成立 ショパンと知り合う	1836　ミュッセ『世紀児の告白』／モーシャン夫人『女性新聞』創刊
1837	33	『ある旅人の手紙』，『モープラ』，『マルシーへの手紙』 母ソフィー死去	1837　ミュッセ『十月の恋』『気まぐれ』
1838	34	『アルディーニ家の最後の令嬢』，『モザイクの師』 バルザック，ノアン訪問 ドラクロワ，サンドとショパンの肖像画に着手（未完） 冬から3か月間，ショパンや子どもたちとマヨルカ島滞在	1838　ルルー『平等について』／ラマルチーヌ『天使の失墜』
1839	35	『ウスコック』，『スピリディオン』，『レリヤ』（改訂版），「ファンタスティックな悲劇についての随想」	1839　バルザック『ベアトリクス』／スタンダール『パルムの僧院』

学，2009年。

平井知香子「ジョルジュ・サンドはなぜ題名を変えたか？――『きょう日《び》では』から『アンジボーの粉挽き』へ」，吉村耕治編『言語文化と言語教育の精髄―堀井令以知教授傘寿記念論文集』大阪教育図書，2006年。

平井知香子『日本におけるジョルジュ・サンド――日本最初の翻訳『紲繏』の謎』いなほ書房，2004年。

和田傳『自然・田園・農人』文明協会ライブラリ，1928年。


【フランス語・英語文献】

ABDELAZIZ, Nathalie, *Le Personnage de l'artiste dans l'œuvre romanesque de George Sand avant 1848*, ANRT (Thèses à la carte), Lille, 1996.
ALQUIER, Aline, « Les Malheurs de *Claudie* », in *Les Amis de George Sand*, 1978-2.
Au pays de George Sand. Sur les pas des Maîtres Sonneurs, entre Berry et Bourbonnais, Fédération Français de la Randonnée, Pédestre, 2006.
BARA, Olivier, *Le Sanctuaire des illusions. George Sand et le théâtre*, PUPS (Theatrum Mundi), 2010.
BAROLI Marc, *La Vie quotidienne en Berry au temps de George Sand*, Hachette, 1982.
BERNARD-GRIFFITHS, Simone, « Bals et danses champêtres dans le roman sandien : de l'ethnographie à la sociopoétique », in *Les Amis de George Sand*, n° 21, 1999.
BnF, *Babar, Harry Potter & Cie Livres d'enfants d'hier et d'aujourd'hui, BnF*, 2008.
BONCŒUR, Jean-Louis, « George Sand et le folklore du Berry », in *Les Amis de George Sand*, 1976-1.
BROWN Penny, *A critical history of French children's literature*, vol. 2, Routledge, New York/London, 2008.
CHOVELON, Bernadette, « George Sand et Pauline Viardot », in *Présence de George Sand*, n° 12, oct. 1981.
DONNARD, Jean-Hervé, « L'Air de la calomnie (style Second Empire) », in *Présence de George Sand*, n° 20, 1984.
GAULMIER, Jean, « Poésie et vérité chez George Sand », in *Revue des sciences humaines*, oct.-déc. 1959.
HECQUET, Michèle, *Poétique de la parabole*, Klincksieck, 1992.
HECQUET, Michèle, « *Jeanne* de George Sand, un art selon le sentiment », in *Bulletin de l'association de Pierre Leroux*, n° 14, 1998.
LACASSAGNE, Jean-Pierre, « George Sand utopiste ? », in *Europe*, mars 1978.
LANE Brigitte, « *Les Contes d'une grand-mère* I : « Les Ailes de courage » ou « l'envol du paysan ». Réinvention d'un genre », in *George Sand Studies*, vol. XI, n° 1&2, Spring 1992.
Le Dictionnaire du littéraire, sous la direction de P. Aron, D. Saint-Jacques et A. Viala, PUF, 2002 (2e éd. 2009).
L'Éducation des filles au temps de George Sand, Artois Presses Université, Arras, 1998.
LETERRIER, Sophie Anne, « Arts et Peuple dans *Le Compagnon du Tour de France* de George Sand » in *Le Compagnon du Tour de France de George Sand*, Université Charles-de-Gaulle-Lille 3, Lille, 2009.
LUBIN, Georges, « *Jeanne*, édition critique originale établie par Simone Vierne », in *Présence de George Sand*, n° 5, 1979.
LUBIN, Georges, *George Sand en Berry*, Hachette, 1967(Complexe, 1992).
MONICAT, Benedicte, *Devoirs d'écriture : modèles d'histoires pour filles et littérature féminine au XIXe siècle*, Presses Universitaires de Lyon, Lyon, 2006.
SCHAEFFER, Gérald, *Espace et temps chez George Sand*, Baconnière, Neuchâtel, 1981.
TIERSOT, Julien, *La Chanson populaire et les écrivains romantiques*, Plon, 1931.
TRICOTEL, Claude, « Le Théâtre selon George Sand », in *Présence de George Sand*, n° 19, février 1984.
WATANABE-AKIMOTO, Chiho, *Les Merveilleux dans l'œuvre de George Sand*, Septentrion, 1998.

持田明子『ジョルジュ・サンドからの手紙』藤原書店，1996年。
ランドン（ヘレン）『ホルバイン』安井亜弓訳，西村書店，1997年
渡辺響子「ジョルジュ・サンドの小説における芸術家像」，『ジョルジュ・サンドの世界』第三書房，2003年。

【フランス語・英語文献】

ALEXANDRE, Françoise, « Le rendez-vous manqué », in *Sand Delacroix Correspondance*, Les Éditions de l'Amateur, 2005.
CHAMBAZ-BERTRAND, Christine, « George Sand et Delacroix », in *Présence de George Sand*, n° 27, 1986.
DELACROIX, Eugène, *Journal (1822-1863)*, Plon, 1980.
DELACROIX, Eugène, *Ecrit sur l'Art*, Séguier, 1988.
BALZAC, Honoré de, *Eugénie Grandet*, Gallimard (Pléiade), t. III, 1976.
BERNADAC, Christian, *George Sand. Dessins et aquarelles*, Belfond, 1992.
BESSIS, Henriette, « George Sand critique d'art », in *George Sand Studies*, vol. XII, n° 1 et n° 2, 1983.
BRUNEL, Pierre, *George Sand - Frédéric Chopin : La Passions des contraires*, Acropole, 1999.
COEUROY, André, *Appels d'Orphée, La Nouvelle Revue Critique*, 1928.
HAYOT, Monelle, « George Sand et Delacroix à Nohant », in *L'Œil*, août-septembre, 1976.
HOOG, Marie-Jacques, « Le pic, le soc, le burin et le stylet », in *George Sand Studies*, 1984-85.
L'HOPITAL, Madeleine, *La Notion d'artiste chez George Sand*, Boivin, 1946.
MARIX-SPIRE, Thérèse, *Les Romantiques et la musique : Le Cas George Sand* 1804-1838, Nouvelles Éditions Latines, 1954.
MARTIN-DEHAYE, Sophie, *George Sand et la peinture*, Royer, Mayenne, 2006.
MOINS, Claude, « Sand, Chopin, Delacroix : autour de quelques portraits », in *Les Amis de George Sand*, Nouvelle Série n° 18, 1996.
MOINS, Claude, « George Sand et Delacroix », in *George Sand et les arts, Actes du colloque organisé au Château d'Ars*, Presses Universitaires Blaise Pascal, Clermont-Ferrand, 2005.
OGER, Danielle, Commentaire de *La vierge de Saint Sixte*, in *Balzac et la peinture*, Musée des Beaux-Arts de Tours, Tours, 1999.
POLI, Annarosa, *L'Italie dans la vie et dans l'œuvre de George Sand*, Armand Colin, 1960.
Rosa Bonheur 1822-1899, Musée des Beaux-Arts de Bordeaux / William Blake & Co., Bordeaux, 1997.
PONIATOWSKA, Irena, « George Sand et la musique de Frédéric Chopin », in *George Sand et les arts, Actes du colloque organisé au Château d'Ars*, Presses Universitaires Blaise Pascal, Clermont-Ferrand, 2005.
PUEYO, Jean, « Les portraits de George Sand par Delacroix », in *Présence de George Sand*, n° 27, 1986.
RAMBEAU, Marie-Paule, *Chopin dans la vie et l'œuvre de George Sand*, Les Belles Lettres, 2004.
SAVY, Nicole, « George Sand, art et hasard : la plume et le pinceau », in *Les héritages de George Sand aux XXe et XXIe siècles*, Keio University Press, Tokyo, 2006.
SENANCOUR, Étienne Pivert de, *Oberman*, 2 vols, Arthaud, Grenoble, 1947, réédition, Édition d'Aujourd'hui, 1980.
WATANABE, Kyoko, *Images et représentations de l'acte créateur dans la littérature française du XIXe siècle : l'exemple de George Sand*, ANRT (Thèses à la carte), 2004.
WITKIN, Sylvie Charron, « Holbein et Sand : *Thanatos* et *Agape* dans *La Mare au diable* », in *George Sand Studies*, 1986-87.

●解釈の新しい視座３　田園のイマジネール

【日本語文献】

樋口仁枝『ジョルジュ・サンドへの旅』いなほ書房，2005年。
平井知香子「『愛の妖精』における〈妖精〉について」，『研究論集』第90号，関西外国語大

PRASAD, Pratima, « Deceiving Disclosures: Androgyny and George Sand's Gabriel », in *French Forum*, vol. 24, n° 3, 1999.
RAUCH, André, *Le Premier Sexe-Mutations et crise de l'identité masculine*, Hachette, 2000.
REID, Martine, *Signer Sand: l'œuvre et le nom*, Belin, 2003.
RIVIERE, Joan, « Womanliness as a masquerade », in *International Journal of Psycho Analysis*, vol.10, 1989.
ROGERS, Nancy, « Psychosexuel Identity and the Erotic Imagination in the Early Novels of George Sand », in *Studies in the Literary Imagination*, Wayne State University Press, Detroit, 1970.
ROSSI, Henri, *Mémoires aristocratiques féminins 1789-1848*, Honoré Champion, 1998.
SCHOR, Naomi, *George Sand and Idealisme*, Columbia University Press, New York, 1993.
SOHN Anne-Marie, « *Sois un homme !* » - *la construction de la masculinité au XIXe siècle*, Seuil, 2009.
STEINBERG, Sylvie, *La confusion des sexes. Le travestissement de la Renaissance à la Révolution*, Fayard, 2000.
SZABÓ, Anna, *Préfaces de George Sand*, 2 vols, PU Debrecen, Debrecen, 1997.
TOQUEVILLE, *Œuvres*, t. III, Gallimard (Pléiade), 2004.
TSEELON, Efrant, *Masquarqades and Identites : Essays on Gender, Sexuality and Marginality*, Routledge, London, 2001.
VERMEYLEN, Pierre, *Les idées politiques et sociales de George Sand*, Éditions de l'Université de Bruxelles, Bruxelles, 1984.
VIARD, Jacques, *Travaux linguistiques et littéraire*, Klinkcieck, 1976.
VIARD, Bruno, *Pierre Leroux, penseur de l'humanité*, Sulliver, 2009.

●解釈の新しい視座２　交差する芸術

【日本語文献】


海津忠雄編『ホルバイン　死の舞踏』岩崎美術社，1991年。

鹿島茂『新版　馬車が買いたい！』白水社，2009年。

河合貞子『ショパンとパリ』春秋社，2001年。

河合貞子『ドラクロワの絵画の近代性と音楽の関わり』博士（芸術学）甲，第331号，同志社大学，2008年。

小沼ますみ『ショパンとサンド　愛の軌跡』音楽の友社，2010年。

坂本千代『マリー・ダグー』春風社，横浜，2005年。

坂本千代「きたるべき社会と芸術家の役割――サン・シモン主義者たち，ラムネ，ルルーの芸術論」，『国際文化学研究』第31号，神戸大学国際文化学研究科紀要，2008年。

坂本千代「ジョルジュ・サンドと音楽家たち――ベートーヴェンとショパン」，『近代』第101号，神戸大学「近代」発行会，2009年。

坂本千代「ジョルジュ・サンドとフランツ・リスト――２通の『旅人の手紙』をめぐって」，『近代』第102号，神戸大学「近代」発行会，2009年。

坂本千代「ジョルジュ・サンドにおけるprogrès continuの思想の研究」，『フランス語フランス文学研究』第49号，日本フランス語フランス文学会，1986年。

坂本千代「ジョルジュ・サンドの作品における音楽家像とユートピア思想」，『国際文化学研究』第32号，神戸大学国際文化学研究科紀要，2009年。

高階秀爾編『世界美術全集　ロマン主義』小学館，1993年。

ドレーグ＝モワン（シルヴィ）／小坂裕子訳『ノアンのショパンとサンド』音楽之友社，1992年。

平井知香子「ジョルジュ・サンドと絵画――〈ダンドリット〉をめぐって」，『関西外語大学研究論集第87号，2008年。

村田京子「隠喩としての図像――『人間喜劇』におけるポルトレ」，『テキストの生理学』朝日出版社，2008年。

BARRY, Joseph, *George Sand ou le scandale de la liberté*, Seuil, 1982.

BARRY, Nicole, *Pauline Viardot*, Flammarion, 1990.

BLOCH, Marc, *Apologie pour l'histoire ou métier d'historien*, Armand Colin, 1972.

BOURDIEU, Pierre, *La Domination masculine*, Seuil (Points essais), 1998.

CARON, Jean-Claude, *Frères de sang : la guerre civile en France au XIXe siècle*, Champ Vallon, 2009.

DIDIER, Béatrice, *George Sand écrivain « Un grand fleuve d'Amérique »*, Presses Universitaires de France, 1998.

DUBY, Georges et PERROT Michelle, *Histoire des femmes en Occident, 4 Le XIXe siècle*, Plon, 1991.

GAUDEMET, Jean, *Le mariage en Occident. Les mœurs et le droit*, Cerf, 1987.

GAUTIER, Théophile, *Contralto* in *Emaux et camées*, Gallimard, 1981.

GENEVRAY, Françoise, *George Sand et ses contemporains russes*, L'Harmattan, 2000.

GENEVRAY, Françoise, « "Aurore Dupin", épouse Dudevant, alias George Sand: de quelques travestissements sandiens », in *Travestissement féminin et liberté(s)*, L'Harmattan, 2006.

GHILLEBAERT, Françoise, *Disguise in George Sand's Novels*, Peter Lang, New York, 2009.

Grand Dictionnaire Universel Larousse du 19e siècle (réimpression de l'édition de Paris, 1866-1890).

HABERMQS, Jürgen, trad. de l'allemande par Marc B. de Launay, *L'espace public. Archéologie de la Publicité comme dimension constitutive de la société bourgeoise*, Payot, 1978.

HECQUET, Michèle, *Mauprat de George Sand, étude critique*, Presses Universitaires de Lille, Arras, 1990.

Hommage à George Sand pour le 175e anniversaire de sa naissance 1804-1979, sous la direction de Georges LUBIN, Alexandre ZVIGUILSKY, Louis MIARD, « Cahiers Ivan Tourgueniev, Pauline Viardot, Maria Malibran » (3) , 1979.

Hommes et masculinités de 1789 à nos jours – Contributions à l'histoire du genre et de la sexualité en France, coordonné par Régis REVENIN, Collection Mémoires / Histoire, Autrement, 2007.

HOOG -NAGINSKI, Isabelle, *George Sand L'écriture ou la vie*, Champion, 1999.

HUBERT-MATTHEWS, Veronica, « Gabriel ou la pensée sandienne sur l'identité sexuelle », in *George Sand Studies*, vol. 13, 1994.

KARÉNINE, Wladimir, *George Sand, sa vie et ses œuvres*. 4 vols, Plon, 1899-1926.

KERLOUEGAN, François, *Ce fatal excès du désir : poétique du corps romantique*, Champion, 2006.

KNIBIEHLER, Yvonne, *La Sexualité et l'Histoire*, Le Grand livre du mois, 2002.

LACASSAGNE, Jean Pierre, *Histoire d'une amitié*, Klinckcieck, 1973.

LEROUX, Pierre, *Réfutation de l'éclectisme*, Slatkine, Genève, 1979.

LIPPMANN, Walter, *Public Opinion*, Macmillan, New York, 1954.

MALLET, Francine, *George Sand*, Bernard Grasset, 1995.

MASARDIER-KENNEY, Françoise, *Gender in the fiction of George Sand*, Rodopi, Amsterdam, 2000.

Masculinités, Série Sextant 27, Université Bruxelles, Bruxelles, 2009.

MICHEL, Arlette, « Structures romanesques et problèmes du mariage d'*Indiana* à *La Comtesse de Rudolstadt* », in *Revue de la Société des Études romantiques*, n° 16, 1977.

MOZET, Nicole, *George Sand, écrivain de romans*, Christian Pirot, Saint-Cyr-sur-Loire, 1977.

MOZET, Nicole, « Les mariages paysans dans l'œuvre de George Sand : mésalliance, désir et vertu », in *George Sand, écritures et représentations*, Eurédit, 2004.

NESCI, Catherine, *Le flâneur et les flâneuses : les femmes et la ville à l'époque romantique*, ELLUG, Grenoble, 2007.

NISHIO, Haruko, « Modernité dans *Mattea* de George Sand », in *La Modernité de George Sand*, Cahiers du Centre d'Études et de Recherches Economiques et Sociales, Tunis, 2007.

PERROT, Michelle, *George Sand: Politique et Polémiques 1843-1850*, Imprimerie Nationale Éditions, 1997.

Présence de George Sand, n° 17, 1983.

『現代のエスプリ』446「マスキュリニティ／男性性の歴史」小玉亮子編集，至文堂，2004年9月。

高岡尚子「『男らしさ』はどう描かれているか——ジョルジュ・サンド『アンディヤナ』を題材に」，『外国文学研究』第28号，奈良女子大学文学部外国文学研究会，2009年。

高原英理『無垢の力 〈少年〉表象文学論』講談社，2003年。

多賀太『男性のジェンダー形成——〈男らしさ〉の揺らぎのなかで』東洋館出版社，2001年。

テーヴェライト（クラウス）『男たちの妄想I　女・流れ・身体・歴史』田村和彦訳，法政大学出版会，1999年。

テーヴェライト（クラウス）『男たちの妄想II　男たちの身体——白色テロルの精神分析のために』田村和彦訳，法政大学出版会，2004年。

デュビィ（ジョルジュ），ペロー（ミシェル）監修『女の歴史Ⅳ　19世紀』1・2，杉村和子・志賀亮一監訳，藤原書店，1996年。

成実弘至『コスプレする社会——サブカルチャーの身体文化』せりか書房，2009年。

新實五穂『社会表象としての服飾——近代フランスにおける異性装の研究』東信堂，2010年。

西尾治子「ジョルジュ・サンドと"第三の性"」，『Bulletin du CEFEF』第3号，2004年。

西尾治子「第三の性の作家，ジョルジュ・サンド」，『女性空間』第22号，2005年。

西尾治子「ジョルジュ・サンドにおける変装の主題——1830年代の作品群をめぐって」，『慶應義塾大学日吉紀要 フランス語フランス文学』第46号，2008年。

西尾治子「ジョルジュ・サンドの『コンシュエロ　ルドルシュタット伯爵夫人』における変装の主題（1）」，『フランス語フランス文学』第51号，慶應義塾大学日吉紀要刊行委員会，2010年。

西川祐子・荻野美穂編『［共同研究］男性論』人文書院，1999年。

西村賀子『ギリシャ神話』中公新書，2005年。

バルビエ（パトリック）『カストラートの歴史』野村正人訳，筑摩書房，1995年。

フランク（フェリシア・ミラー）『機械仕掛けの歌姫』大串尚代訳，東洋書林，2010年。

ヘリオット（アンガス）『カストラートの世界』美山良夫監訳・関根敏子・佐々木勉・河合真弓訳，国書刊行会，1995年。

ペロー（ミシェル）『歴史の沈黙——語られなかった女たちの記録』持田明子訳，藤原書店，2003年。

三浦信孝・西山教行編『現代フランスを知るための62章』明石書店，2010年。

三橋順子『女装と日本人』（現代新書1960），講談社，2008年。

宮台真司・辻泉・岡井崇之編『「男らしさ」の快楽　ポピュラー文化からみたその実態』勁草書房，2009年。

村田京子『女がペンを執る時——19世紀フランス・女性職業作家の誕生』新評論，2011年。

モッセ（ジョージ・L）『男のイメージ　男性性の創造と近代社会』細谷実・小玉亮子・海妻径子訳，作品社，2005年。

モロワ（アンドレ）『ジョルジュ・サンド』河盛好藏・島田昌治訳，新潮社，1964年。

吉沢夏子『フェミニズムの困難 どういう社会が平等な社会か』勁草書房，1993年。

吉田純子『少年たちのアメリカ——思春期文学の帝国と〈男〉』阿吽社，2004年。

米沢泉美編『トランスジェンダリズム宣言——性別の自己決定権と多様な性の肯定』社会批評社，2003年。


【フランス語・英語文献】

ACKERMANN, Paul, *Masculins singuliers : enquête sur la nouvelle identité des hommes*, R. Laffont, 2009.
BALZAC, Honoré de, *Sarrasine*, Gallimard (Pléiade), t. VI, 1977.
BAKHTINE, Mikhaïl, *Esthétique et théorie du roman*, Gallimard, 1978.
BERNARD, Claudie, « Families and communities in post-revolutionary France », in *Romantic Review*, vol. 96, n° 3-4, May-Nov., 2005.

Rose et Blanche ou la comédienne et la religieuse, Amis du vieux Nérac, 1993 ; in *Œuvres complètes, George Sand avant* Indiana, Honoré Champion, vol. 2, 2008.
Teverino, in *Vies d'artistes*, Omnibus, 2004.
Valentine, Éditions de l'Aurore, Meylan, 1988 ; Éditions d'aujourd'hui (Les Introuvables), 1976.

●書簡集

Correspondance, édition de George LUBIN, t. 1-25, Classiques Garnier, 1964-1991.
Correspondance, édition de George LUBIN, t. 26, t. 1-25, Du Lérot, 1995.
FLAUBERT Gustave - SAND George, *Correspondance*, Flammarion, 1992.
Lettres d'une vie, édition de Thierry BODIN, Gallimard (Folio), 2004.
Lettres retrouvées, édition de Thierry BODIN, Gallimard, 2004.
Sand Delacroix Correspondance, Les Éditions de l'Amateur, 2005.

II ――サンドに関する研究書・研究論文など

●複数の章で参考にした文献

坂本千代『愛と革命　ジョルジュ・サンド伝』筑摩書房，1992年。

ジョルジュ・サンド研究会『ジョルジュ・サンドの世界』第三書房，2003年。

長塚隆二『ジョルジュ・サンド評伝』読売新聞社，1977年。

日本ジョルジュ・サンド学会 *Les héritages de George Sand aux XXᵉ et XXIᵉ siècles. Les arts et la politique*（『ジョルジュ・サンドの20・21世紀への遺産』），Keio University Press, 2006.

ペロー（ミシェル）編『サンド 政治と論争』持田明子訳，藤原書店，2000年。

村田京子『娼婦の肖像――ロマン主義的クルチザンヌの系譜』新評論，2006年。

持田明子『ジョルジュ・サンド1804-76』藤原書店，2004年。

Lectures de Consuelo. La Comtesse de Rudolstadt de George Sand, sous la direction de Michèle HECQUET et Christine PLANTÉ, Presses Universitaires de Lyon, Lyon, 2004.

POWELL, David A., *While the Music Lasts: the Representation of Music in the Works of George Sand*, Bucknell University Press, Lewisburg, 2001.

●解釈の新しい視座１　男と女

【日本語文献】（出版地が東京の場合は省略，以下同）

池田孝江『ジョルジュ・サンドはなぜ男装をしたか』平凡社，1988年。

石井達朗『異装のセクシュアリティ』新宿書房，2003年。

伊藤公雄『男らしさのゆくえ――男性文化の文化社会学』新曜社，1993年。

伊藤 公雄『ジェンダーの社会学 新訂』放送大学教育振興会，2008年。

稲田啓子「1840年代前半のサンド小説における結婚の問題――財産と階級的偏見をめぐって」，『人文論究』第56巻第2号，関西学院大学，2006年。

稲田啓子「子供の夢，親の野望――ジョルジュ・サンドの『ヴァランティーヌ』における « mésalliance » をめぐって」，『年報・フランス研究』第40号，関西学院大学フランス語フランス文学会，2006年。

ウィルソン（E.）『フィンランド駅へ』上，岡本正明訳，みすず書房，1999年。

小倉孝誠『〈女らしさ〉はどう作られたのか』法蔵館，1999年。

小野俊太郎『「男らしさ」の神話　変貌する「ハードボイルド」』講談社選書メチエ，1999年。

河合祥一郎『シエイクスピアの男と女』中央公論新社，2006年。

河合隼雄『とりかへばや，男と女』新潮社，2008年。

金子幸代「鷗外の女性論」，『論集　森鷗外――歴史に聞く』新典社，2000年。

キューネ（トーマス）編『男の歴史』星乃治彦訳，柏書房，1997年。

参考文献

I ——サンド（SAND, George）の著作（出版地がパリ Paris の場合は省略，以下同）

●著作

Adriani, Gléna, Grenoble, 1993.

Agendas I, Jean Touzot, 1990.

Claudie, Molière, in *Théâtre*, t. 3, Indigo & Côté-femme, 1998.

Consuelo. La Comtesse de Rudolstadt, t. I, II, III, Classiques Garnier, 1959 ; Éditions de l'Aurore, Meylan,1983.

Contes d'une grand-mère, GF Flammarion, 2004.

François le Champi, Folio classique (Gallimard), 2005 ; Hachette (Bibliothèque des chemins de fer), 1855.

François le Champi, comédie en trois actes et en prose, Blanchard, 1850.

Gabriel, in *Œuvres illustrées de George Sand*, t. 7, J. Hetzel, 1854 ; in *Œuvres complètes*, t. 19, Slatkine, Genève, 1980 ; Des femmes, 1988 ; *George Sand's Gabriel*, trans. by MANIFOLD Gay, Greenwood Press, Westport, 1992.

Impressions et souvenirs, Des femmes, 2005.

Indiana, Garnier Frères, 1962.

Isidora, Des femmes, 1990.

Jeanne, Christian Pirot, Saint-Cyr-sur- Loire, 2006 ; Éditions de l'Aurore, Meylan, 1993.

La Dernière Aldini, in *Vies d'artistes*, Omnibus, 2004.

La Fille d'Albano, in *Œuvres complètes, George Sand avant* Indiana, Honoré Champion, vol. 1, 2008.

La Mare au Diable, Gallimard (Folio classique), 1999 ; Gallimard (Folio), 1973 (1990).

La Petite Fadette, Gallimard (Folio classique), 2004.

Le Château des Désertes, in *Vies d'artistes*, Omnibus, 2004.

Le Compagnon du tour de France, Livre de Poche, 2004.

Lélia, Garnier Frères, 1959.

Le Meunier d'Angibault, Librairie Générale Française, 1985 ; Livre de Poche, 1985.

Le Péché de Monsieur Antoine, Éditions de l'Aurore, Meylan, 1982.

Le Secrétaire intime, Éditions de l'Aurore, Meylan, 1991.

Les Maîtres Sonneurs, Garnier Frères, 1968 ; Gallimard (Folio classique), 2007.

Les Sept cordes de la lyre, in *Œuvres complètes*, t. 31, Michel Lévy (Slatkine, 1980).

Lettres d'un voyageur, GF Flammarion, 2004.

L'Orco in Œuvres illustrées de George Sand, t. II, J. Hetzel, 1852.

Lucrezia Floriani, in *Vies d'artistes*, Omnibus, 2004.

L'Uscoque, Garnier Frères, 1847.

Mattea, in *Œuvres de George Sand*, Garnier Frères, 1847.

Mauprat, illustré par Tony Johannot, J. Hetzel, 1852 ; GF-Flammarion, 1969 ; Gallimard (Folio classique), 1981 ; Christian Pirot, Saint-Cyr-sur-Loire, 2008.

Nanon, Christian Pirot, Saint-Cyr-sur- Loire, 2005.

Narcisse, PU Laval, Québec, 1994.

Œuvres autobiographiques, Gallimard (Pléiade), 2 vols, 1971.

Politique et polémiques, Imprimerie Nationale (Acteurs de l'Histoire), 1997.

Questions d'art et de littérature, Des femmes, 1991.

マ行

ヤ行

ラ行

タ行

ナ行

ハ行

ア行

カ行

サ行

地名索引

1497-1543)　146, 152, 153-154, 155, 157, 158, 160, 215
《マイヤーの聖母子（ダルムシュタットの聖母子)》　153-154
《農夫》　158, 215
ポルポラ，ニコラ（Nicola PORPORA　1686-1768）　87, 88, 122
ボワエルデュー（François-Adrien BOIELDIEU　1775-1834）　175
ボンシルヴァン=フォンタナ，マリー=ルイーズ（Marie Louise BONSIRVEN-FONTANA）　227

マ行

松田穣（Minoru, MATSUDA）　235
間野嘉津子（Kazuko, MANO）　239
マリブラン，マリア（Maria MARIBRAN　1808-36）　89
マンソー，アレクサンドル（Alexandre MANCEAU　1817-65）　16, 96
ミシェル・ド・ブールジュ（Michel de Bourges［本名 Louis-Chrysostome MICHEL］　1797-1853）　13, 29, 47, 98, 239
ミュッセ，アルフレッド・ド（Alfred de MUSSET　1810-57）　12, 13, 47, 98, 130, 176, 211, 226, 228, 229, 230, 231, 235
メリメ，プロスペル（Prosper MÉRIMÉE　1803-70）　12
持田明子（Akiko, MOCHIDA）　213, 217, 227, 236, 238, 240
モッセ，ジョージ（George MOSSE）　72
モーラス，シャルル（Charles Marie Photius MAURRAS）　228
モリエール（MOLIÈRE［本名 Jean-Baptiste POQUELIN］1622-73）　138, 139
モロワ，アンドレ（André MAUROIS　1885-1967）　226, 229

ヤ行

山方達雄（Tatsuo, YAMAGATA）　235
ユゴー，ヴィクトル=マリー（Victor-Marie HUGO　1802-85）　17, 129, 209, 212
ユング，カール=グスタフ（Carl-Gustav JUNG　1875-1961）　83

ラ行

ラカサーニュ，ジャン=ピエール（Jean-Pierre LACASSAGNE）　50
ラファイエット，マリー・ジョゼフ・ド（Marie Joseph de LA FAYETTE　1757-1834）　48
ラファエロ（RAPHAELLO Santi　1483-1520）　146, 147, 148-151, 152, 160
《サン・シストの聖母》　151
《冠の聖母》　149, 150
《小椅子の聖母》　149, 150
ラムネー，フェリシテ・ド（Félicité de LAMENNAIS　1782-1854）　15, 47, 98, 231, 239
リスト，フランツ（Franz LISZT　1811-86）　14, 96, 115, 118
リトレ，エミール（Émile Maximilien Paul LITTRÉ　1801-81）　168
リュバン，ジョルジュ（Georges LUBIN）　240
ルソー，ジャン=ジャック（Jean-Jacques ROUSSEAU　1712-78）　11, 41, 45, 46, 88, 92, 162, 166, 176, 184, 185, 194, 239
ルテリエ，ソフィー=アンヌ（Sophie-Anne LETERRIER）　184
ルルー，ピエール（Pierre LEROUX　1797-1871）　14, 15, 20, 47, 63, 92, 98, 124, 164,

ショパンとジョルジュ・サンド》》 98, 103-105, 106, 107, 108, 110
《ダンテの小船》 99, 100
《ピアノを弾くグルック》 106
《ユステ修道院のカール5世》 106, 107
《激怒のメディア》 109
《聖女たちに手当てを受ける聖セバスティアヌス》 105
ドルヴァル，マリー（Marie DORVAL 1798-1849） 12, 96, 131, 156
ドレ，ポール=ギュスターヴ（Paul-Gustave DORÉ 1832-88） 202
ドレーグ=モワン，シルヴィ（Sylvie DELAIGUE-MOINS） 229
トレブータ，ジャック（Jacques TRÉBOUTA 1930-98） 51

ナ行

長塚隆二（Ryuji, NAGATSUKA） 226, 236
ナポレオン1世（NAPOLÉON 1er, Napoléon BONAPARTE 1769-1821） 77
ナポレオン3世（ルイ・ナポレオン=ボナパルト NAPOLÉON III, Louis-Napoléon BONAPARTE 1808-73） 16
ノディエ，シャルル（Charles NODIER 1780-1844） 202, 237

ハ行

ハイドン，フランツ=ヨーゼフ（Franz Joseph HAYDON 1732-1809） 90, 91
バイロン，ジョージ=ゴードン（George Gordon BYRON 1788-1824） 100
バシュラール，ガストン（Gaston BACHELARD 1884-1962） 237
バリー，ニコル（Nicole BARRY） 89
バルザック，オノレ・ド（Honoré de BALZAC 1799-1850） 2, 14, 57, 89, 92, 128, 148, 149, 212
『ウジェニー・グランデ』 148, 149
『幻滅』 128
『毬打つ猫の店』 148
バロリ，マルク（Marc BAROLI） 179
平野啓一郎（Keiichiro, HIRANO） 97, 229
深谷哲（Akira, FUKAYA） 235
ブコワラン，ジュール（Jules BOUCOIRAN 1808-75） 27, 28
ブシャルドー，ユゲット（Huguette BOUCHARDEAU） 227
プラウトゥス（Titus Maccius PLAUTUS 前254-前184） 82
フーリエ，シャルル（François-Marie-Charles FOURRIER 1772-1837） 63
プルースト，マルセル（Valentin-Louis-Georges-Eugène-Marcel PROUST 1871-1922） 17
フロベール，ギュスターヴ（Gustave FLAUBERT 1821-80） 2, 14, 17, 89, 144, 213, 233
ペロー，シャルル（Charles PERRAULT 1628-1703） 195, 196, 197, 199, 200, 202
ペロー，ミシェル（Michelle PERROT） 53, 213
ボカージュ，ピエール=フランソワ（通称トゥーゼ Pierre-François BOCAGE, dit TOUZÉ, 1799-1862） 170, 172
ボヌール，ローザ（Rosa BONHEUR 1822-99） 158
ホフマン（Ernst Theodor Amadeus HOFFMANN 1776-1822） 139, 196
ボーモン夫人（Madame Leprince de BEAUMONT 1711-80） 44,
ポリ，アナローザ（Annarosa POLI） 152
ホルバイン，ハンス（Hans HOLBEIN

サン=シモン（Claude Henri de ROUVROY, Comte de SAINT-SIMON　1760-1825）　63, 124
サント=ブーヴ，シャルル=オーギュスタン（Charles Augustin SAINTE-BEUVE　1804-69）　12
サンドー，ジュール（Jules SANDEAU　1811-83）　12, 47, 146, 151
ジャンリス夫人（Félicité de GENLIS　1746-1830）　181, 194
シュルキス，ジュディス（Judith SURKIS）　66
ショヴロン，ベルナデット（Bernadette CHOVELON）　228
ショパン，フレデリック（Frédéric CHOPIN　1810-49）　1, 14, 15, 16, 47, 89, 96, 97, 98, 109, 110, 111-112, 113, 114, 118, 143, 144, 170, 179, 180, 212, 213, 226, 227, 228-229, 230, 239
ジラール，ルネ（René Girard　1923-）　17
スコット，ウォルター（Sir Walter SCOTT　1771-1832）　196, 237
スタンダール（STENDHAL［本名Marie Henri Beyle］1783-1842）　13
セーズ，オーレリアン・ド（Aurélien de SÈZE　1799-1870）　11
セナンクール，エチエンヌ=ピヴェール・ド（Etienne Pivert de SENANCOUR　1770-1846）　103
ソーン，アンヌ=マリー（Anne-Marie SOHN）　71

タ行

ダ・ヴィンチ，レオナルド（Leonardo DA VINCI　1452-1519）　147
ダヴィッド，ジャック=ルイ（Jacques-Louis DAVID　1748-1825）　99
ダグー，マリー（Marie d'AGOULT　1805-76）　14, 118, 239
ダルク，ジャンヌ（Jeanne d'ARC　1412-31）　155, 167, 169
壺井栄（Sakae, TSUBOI）　220
ツルゲーネフ，イワン=セルゲーヴィッチ（Ivan-Sergheivitch TOURGUENIEV　1818-83）　14, 91
ティエルソー，ジュリアン（Julien TIERSOT　1857-1936）　167, 168
テオクリトス（THÉOCRITE　前315-前250頃）　164
デュドゥヴァン，カジミール（Casimir DUDEVANT　1795-1871）　11, 47, 81
デュドゥヴァン，ソランジュ（Solange DUDEVANT　1828-99）　11, 15, 112, 179, 180
デュドゥヴァン，モーリス（Maurice DUDEVANT　1823-89）　11, 15, 16, 96, 111, 143
デュビィ，ジョルジュ（Georges DUBY）　53
デュマ・フィス，アレクサンドル（Alexandre DUMAS FILS　1824-95）　14, 151
『椿姫』　151
ドカーズ公爵（Élie, duc DECAZES　1780-1860）　29
ドストエフスキー（Fiodor Mikhaïlovitch DOSTOÏEVSKI　1821-81）　17
ドラクロワ，ウジェーヌ（Eugène DELACROIX　1798-1863）　14, 96, 97-113, 143, 146, 229
《アルジェの女たち》　98, 100-102, 104, 105
《キオス島の虐殺》　100
《サルダナパロスの死》　100, 102
《ショパンとサンド》（《フレデリック・

ア行

秋元千穂（Chiho, AKIMOTO） 237
アシェット，ルイ＝クリストフ＝フランソワ（Louis-Christophe-François HACHETTE 1800-64） 174, 194
アジャソン・ド・グランサーニュ，ステファン（Stéphane AJASSON de GRANDSAGNE［本名 Jean-Baptiste-François-Étienne Stéphane AJASSON de GRANDSAGNE］1802-45） 12
アラン（ALAIN［本名 Emile-Auguste CHARTIER］1868-1951） 17
アングル，ジャン＝オーギュスト＝ドミニク（Jean-Auguste-Dominique INGRES 1780-1867） 99
《オダリスク》 101, 102
アンリ・ド・ラトゥーシュ（Henri de Latouche［本名 Hyacinthe-Joseph Alexandre Thabaud de LATOUCHE］1785-1851） 12, 27
池田孝江（Takae, IKEDA） 227
石橋美恵子（Mieko, ISHIBASHI） 236, 239
イワシキェヴィチ，ヤロスワフ（Jarosław IWASZKIEWICZ） 229
ヴィアルド，ポーリーヌ（Pauline GARCIA-VIARDOT 1821-90） 14, 89, 91, 167
ヴェルヌ，ジュール（Jules VERNE 1828-1905） 202, 209
ヴォルテール（VOLTAIRE［本名 François-Marie AROUET］1694-1778） 49
エッツェル，ジュール（Jules HETZEL 1814-86） 16, 194, 202
エプスタン，ジャン（Jean EPSTEIN 1897-1953） 51
大野一道（Kazumichi, OHNO） 213
大矢タカヤス（Takayasu, OHYA） 221
オーノワ夫人（Marie-Catherine d'AULNOY 1651-1705） 200

カ行

カヴェニャック，ルイ＝ウジェーヌ（Louis-Eugène CAVAIGNAC 1802-57） 172
カステックス，ピエール・ジョルジュ（Pierre Georges CASTEX） 221
加藤節子（Setsuko, KATO） 213, 239
カノーヴァ，アントニオ（Antonio CANOVA 1757-1823） 155-156, 160
グイド・レーニ（GUIDO RENI 1575-1642） 147
クラヴルー，ニコル（Nicole CLAVELOUX） 221
グリム兄弟（Brüder GRIMM 兄 Jacob Ludwig Karl 1785-1863，弟 Wilhelm Karl 1786-1859） 196
コクトー，ジャン（Jean COCTEAU 1889-1963） 44
小坂裕子（Yuko, KOSAKA） 227, 229
ゴーチエ，テオフィル（Théophile GAUTIER 1811-72） 14, 171
小沼ますみ（Masumi, KONUMA） 228
コレッジョ（Antonio da CORREGIO 1489-1534） 151-152

サ行

斎藤憐（Ren, SAITO） 114, 229

204
巨人のオルガン（*L'Orgue du Titan*） 221, 240
ギョロ目の妖精（*La Fée aux gros yeux*） 221
コアックス女王（*La Reine Coax*） 194, 204, 220, 221
花々のささやき（*Ce que disent les fleurs*） 203, 221
ばら色の雲（*Le Nuages rose*） 199, 200, 203, 205, 219, 220
ピクトルデュの城（*Le Château de Pictordu*） 196, 199, 203, 205, 220, 240
埃の妖精（*La Fée Poussière*） 200, 203
ものを言う樫の木（*Le Chêne parlant*） 196, 199, 203, 220
勇気の翼（*Les Ailes de courage*） 196, 197-198, 199, 200, 203, 204, 205, 240

タ行

テヴェリノ（*Teverino*） 15, 156, 240
デゼルトの城（*Le Château des Désertes*） 15, 120, 127, 132, 136-141, 143, 144, 242

ナ行

ナノン（*Nanon*） 17
ナルシス（*Narcisse*） 174-176

ハ行

秘められた情熱▶ヴィルメール侯爵
笛師のむれ（*Les Maîtres Sonneurs*） 15, 16, 120, 122, 162, 177-179, 181-192, 210, 214, 259
腹心の秘書（*Le Secrétaire intime*） 13
フランス田園伝説集（*Légendes rustiques*） 212, 237
フランス遍歴職人たち（*Les Compagnons du tour de France*） 52, 53, 60, 61, 231, 232
ペルスモンの塔（*La Tour de Persmont*） 17
ボワ・ドレの美男たち（*Les Beaux messieurs de Bois-Doré*） 231

マ行

マテア（*Mattea*） 13, 242
マドモワゼル・ラ・カンティニ（*Mademoiselle La Quintini*） 130
魔の沼（*La Mare au Diable*） 1, 14, 157, 158, 164, 167, 177, 180, 187, 210, 211, 213, 214-217, 232, 235, 240, 261
マヨルカの冬（*Un hiver à Majorque*） 213, 262
マルシーへの手紙（*Lettres à Marcie*） 13, 236
モープラ（*Mauprat*） 13, 25, 38-51, 112, 186-187, 210, 213, 231, 232, 238, 240, 263

ラ行

ラファエロの《小椅子の聖母》（La Vierge à la chaise de Raphaël） 149
ルクレチア・フロリアニ（*Lucrezia Floriani*） 15, 132, 134-136, 137, 143, 144
ルードルシュタット伯爵夫人（*La Comtesse de Rudolstadt*） 14, 79, 84, 87, 92, 113, 120, 124, 127, 233
レリヤ（*Lélia*） 13, 25, 79, 83-84, 85, 231, 232
ローズとブランシュ（サンドーとの共著）（*Rose et Blanche*） 12, 13, 146-149

ワ行

我が生涯の記（*Histoire de ma vie*） 16, 26, 27, 28, 63, 109, 111, 156, 179, 205, 213, 232, 233, 259

サンド作品名索引

ア行

愛の妖精（*La Petite Fadette*）　1, 62, 65, 68-78, 157, 167, 170, 177, 179, 210, 212, 214, 217-218, 232, 240, 260
アドリアニ（*Adriani*）　15, 96, 114-123, 125-128
アルディーニ家最後の令嬢（*La Dernière Aldini*）　15, 120, 124, 132-134, 137, 144
アルバーノの娘（*La Fille d'Albano*）　151
ある旅人の手紙（*Les Lettres d'un voyageur*）　210, 263
アンジボーの粉ひき（*Le Meunier d'Angibault*）　14, 52, 56-57, 60, 61, 62, 63, 191, 231, 232
アンディヤナ（*Indiana*）　12, 17, 25, 79-83, 92, 130, 131, 146, 152, 210, 230, 231, 232, 235, 236, 238, 240, 242, 263
アンドレ（*André*）　235
アントワーヌ氏の罪（*Le Péché de Monsieur Antoine*）　14, 52, 56, 57-58, 59, 61, 62, 63, 166, 240
イジドラ（*Isidora*）　13, 79, 85-86, 150-151, 242
田舎の夜の幻（*Les Visions de la nuit dans les campagnes*）　259
ヴァランティーヌ（*Valentine*）　63
ヴィルメール侯爵（秘められた情熱）（*Le Marquis de Villemer*）　130, 211, 231, 258
ヴィルメール侯爵（戯曲）（*Le Marquis de Villemer*）　16, 130
歌姫コンシュエロ（*Consuelo*）　1, 14, 79, 84, 87-92, 110, 113, 115, 120, 121, 122, 123, 124, 182, 210, 213, 233, 239, 262
オラース（*Horace*）　13, 242

カ行

彼女と彼（*Elle et lui*）　176, 210-211, 259
ガブリエル（*Gabriel*）　13, 26, 30-37
黒い町（*La Ville noire*）　62, 213, 258
クローディ（*Claudie*）　172-173
コジマ（*Cosima*）　131

サ行

七弦の琴（*Les Sept cordes de la lyre*）　15, 119, 120
ジェルマンドル一家（*La Famille de Germandre*）　211, 258
ジャック（*Jacques*）　13, 240
ジャンヌ（*Jeanne*）　14, 84, 153-155, 157, 162, 165, 166-169, 190, 213, 261
書簡集（*La Correspondance*）　127, 233
棄て子フランソワ（*François le Champi*）　14, 62, 160, 164, 165, 173, 177, 179, 211, 214, 232, 235, 260
棄て子フランソワ（戯曲）（*François le Champi*）　16, 131, 170-171
スピリディオン（*Spiridion*）　14, 98, 213, 231, 233, 240, 262
祖母の物語（*Contes d'une grand-mère*）　17, 162, 185, 193-206, 210, 213, 218-224, 232, 240, 258
　赤い鎚（*Le Marteau rouge*）　200, 203
　犬と聖なる花（*Le Chien et la fleur sacrée*）199, 200, 206, 222, 223
　牡蠣の精（*Le Gnome des huîtres*）　200, 203
　巨岩イエウス（*Le Géant Yéous*）　196, 199,

平井知香子（ひらい　ちかこ）関西外国語大学外国語学部教授。『日本におけるジョルジュ・サンド』（いなほ書房，2004），「ジョルジュ・サンドはなぜ題名を変えたか？」（『言語文化と言語教育の精髄』大阪教育図書，2006），*Les héritages de George Sand aux XXᵉ et XXIᵉ siècles*（共著，慶應義塾大学出版会，2006），『ジョルジュ・サンドの世界』（共著，第三書房，2003）。翻訳『コアックス女王』（G.サンド著，青山社，1992）。

村田京子（むらた　きょうこ）大阪府立大学地域連携研究機構（女性学研究センター）教授。『女がペンを執る時―19世紀フランス・女性職業作家の誕生』（新評論，2011），『娼婦の肖像―ロマン主義的クルチザンヌの系譜』（新評論，2006），*Les métamorphoses du pacte diabolique dans l'œuvre de Balzac*（Osaka Municipal Universities Press / Klincksieck, 2003），『テクストの生理学』（共著，朝日出版社，2008），*Les héritages de George Sand aux XXᵉ et XXIᵉ siècles.*（共著，慶應義塾大学出版会　2006）など。

渡辺響子（わたなべ　きょうこ）明治大学法学部教授。*Les héritages de George Sand aux XXᵉ et XXIᵉ siècles*（共著，慶應義塾大学出版会，2006），『ジョルジュ・サンドの世界』（共著，第三書房，2003）。翻訳『記録を残さなかった男の歴史』（A.コルバン著，藤原書店，1999），『レジャーの誕生』（A.コルバン著，藤原書店，2000）など。

執筆者紹介（50音順）

稲田啓子（いなだ　けいこ）「サンド小説『モープラ』における「家」と「結婚」」（関西学院大学フランス学会『年報フランス研究』43号，2009），« La structure familiale dans les romans socialistes de George Sand »（関西学院大学フランス学会『年報フランス研究』42号，2008），*Les héritages de George Sand aux XXe et XXIe siècles.*（共著，慶應義塾大学出版会，2006）

宇多直久（うだ　なおひさ）滋賀県立大学講師。「マックス・ミルネルとロマン主義文学史サタン篇」（京都大学仏文研究会『仏文研究』XL号，2009），『バルザック―生誕200年記念論文集』（共著，駿河台出版社，1999），*La Madone dans l'œuvre romanesque d'Honoré de Balzac*（Presses Universitaires de Septentrion, 1998）.

太田敦子（おおた　あつこ）「ジョルジュ・サンドによる農村の創造，「社会主義小説」から「田園小説」へ―田園風景は美しいか？」（東京大学仏語仏文学研究会『仏語仏文学研究』第38号，2009）。

小倉和子（おぐら　かずこ）立教大学異文化コミュニケーション学部教授。« Symbolisme poétique dans les romans d'Aki Shimazaki »（*Etudes québécoises,* Revue internationale de l'ACEQ, 2010, no.3），『ケベックを知るための54章』（共著，明石書店，2009），『フランス現代詩の風景―イヴ・ボヌフォワを読む』（立教大学出版会，2003）。翻訳『感性の歴史家アラン・コルバン』（A.コルバン著，藤原書店，2001）。

河合貞子（かわい　ていこ）奈良芸術短期大学講師，同志社大学講師。『ドラクロワの絵画の近代性と音楽の関わり』（博士［芸術学］論文，同志社大学，2008），『ショパンとパリ』（春秋社，2001），『はじめてのショパン』（春秋社，1992）。

坂本千代（さかもと　ちよ）神戸大学大学院国際文化学研究科教授。『マリー・ダグー　19世紀フランス　伯爵夫人の孤独と熱情』（春風社，2005），*Interprétations romantiques de Jeanne d'Arc*（Presses Universitaires du Septentrion, 1999），『ジョルジュ・サンド』（清水書院，1997），『愛と革命　ジョルジュ・サンド伝』（筑摩書房，1992），*Les héritages de George Sand aux XXe et XXIe siècles*（共著，慶應義塾大学出版会，2006），『ジョルジュ・サンドの世界』（共著，第三書房，2003）。

髙岡尚子（たかおか　なおこ）奈良女子大学文学部准教授。「ジョルジュ・サンドの作品世界にみる母と女のセクシュアリティ」（『奈良女子大学文学部研究教育年報』第5号，2008），*Les héritages de George Sand aux XXe et XXIe siècles*（共著，慶應義塾大学出版会，2006），『ジョルジュ・サンドの世界』（共著，第三書房，2003）。

新實五穂（にいみ　いほ）お茶の水女子大学講師，文化学園大学文化ファッション研究機構共同研究員。『社会表象としての服飾―近代フランスにおける異性装の研究』（東信堂，2010）。

西尾治子（にしお　はるこ）慶應義塾大学講師。「『コンシュエロ　ルドルシュタット伯爵夫人』における変装の主題（1）」（『フランス語フランス文学』慶應義塾大学日吉紀要刊行委員会，2010），『現代フランスを知るための62章』（共著，明石書店，2010），« Provocation et Déguisement dans l'œuvre de George Sand »（*La Provocation en Littérature,* Le Manuscrit, 2009），*Les héritages de George Sand aux XXe et XXIe siècles*（共著，慶應義塾大学出版会，2006），『19世紀フランス文学事典』（共著，慶應義塾大学出版会，2000），『ジョルジュ・サンドの世界』（共著，第三書房，2003）。

編者紹介

日本ジョルジュ・サンド学会

2000年発足（発足時の会名は日本ジョルジュ・サンド研究会）。大学教員，学生など会員二十数名。年2回開催される研究会を中心に活動。2003年，サンド生誕200年を記念して会員8名による共著『ジョルジュ・サンドの世界』（第三書房）を出版，現在の会名に改称。翌2004年，サンド生誕200周年記念国際シンポジウムを主催。2006年にはその集成論集 *Les héritages de George Sand aux XX*[e] *et XXI*[e] *siècles*（『ジョルジュ・サンドの20・21世紀への遺産』，慶應義塾大学出版会）を刊行。

200年目のジョルジュ・サンド　解釈の最先端と受容史

2012年5月25日　初版第1刷発行

編　者　日本ジョルジュ・サンド学会
発行者　武　市　一　幸

発行所　株式会社　新　評　論

〒169-0051　東京都新宿区西早稲田3-16-28
http://www.shinhyoron.co.jp
電話　03（3202）7391
FAX　03（3202）5832
振替　00160-1-113487

落丁・乱丁本はお取り替えします
定価はカバーに表示してあります

装　訂　山　田　英　春
印　刷　神　谷　印　刷
製　本　手　塚　製　本

ISBN978-4-7948-0898-1
Printed in Japan

新評論　フランス文学・文化史　好評既刊書

村田京子

娼婦の肖像　ロマン主義的クルチザンヌの系譜

『マノン・レスコー』をはじめ著名なロマン主義文学をジェンダーの視点で読み解き，現代の性にかかわる価値観の根源を探る。
［A5上製　352頁　3675円　ISBN4-7948-0718-X］

村田京子

女がペンを執る時　19世紀フランス・女性職業作家の誕生

女性の著作活動が文学・社会・労働・性別観に与えた影響を，知られざる作家の生涯と仕事を通じて丹念に検証する。
［四六並製　276頁　3150円　ISBN978-4-7948-0864-6］

臼田　紘

スタンダールとは誰か

旅，芸術，恋愛…文豪の汲み尽くせぬ魅力を多面的に描き，文学の豊穣な世界へといざなう最良の作家案内／フランス文案内。
［四六並製　254頁　2520円　ISBN978-4-7948-0866-0］

ギュスターヴ・フローベール／渡辺　仁 訳

ブルターニュ紀行　野を越え，浜を越え

『ボヴァリー夫人』の感性，視点，文体がすでに胚胎した，「作家誕生」を告げる若き日の旅行記。待望の本邦初訳。
［A5上製　336頁　3360円　ISBN978-4-7948-0733-5］

辻　由美

火の女　シャトレ侯爵夫人　18世紀フランス，希代の科学者の生涯

ニュートンの『プリンキピア』を完訳したフランス初の女性科学者の，恋と学究と遊興に彩られた情熱的な生涯を活写。
［四六上製　264頁　2520円　ISBN4-7948-0639-6］

アンヌ・マルタン=フュジエ／前田祝一 監訳

優雅な生活　〈トゥ=パリ〉、パリ社交集団の成立　1815-1848

ブルジョワ社会への移行期に生成した，躍動的でエレガントな初期市民の文化空間の全貌を詳説。年表・地図他充実の資料付。
［A5上製　616頁　6300円　ISBN4-7948-0472-5］

ジャン=ポール・アロン／桑田禮彰・阿部一智・時崎裕工 訳

新時代人　フランス現代文化史メモワール

数多の綺羅星を生んだフランス現代文化を活写しつつ，その輝きの背後に巣食う深刻なニヒリズムを剔出し，克服への方途を示す。
［四六上製　496頁　3990円　ISBN978-4-7948-0790-8］

＊ 表示価格は消費税（5%）込みの定価です